昭和20年５月11日、爆装零戦が突入した米空母バンカーヒル――19年10月、201空に所属していた著者は、特攻を志願したが、要員には加えられなかった。11月に特攻要員となるも出撃はせず、内地帰還、12月に大井空転勤となる。20年３月にふたたび特攻要員となったが、４月に要員解除。６月、今一度特攻待機となる。８月の終戦により、大井空帰隊、解散となった。

(上)前ページ写真の後、バンカーヒル甲板の惨状。(中)昭和19年11月25日、米空母エセックスに突入する彗星艦爆。左舷飛行甲板のふちに命中した。(下)中写真直後と思われる、炎上するエセックス。

NF文庫
ノンフィクション

新装版

搭乗員挽歌

散らぬ桜も散る桜

小澤孝公

潮書房光人社

搭乗員挽歌——目次

第一章　若鷲はゆく、南の空へ

第二章　南十字星またたく戦場で

写真提供／著者・雑誌「丸」編集部

搭乗員挽歌

散らぬ桜も散る桜

第一章　若鷲はゆく、南の空へ

死に神からの絶縁状

太陽は沈み、薄闇があたりをつつもうとする昭和十九年十月二十日の午後六時すぎであった。なんの前ぶれもなく、翼端灯も点灯しないで、八機の零戦がフィリピンのセブ基地に着陸した。機から降り立った搭乗員はと見ると、フィリピンのマバラカット基地にいるはずの中島正飛行長をはじめ、久納好孚中尉ら顔見知りの二〇一空の面々である。

中島飛行長は到着すると、指揮所にいならぶ士官たちに声もかけずに、ただちに、「搭乗員総員指揮所前に集合。宿舎にいる者も、病人のほかは集まるよう至急連絡せよ」とみずから、令した。いつになく緊張した面持ちである。飛行長がみずから飛んできて、みずから総員集合をかけるとはただごとではない。

総員が集合をしたのを確認すると、中島飛行長は指揮所前におかれた小さな台の上に立って、戦局の容易ならないことを説明し、すでにマバラカット基地で、飛行機もろとも敵艦に体当たりする特別攻撃隊を編成してきたことを告げ、さらに連綿たる訓示がつづいた。聞き終わった後、いつもは陽気な搭乗員たちも、このときばかりは全員、声もなく、放心したように、足どりも重く宿舎へもどった。きょうの午後九時までに、みずからの道をきめなければならないのである。

当時、私は二〇一空攻撃第一〇五飛行隊（彗星艦爆）搭乗員としてセブ基地にあった。私は迷いに迷った揚句、ペアの大石兵曹とともに、十死に一生をえない「神風特別攻撃隊」を志願した。

この退勢では志願する、しないにかかわらず、とうてい生きては帰れないと思ったからである。そのときから、私をふくめて特攻隊員のだれひとりとして、明日への生きる希望、喜びなど持つものはいなくなった。

死を宣告されたに等しい特攻隊員に指名された若き搭乗員たちにとって、死につながる明日ではあっても、その明日まで生きる心の支えは、日本のため、祖国同胞のため、それ以外のなにものでもなかった。

みずからの死を充実したものにしたいと願い、そして、充実した死を、みずからの死への慰めにしようとしたのである。

ある者はすべてを諦観しきったように笑いながら、またある者は家郷に未練を残すかのように涙をうかべ、二度と還ることなき死地に飛び立っていった。「靖国神社で待っているぞ」を合言葉に、こうして幾多の戦友が死出の旅路に赴いたことか。

だが、私は三たび特攻隊員となりながらも、数奇な運命に翻弄されて、彼らとの約束を果たすことなく、いくたびか死のふちに立たされながらも、みずからの意志に反して、死に神から絶縁状を叩きつけられたかのように生き残ったのである。

青い桜と八重桜

空はどこまでも高く碧く澄みわたり、牧ノ原台地（静岡県金谷町にあり、標高百七十メートル）を吹く風が、肌にこころよい秋の深さを感じさせるころ、われわれ飛行練習生（第三十二期偵察専修飛行練習生）のあいだには、この秋空にも似て、まことに爽やかな、そして、なごやかな空気がみなぎっていた。

六ヵ月にもおよぶ厳しい飛行訓練に耐え、ひと通りの技量も身におさめて、あとは配属航空隊の決定と、卒業記念の編隊飛行、そして卒業式、さらに二等飛行兵曹任官を待つばかりとなり、これら幾重もの喜びと希望で、胸をふくらませることがつづいていたのである。

教員のどの顔も、われわれ練習生を育てあげ、その責任を果たし終えようとする充足感で、ほんの数日前までは、地獄の閻魔大王か、はたまた地獄の赤鬼、青鬼のように見えていたのに、いまは如来菩薩の化身ではないかと思われるような顔に変わっていた。そして、私たちがいちばん恐れていた罰直も影をひそめてしまい、練習生分隊の空気をいっそう明るいものにしていた。

そうして、十月も旬日を残すばかりとなったとき、練習生全員が待ちこがれ、胸をふくらませていた配属航空隊が知らされた。

一瞬のざわめきは、静けさに変わり、われわれは教員の発表する名前と航空隊に耳をかたむけた。

「○○練習生、鹿屋航空隊」

「△△練習生、横須賀航空隊」等々。

（おれはどこの航空隊かな。そして、これから乗る機種は）と思うと、胸の動悸を押さえきれないような気がした。私は搭乗する希望機種を、艦上爆撃機と夜間戦闘機にして提出しておいたのである。

希望した機種にかならずしも搭乗できるものではなかったが、複座機（二人乗り）の偵察員は、飛行機を目的の場所まで到着させる航法はもちろん、通信、爆撃の投下点指示、機銃操作、暗号電文作成および解読、その他もろもろのことをひとりでやらなければならず、またできなければならないので、私はそれだけに偵察搭乗員としてのやり甲斐があるように感じていたからであった。

（果たして、おれみたいなものが、艦爆とか、夜間戦闘機・月光〈採用になって間がなかった〉の搭乗員になれるだろうか）という疑問を、また、飛練における点数評価を、自分が自分に賭けたようなものであった。

他の教科はともかく、空中射撃訓練では、優秀な者は命中率三十パーセントを超えたが、私の場合はせいぜい十パーセントがいいところで、飛行訓練後、罰として飛行場一周の駆け足を毎回、させられたものだ。

つぎつぎに名前が呼ばれ、配属航空隊がきまってゆくなかで、

「小澤練習生、第五〇二海軍航空隊」

と発表されたとき、私は元気よく返事はしたものの、いったい五〇二空が、どこにあり、

昭和18年11月、飛練卒業時の第2班。中央は神雷特攻で逝った高木教員。左から2人目の塚本良正氏、6人目の著者をのぞいて、全員が戦死した。

また搭乗する機種はなんなのか、皆目、わからなかった。

私のほかに、五〇二海軍航空隊に配属がきまったのは、吉原隼人（戦後、海上自衛官となり）、水上機搭乗員となった）と、予科練時代からおなじ班であった竹尾要、山野登らの十一名であった。

果たせるかな、五〇二海軍航空隊は、艦上爆撃機を主体とした航空隊であった。私は希望どおりの配属がきまったことで、（おれの成績も、まんざらではなかったんだな）と、自己満足にひたった。

だが、すこしばかりものさびしさを感じたのは、やはり予科練から飛練時代を通じ、班の編成替えがあっても、いつもおなじ班でともに笑い、ともに泣いた無二の親友である土居重久と、おなじ班で苦楽をともにした塚本良正の二人が、水上偵察機に機種決定されたことであった。（われわれの間では、水上偵察機に配属になる者は、成績が上位を占め、人格も温厚篤実で思慮ぶかく、しかも判断力と

決断力に富む優秀な者とされていた）

胸おどらせて、配属航空隊の発表を待っていたのに、発表が終わってしまえば、あと幾日かで、みんな別れ別れになってしまうのだと思うと、一抹のさびしさが、一瞬、胸をかすめたが、それも束の間のことであった。

配属航空隊も決まり、機種決定もなされてしまうと、みんなそれぞれに思いを馳せ、心そこになしという感じで、全員が浮き浮きしていた。そうしたとき、十月二十九日、三十日の両日にわたって、練習機教程としての有終の美を飾るべき卒業記念の編隊飛行が実施された。そして、二十九日の卒業飛行もぶじに終わり、三十日もそれぞれが搭乗割にしたがって、雲ひとつない秋晴れの大空へ、編隊離陸をして飛び上がっていく。

すでにきのう卒業飛行を終わったわれわれが、その編隊離陸を眺めているときであった。旋回地点上空にたっした一番機が左旋回をはじめたが、このとき、どうしたのか、二番機はそのまま直進し、地上で見ていたわれわれが（危ない）と思うまもあればこそ、一番機の胴体を食いちぎるかのように、プロペラで胴体を真っ二つにしてしまった。そして、二機もろとも飛行場から千五百メートルほど離れた松林に墜落してしまった。

卒業式を二、三日後にひかえながら、同期の友六名と操縦員二名の殉職者を出してしまったのだ。卒業を目の前に、楽しい雰囲気にあった飛練三十二期生の全員が、たちまち沈痛な空気につつまれてしまった。

この犠牲者の中には、無二の親友であった土居重久もふくまれていたのである。瞬時の出来事とはいえ、土居の胸中、口惜しさを思いやると、熱い涙がとめどなく両頬を濡らすのを私はどうしようもなかった。

土居は丸顔で、ちょっとしゃくし顔であり、愛媛県宇和島の産にしては色白だった。怒ることを忘れでもした人間のように、いつもにこにこしており、予科練当時の記念撮影の写真では、かならず私の隣で、そのにこにこ顔が写っていた。表面は優柔不断のように見えても、じつに敢闘精神に富んでおり、とくに宇和島の生まれだけあって、水泳にかけては、あらゆる種目に群を抜き、彼の右に出る者はいないくらいであった。それにくらべて、私は海なしの埼玉に生まれ、川のない所沢で育ったため、赤帽組（水泳不能者）の仲間入りを余儀なくされ、水泳訓練の後は、いつも土居に慰められるのがおちであった。

翌々日、大井航空隊の合同葬も終わり、殉職者の遺骨は、急ぎ駆けつけた肉親の胸に抱かれ、無言の帰郷をした。土居の遺骨も、父親鶴吉さんの胸に抱かれ、妹さんにつき添われて、生まれ故郷の宇和島に帰っていった。

志なかばにして亡くなった友のことを、あれこれとしのぶいとまもなく、十一月早々、われわれは卒業式も終わって、七つボタンの練習生軍服をぬぎ、五つボタンの下士官服に着替えた。

軍服の右袖には、飛行科をあらわす青い桜のマークの入った階級章を、左袖には高等科技術修了をあらわす八重桜の特技章をつけ、さながら一人前の飛行機乗りになったような、とくとくとした気分で、予科練から飛練と、二年六ヵ月のあいだ寝食をともにし、笑いも涙もともにしてきた気のあった友だちと、

「おい、元気で頑張れよ。達者でな……」と、おたがいに前途を祝福し、健康を祈りながら、

それぞれ所属すべき航空隊へと巣立っていった。

いっぽう、そんな中にあって、五〇二空に配属の決まったわれわれ十一名は、本隊の所在地がわからないために、その所在地が確認できるまで、卒業したまま、大井空の仮入隊者となり、海軍に入ってはじめて、だれにも干渉されない居候的身分で、勝手気ままな四、五日をすごすことになった。

連日のように、朝から夕方まで、金谷の町、島田の町をあちらこちらと眺め歩いて気をまぎらわしていたが、七つボタンの練習生軍服のときとはちがい、五つボタンの下士官軍服を着ての外出は、なんとなく貫禄がついてきたような充実感があった。

当時、番号であらわす航空隊は、戦地所在の航空隊だと聞かされていたが、意外にも五〇二空は、千葉県の茂原町にあることを知らされた。

われわれは、すでに他の航空隊へと巣立っていった同期の連中の後を追うようにして大井空に別れを告げ、新しい任地である茂原基地へと向かった。

翼に波しぶき

茂原基地の開隊は、昭和十七年九月である。当初は艦上攻撃機の錬成基地であったが、十八年十月、五〇二空が新たに開隊したことにより、艦上爆撃機の錬成基地として発足したばかりで、おなじく艦爆隊を主体とする佐伯航空隊(大分県)が親航空隊であったようである。

大井空にくらべ、ここ茂原基地は、庁舎も兵舎も平屋建てで、二階建て兵舎はたったの一棟

昭和18年4月、ラバウル東飛行場の五八二空艦爆隊搭乗員。著者は五〇二空に配属されたが、飛行隊長は五八二空で勇名を馳せた江間大尉だった。

しかなく、雑木林を切りひらき、その中に分散して建てられていた。

飛行場は、畑の中に芝生の原っぱと滑走路が一本あるだけで、指揮所は滑走路の横に天幕を張ったものであり、格納庫などという気のきいた建物もまったくなく、飛行機がなければ、大きなグラウンドと見まちがえてしまいそうだった。

搭乗員も、艦爆、零戦の下士官、兵あわせて七、八十名であり、士官も、司令木田大佐を長として、他の兵科をふくめても三十名たらずであったようである。

そして、この茂原基地には、飛行長がいなかったが、このことは、五〇二空の基地がどこか他の場所にあり、飛行長はその基地の指揮をとっていることを意味していた。

飛行隊長は、南方の激戦地で空母「瑞鶴」の艦爆の指揮官機として、珊瑚海海戦に臨み、あるいはラバウルを基地とする五八二空艦爆隊指揮官として、ガダルカナル攻撃、ルンガ沖航空戦を戦い、生き抜いてきた歴戦の猛者であり、古参の艦爆搭乗員のあいだでは、その人の名を知らない者はいないと言われた江間保大尉（静岡県森町在住）である。分隊長は山田恭二大尉（のちにレイテ沖で特攻戦死）であった。

茂原基地に着任した翌日から、十月の開隊と同時に赴任していた操縦員、鈴鹿空（偵察専修の練習航空隊）から着任そうそうの偵察員ともども、急降下爆撃の理論、爆撃方法、九九艦爆のエンジンからはじまって諸元の解説と講義を二日間うけた。

その翌日は、九九艦爆と爆撃についての筆記試験をやらされ、いささかあわてたが、どうにか規定点数をとったのであろう、搭乗組にまわされ、追講義をうける仲間入りをしなかったことは、私にとってはまことにうれしかった。

明日からは、いよいよ待望の実用機九九艦爆に乗れるのだと思うと、気持だけがたかぶり、その夜はなかなか眠りにつけなかった。

この飛行訓練こそ、飛練のときとはまったく違ったものであり、まさに一挙手一投足が命がけなのである。実施部隊の戦闘用の実用機ともなると、ふりかえってみて、飛練での練習機教程が、児戯に等しく感じられた。

飛練では水平飛行だけの訓練であったものが、ここでは急降下（降下角度五十度以上）爆撃が主目的である。速度も練習機の九十ノットにくらべ、百八十ノット（一時間あたり三百三十キロ）と、倍の巡航速度である。

さて、訓練の第一歩である水平飛行の慣熟飛行に飛び上がっても、どの地点の上空を飛んでいるのか、さっぱり見当がつかない。前席の分隊士から、「現在、どこの上空を飛んでいるかわかるか」と聞かれても、気持だけがあせって、機位を確認するどころではなく、訓練を終えて着陸した後は、あれこれと指導をうけ、叱られることのほうが多かった。

訓練もすすむにしたがって、いよいよ専門の急降下爆撃の訓練である。高度四千メートルから、機首を右あるいは左にひねって、五十五度前後の降下角度で急降下にはいる。その急降下中に、目に見えない重力によって、目の前がまっ暗になり、高度計が読めなくなったので、私はあわてて伝声管を引っぱり、機首の引き起こしを合図した。

だが、分隊士は、私の合図を知らぬかのように、何秒か急降下をつづけると、急に機首の引き起こしにはいった。その瞬間、さらにものすごい重力がかかり、頭がガクンと両足の間にめりこんで、身体が二つに折れてしまったのではないかと錯覚を起こすほどであった。

こうして、五回、六回と急降下をくりかえし、さらに訓練を積みかさねていくうちに、身体もすこしずつ重力に耐えられるようになり、また高度計もはっきりと読みとれるようになってくる。そうなってくると、つぎは航法、通信、急降下爆撃、初歩的空戦訓練を織り混ぜた、綜合的な訓練が待ちうけている。

この綜合的な訓練になってくると、かなり自信がついたようではあっても、実際にはもう自分の乗っている飛行機が、どの地点の上空を飛んでいるのかもわからなくなってしまうような始末であった。

そのため、偵察錬成員が訓練をうけるときは、ベテランの操縦員が、操縦錬成員が訓練をうけるときは、ベテラン偵察員が搭乗して、じょじょに飛行機に慣れるように考慮され、また、事故も未然に防止できるように、搭乗割にも細心の注意がはらわれていた。

そういう点から考えると、私は他の錬成員より劣っていたのか、搭乗割はかならずといっていいほど、歴戦のベテラン操縦員である分隊士杉本飛行兵曹長とペアであった。

杉本飛曹長の急降下爆撃の技量については、隊長、分隊長までもが一目おいていたが、飛行経験も実戦経験も、隊長より豊富であった。

したがって、私は訓練の後、隊長から直接、文句を言われることは、他の錬成員にくらべてすくなかったが、分隊士からは、他の錬成員以上に文句を言われ、叱られもした。あのときはこのように、こういうときにはこのように、と実戦経験をもとに、九九艦爆の模型を手にした分隊士から個人的指導をうける時間は、他の錬成員よりもはるかに多かった。

雨の日は、艦爆についての諸元の説明、あるいは急降下爆撃についての物理学的理論等々の講義があり、文字どおり、猛訓練と猛勉強の明け暮れであった。

しかし、そこにはまた、飛練などとはちがって、外出という楽しみもあった。下士官搭乗員は、夜間飛行訓練のないかぎりは外出できるという特典みたいなものがあって、隊長もまたこれを大目にみてくれた。

私は、当時、茂原の町に一軒あった映画館の近くの田中さんという文房具店の二階の一室を借り、家からは寝具を送ってもらって、いっぱしの搭乗員気どりで自己満足にひたっていた。

翌朝、爽やかな気分で外出から帰隊してくると、またもや猛訓練が待っている。

九十九里浜を眼下に眺め、洋上に出ては、蟻のように小さく見える漁船を仮想標的にして急降下をする。機を引き起こして、グーンと一気に上昇、反転してまた急降下にはいる。

このようなことをくりかえし、錬度がすすむにつれて、機の位置も確認できるようになってくる。すると、薄暮飛行、夜間飛行、さらに夜間航法、夜間爆撃の訓練と、死にもの狂いの訓練また訓練の連続である。

こうして錬度が上がってくると、前席も後席も、錬成員同士が搭乗し、訓練飛行に飛び立っていくのである。（きょうはうまくいったようだな）と思っていても、訓練飛行の終わった後は、隊長の講評があり、

「本日の訓練飛行において、実戦の場合、全機未帰還、または行方不明である……」

と、まことに手きびしい。退避の方法が悪い、機の引き起こしが浅すぎる、深すぎる等々、ことこまかに、一機ごとにメモされており、各人に、あるいは各機ごとに欠点を指摘して、その適切な方法を教えてくれたので、われわれの技量もおどろくほど上達が早かった。そして、

「失敗は成功のもと、と言うが、搭乗員にとっては、失敗は生命を捨てるもと、とおぼえておけ。搭乗員にとって、失敗はゆるされない」

ということを、隊長はいつも強調した。

実施部隊の雰囲気になじむと、外出もいままで以上に楽しくなった。茂原の町のようすも、搭乗員連中が集まっては飲んで騒ぐ場所もわかってきた。

茂原基地に着任して一ヵ月、外出の楽しさが倍加するのとおなじように、錬成飛行も、苦しさよりも、飛行機に乗る楽しみのほうが優位を占めてきた。急降下した後、水平飛行にうつり、九十九里浜の海面上をすれすれに、翼に波しぶきをかぶりながら飛ぶのはじつに爽快

であり、われわれ錬成員の技量の進歩を物語っていた。

悪気流の名所

十二月上旬、艦爆搭乗員五十名たらずの隊員の中から、突然、十名が佐伯航空隊に、いちじ転出を命じられたが、私もその中の一人にふくまれていた。同期の竹尾要らもいっしょだった。私は隊長から、

「佐伯航空隊までの引率は、小澤兵曹がこれに当たること。出発は明朝九時」

と命令されてしまった。そして、出発前には司令から、

「約一、二ヵ月の間、佐伯空で訓練をして、さらに錬度を上げ、茂原に帰ってきたときには、一番機に乗れるようになって帰って来い……」

との、激励の言葉と訓示をもらった。

私は心の中では、(二等下士官が、いくら錬度を上げたところで、一番機になれるはずがない。司令におだてられているな)と思いながらも、隊員の中から抜擢されたことに、多少なりとも優越を感じたのは事実だった。さしづめ現在の会社組織でいうならば、支社、または営業所研修員が、本社の研修員に指名されたようなものであろう。

茂原基地で錬成をつづける連中は、

「お前たちはいいなあ、おれたちも佐伯に行きたいよ。いくらなんでも、佐伯空には、淡谷兵曹みたいなのはいないだろうからな」

と、佐伯空転出組をうらやましがることしきりであった。

事実、われわれも、佐伯空に転出を命じられたとき、とっさに頭に浮かんだのは、（よかった、これで淡谷兵曹から逃げられる）ということだった。

その後の私の航空隊遍歴でも、一人や二人はへその曲がったのはいたが、淡谷兵曹ほどではなかった。彼は、屁理屈をこねては、一日に一度はだれかを殴らなければ、気持が落ちつかなかったらしい。

その日の訓練も終わり、みんながぞろぞろと浴場にゆき、湯船の中で騒々しいほどの雑談をしていても、彼ひとりだけは、じっと耳をすますようにして湯船につかっている。冬の浴場はもうもうとした湯気がたちこめ、どこにだれがいるかわからないくらいである。そんなとき、うかつにも淡谷兵曹のことでも口にする者がいたときには、夕食前の罰直たるや正視に耐えないこともあり、この淡谷兵曹の罰直を見るに見かねて、先任搭乗員の赤井上飛曹が制裁をやめさせたことは一度や二度ではなかった。

搭乗員は他の兵科とちがい、がっちりとした絆で結ばれているが、淡谷兵曹ひとりだけは、搭乗員全員から疎外されていた。（彼は、私たちが佐伯空の錬成を終え、茂原へ帰隊したときには、航空恐怖神経症とかいう、現在のノイローゼと診断され、しばらくのあいだ搭乗勤務からはずされていた）

それはともかく、私は、下宿のおばさんに佐伯空転出を伝え、その晩は、茂原基地に残る連中が、送別の宴をもよおしてくれた。そして夜のふけるまで、大正館（コトちゃんという看板娘がおり、搭乗員が定宿のようにしていた割烹旅館）で、飲めない酒をつき合わされた。翌日はもうろうとした気分で、茂原基地にしばしの別れを惜しみながら、佐伯航空隊に向かうべく、庁舎前に整列した。

茂原基地を出発するにさいして、木田司令から、

「私用ではあるが、大分駅で途中下車して、これ（小包と封書）を大分空の司令に、直接手渡してくれ。司令の用事で、佐伯空到着が一、二日遅れることは、佐伯空司令には連絡しておくから頼む」

と言われ、司令からの預り物を大切にしまいこみ、ひさしぶりに上の者に干渉されない汽車の旅に心をはずませた。

大分駅も近くなってくると、竹尾要が、

「小沢、大分空へは、お前ひとりで行くのか。それとも、全員、大分駅下車なのか」

「おれだけ降りるから、大分からはお前が引率してくれ」

「じつは、おれの家は大分なんだ。しかも大分空の近くでなあ。この機会に、家の者たちにちょっと顔を見せたいんだ。恩にきるから、全員が大分駅で降りるよう考えてくれ……」

車中、竹尾といろいろとやりとりしたあと、私は彼に恩を着せるように、

「ようし、同期生のよしみだ、全員、大分駅で降りよう。そのかわり、おれが大分空に行っているあいだ、ほかの者も、お前の家で待たせてもらうが、それでいいか」

「お安いご用だ、かえって家の者もよろこぶよ」

竹尾は、思いもかけずわが家へ立ち寄れる喜びで、胸をはずませていた。

竹尾要の家は、大分市街にあった。大分空に向かって広い道路があり、両側には商店がつ

らなり、その右側に、理容店をひらいていた。私は、竹尾にあとを頼み、大分空へと歩を進めた。茂原基地とちがい、隊門、庁舎、兵舎すべてが堂々としているのが隊門の外から見うけられ、圧倒される感じさえした。

司令に面会を申しこむと、隊門の衛兵は、けげんな顔をしていたが、簡単に隊門を通してくれた。庁舎で当直士官に来意を告げ、司令に面会を求めると、

「ご苦労、おれについて来い」

と言いながら、みずから司令室まで案内してくれた。

司令は、木田司令からの届け物を、ずいぶんと心待ちにしていたようすで、それが二等下士官の私にも、手にとるようにわかった。

私がコチコチになって報告するのをさえぎるように、

「やあ、ご苦労、ご苦労、遠いところをすまなかった。私と木田とは兵学校の同期でね、しかもいちばん親しくしていてね……」

と、私が渡した木田司令からの包みをあけながら、ひとり言のように話しかけてきた。

司令は、従兵の持ってきた茶をすすめてくれたが、生まれてはじめて司令室にはいった私にしてみれば、緊張するだけで、お茶を飲むどころではなかった。司令室でお茶をすすめられたのは、私の海軍生活中、あとにも先にもこれ一回だけである。

それにしても、一対一となったときの司令は、こんなにも優しい人間味あふれる人なのだろうかとつくづく感じいり、隊門を出るときは、緊張感もとけ、自分の心の中がなんとはなしに暖かくなるのをおぼえた。

竹尾の家に待たせていた連中をうながし、佐伯航空隊についてみると、ここも畑の中に急造した茂原基地とはちがい、庁舎、格納庫、兵舎などの設備も完備していて、飛行場も広く、艦爆隊の本拠地として、開隊の歴史も古い。さすがに伝統を誇るにふさわしい航空隊を思わせた。

航空隊全員の数も多く、茂原の比ではなかったが、やはり搭乗員はあまり多くはない。艦攻隊、戦闘機隊をふくめて百二十名程度で、艦爆搭乗員は四十名ほどであり、新参のわれわれをふくめて、下士官兵搭乗員総数は百七十名前後であった。

やはりここ佐伯空でも、私たちを歓迎してくれ、三、四時間たった後は、さながら十年の知己のごとく、和気あいあいの空気につつまれていた。

茂原基地をたつときに、佐伯空にいたことのある赤井先任搭乗員から、

「佐伯空の兵舎の廊下は、七、八十メートルの長さがあり、罰直はその廊下拭きで、そこを何往復もさせられるのだが、お前ら、佐伯では苦労するぞ……」

と注意されてきたが、現実にその日の隊員の空気に触れてみて、心配していた〝恐ろしい航空隊〟の印象も雲散霧消してしまった。

兵舎は廊下をはさんで、片側が艦爆隊、艦攻隊、戦闘機隊の搭乗員部隊の居住区で、あとの片側全部を整備分隊が占めていた。そして、長い廊下の掃除は、整備分隊の管轄であったのでほっとした。

翌日から訓練がはじめられたが、茂原基地の訓練のくりかえしであり、淡谷兵曹のように、理屈抜きで後輩を殴るような先輩もいない。また、軍人精神注入棒も一本として見当たらず、

茂原基地よりかえって楽しい毎日であった。だが、外出の規律は茂原よりも厳しく、きちんと外出割によって許されるだけであった。

訓練中も、飛行を終わって、待機所で休んでいる者の中から二、三名が、飛行場のはしから二、三メートル下の海岸にとび降りて、牡蠣《かき》をとってきては、待機所にあるドラム罐ストーブの上で、ジューッと焼いて食べたが、じつに美味であり、士官たちも大目にみてくれた。

「おや、うまそうではないか、おれにもひとつご馳走してくれ」

と言いながら、仲間に入ってくる士官もいて、訓練は茂原以上に厳しさを感じたものの、訓練以外は、このようにまことにのんびりした気分で、下士官兵ともども打ちとけあっていた。

十二月も半ばをすぎると、いくら九州とはいえ、海と境を接した飛行場は、強い潮風をまともにうけて、ウンザリするほど寒かった。

連日、寒風をついての模擬爆弾（小型の爆弾とおなじ形をしているが、爆薬は装塡されず、石灰状の白い粉末が入っていて、着弾すると衝撃で破裂し、白い粉末が飛散する。通常一キロ爆弾といっていた）の投下訓練でも、命中率が多くなり、まあまあと思われるようになると、つぎに待っているのは、さらに厳しい夜間航法訓練、夜間離着陸訓練であった。この訓練は、昼間の有視界飛行にくらべ、その心労は比較にならないほどで、心身ともに疲労の度をました。

とくに、佐伯空周辺の上空の悪気流を克服できれば、どこの空を飛んでも大丈夫だ、と言われているほど、佐伯空周辺の上空は、日本でも有数の名所であり、海軍航空隊の所在するところとしては、日本一気流が悪いとされていた。このような難所で訓練をしたというだけでも、その後の戦地勤務においても、なにがしかの効果はあったのではないだろうか、と思っている。

ともあれ、昭和十八年も終わろうとする十二月下旬、われわれが佐伯空に転出して、そろそろ一ヵ月になろうとするころ、飛行長から、

「艦爆搭乗員として必要な訓練は、ほとんど修了した。幸いに、艦爆隊は一つの人命事故を起こすこともなく、艦爆搭乗員としてはずかしくない技量を身につけたことは、みんなの精進のたまものである。これからも気をゆるめず、最後の仕上げに全力を尽くすように……」

と訓辞され、寒風をつき、全員、はり切って夜空に舞い上がり、なおいっそう急降下爆撃と夜間航法の訓練に打ちこんだ。

艦爆錬成員の誇り

飛行長の訓辞があった数日後、錬成訓練もいちおう終了したことを告げられ、三十、三十一日は休養日となった。三十一日午後五時まで、全員が外泊外出を許可され、元旦には〇四〇〇(午前四時)起床、〇五三〇より、艦爆隊全機による九九艦爆の大編隊を組織し、九州一周の黎明飛行を実施するという飛行計画が発表された。

そこで九州の航空図をひろげ、この地点は、この岬の突端はと、搭乗したことを想定しながら、図上訓練を行ない、外泊外出も返上して、元旦の黎明飛行にそなえた。

大分市に実家のある竹尾は、区域外外出を許可され、浮き浮きした表情で、

ラバウル基地の九九艦爆。日本で最初の全金属製の低翼単葉艦爆で、急降下にたえる強度をもっていた。著者は本機を駆って錬成訓練にはげんだ。

「小澤、区域外外出の許可をもらって来い。おれといっしょに、おれの家に行こう」

と、誘ってくれたが、私は、

「ひとりで帰って、のんびりとおふくろに甘えてこいよ」

と言って竹尾の厚意を断わった。

「そうか、どうしてもだめなら、ひとりで行って来るわ。そのかわり、みやげは持ってきてやるからな」

と、竹尾は嬉々として、両親のいる大分へ帰っていった。

まだ明けきらぬ、十九年元旦、黎明飛行の準備をするために、起き出して顔を洗い、真新しい肌着に身をつつむと、心なしか心身ともに清められたようだ。「おめでとう、今年もよろしく頼むぜ」と、おたがいにすがすがしい気分で、飛行場に向かう。

何時ごろ起きたのだろうか、整備員たちは、もう全機整備を終え、試運転に余念がなかった。爆音も元旦のせいか、いつもよりここちよいひびきに感じる。飛行長から、新年のあいさつと訓辞があり、その後、搭乗割を見て、それぞれ自分の飛行機に向かう。

黎明とはいっても、冬の朝の日の出は遅い。暗闇同然の中を、自分の乗る飛行機を見つけて近づくと、機の下で、われわれの搭乗を待っていた整備兵に、

「おめでとう。ご苦労さん、九州一周、まちがいなく飛べるよう整備してくれたかい」

と、軽い気持で念を押すと、まともにうけた整備兵は、

「だいじょうぶです。安心してください」

と、真顔でうけこたえしてくる。

「冗談だよ、いつでも飛行機乗りはな、飛行機に絶対的な信頼をおかなきゃあ乗れないんだよ」

と言いながら、飛行服のポケットからたばこを一個、差しだしてやると、召集兵であろう、三十歳をすぎたと思われる整備兵は、「ありがとうございます」をくりかえした。(われながら、元旦早々いいことをしたな)と思うと、気分も元旦にふさわしくすがすがしさをくわえた。飛行機に飛び乗って、出発の合図を待った。

一番機、二番機、三番機……と、二十機に近い艦爆隊が、明けきらぬ空に舞い上がっていく。

まだ暗い空を透かしてみると、隊長機を先頭に、各小隊とも整然たる編隊ぶりである。

黎明飛行とはいうものの、夜間の編隊飛行訓練をしていないわれわれ錬成員が、このよう

な編隊を組めたことは、それぞれの夜間飛行訓練がここに実ったことを、みごとに実証したものである。まさに威風堂々の言葉がピタリだ。

編隊は、海上に出て機首を南にとっている。左を望めば、一望千里、縹渺《ひょうびょう》たる海原がつづき、はるか水平線の彼方が赤く染まりはじめ、初日が昇ろうとしている。壮厳というか、壮観というか、静かな美しい眺めであった。そして、〝よくぞ、男に生まれける〟の言葉同様、飛行機乗りになった幸せを満喫した。

日向灘を眼下に見下ろし、チャートをひろげ、(あと二十分で九州の南端、佐多岬かな)と思いながら、計算盤で計算をしているときだった。突然、編隊は旋回をはじめ、北に針路をとりはじめた。

どう考えても、これは帰投針路である。(なにか変わったことでもあったかな)と、不吉な感が胸をかすめる。

だが、それは取り越し苦労であった。上層部の意向など、知る由もないが、飛行中に帰投命令が出て、引きかえすことになったとのことであり、その理由としては、燃料の節約が第一の目的であったようである。

残念ながら、九州一周飛行はとりやめとなったわけだが、はからずもまた、特別外出が許可になり、元旦、二日と、息をつく暇ができた。

「久しぶりに、泊まりこみで娑婆の空気でも吸ってくるか」ということで、全員が佐伯の街へでかけたが、竹尾だけは、また大分の両親のもとへ帰っていった。

「外泊外出も返上して、一生懸命に勉強しておれば、なんとかその見返りはあるものだなあ」

「なにを言うか。新参者が外出許可のたびに、毎回、大きな顔をして外出できると思うほうが間違いだぞ」

「それにしても、ここの航空隊は、新参者はどうのこうのとうるさくないし、バッター（軍人精神注入棒）がないからいいよ」

等々、無駄口をたたきながら、配給された酒類を片手に、うきうきした気分で、新春の佐伯の街へとくりだした。

さて、年末に、飛行長から一応の錬成が終わったことを告げられて、気分的にのんびりとしていたとき、今度は空中戦の基本訓練を実施することになり、われわれはいままで以上に身の引きしまる思いがした。われわれにしてみれば、急降下訓練を行なうといわれれば、日常茶飯事のようにしか感じないが、空中戦と聞いただけで、緊張感が全身にみなぎってくるのは不思議であった。

一月早々、空中戦訓練が行なわれた。特殊飛行とはいいながらも、戦闘機搭乗員にとっては、初歩的なものであり、しごく簡単なものであろうが、艦爆搭乗員にとっては、やはりむずかしい特殊飛行と考えがちだった。

まず、スロー・ロール上昇、スローロール、垂直旋回、宙返り、背面飛行といったようなものである。

最初のうちは、背面飛行をしても、逆さになっている感じはなく、大空と地面がぐるりと百八十度まわり、頭の上のほうに地面が勝手にかぶさってきたとしか思えず、また垂直旋回では、片方の翼端を固定し、それを軸に飛行機が回転している感じであった。

ある日、空中戦訓練をくりかえしているとき、某飛行兵曹（名前は失念）が、宙返り訓練中、ストール（失速）にはいり、山の中腹に、木の葉が落ちるように、ゆらゆらと揺れるような状態で墜落してしまった。

「おそらくだめだろう。とうとう犠牲者が出たか」

「生きていればいいがなあ」

と、地上に待機していた全員がささやきあった。

救急隊の出動が下令され、飛行中の艦爆全機に着陸命令が出る。待機所で安否を気づかっていると、救急隊が出動してゆく。三十分、いや一時間、経過しただろうか、長い不安の時間がすぎてゆく。そのうち、

「搭乗員は、二名とも生存。ただし、瀕死の重傷である」

との報告が指揮所に入った。

生きていてくれよ、と祈りながらも、おそらく死んでしまったであろう、と思っていただけに、待機所内は、

「おい、生きているそうだ」

「ほんとうか、よかった、よかった」

と、墜ちた二名が重傷とはいえ、彼らの生存を聞いて喜びにざわめいた。

数日して、病院に見舞いに行った先輩の話によると、宙返り中、機が頂点（背面飛行の状態になる）にたっする直前、ほんの一瞬、怖いなと思うと同時に、操縦桿を前に押してしま

った、とのことであった。

しかし、ふたりとも顔面に二十数針を縫うという重傷でありながら、奇蹟的に生命を取りとめたのは、不幸中の幸いであった。他の隊の飛行隊では、訓練中に大なり小なり、いくつかの事故があったが、艦爆隊としては、後にも先にも、事故はこの一件だけであった。このことは、艦爆錬成員の誇りでもあった。

佐伯空周辺上空の悪気流と戦いながら、一ヵ月あまりの猛訓練に耐え、錬成訓練も予期以上の効果をもって終わったことを告げられたのは一月下旬だった。と、同時に、私たち茂原基地からの転出組は、茂原基地への帰隊を命じられた。

佐伯空に在隊中、ともに猛訓練に精進して、技量の熟練に励んできた先輩たちが、どこから調達してきたのか、酒、罐詰、たばこを数多く用意し、あすの別れを前にして、兵舎で盛大な送別の宴をひらいてくれた。

つぎの朝、おたがいに励まし励まされて、いよいよ出発というときも、汽車の中で退屈しないようにと、持ち切れないほどの酒類、罐詰類を持たせてくれたが、この先輩たちの厚意には、ただただ頭の下がる思いであった。

みんな、おなじ搭乗員である。別れても、またいつの日にか、どこかの基地で、めぐりあえるにちがいない。われわれは、心から先輩たちにお礼を述べ、佐伯空に別れを告げた。

感激を胸に

茂原基地に帰り着くと、残っていた連中が、肩をたたきながら元気に迎えてくれた。彼らは、われわれの留守中にあったことどもを、そして、われわれは、佐伯空周辺の悪気流をはじめとして、訓練状況等々について語らい、よもやま話に花を咲かせた。

いろいろと話をしているうちに、茂原に居残っていた連中よりも、われわれのほうが、数等、錬度を上げているように思えた。

そのうちに、茂原に残っていたうちのひとりが、

「おれたちは、近いうちに千島列島の幌筵《ほろむしろ》（千島列島の最北端でカムチャッカ半島の突端に一番近い島＝北緯五十度ぐらい）へ進出するらしいんだ」

と、われわれに教えてくれた。佐伯空に行く前から、それは噂のようにささやかれてはいたが、やはり北方へ進出するというのはほんとうらしかった。

「熾烈な南方とはちがって、すこしは長生きができる勘定だな」

「そうよ、急いで死ぬばかりが能じゃないからな」

南方の戦線とちがって、緊迫感のうすい北方の護りにつくことを、みんなが心の中では望み、喜んでいるのがよくわかった。

翌日から、また訓練がはじまった。佐伯空に行く前に飛んだときは、眼下の街並みを見ても、無我夢中で、なんという街か、村落か、なかなか見当がつかず、杉本分隊士に叱られてばかりいた。

だが、いま飛んでみると、眼下に望む市街地が、あれが東金の町、こっちが長生町、あそこが……と、自分の現在位置もはっきりと確認でき、また機内における諸操作にも余裕が生

じ、佐伯空での錬成で、技量もいちだんと進歩したことにわれながらおどろいた。

こうして、技量と精神力の錬成の日々がつづいた二月十日ごろ、江間飛行隊長から、近いうちに、全員が幌筵に進出する旨を知らされた。

航海図をひらいてみると、なんと、日本の最北端である。

その後は、飛行訓練よりも、寒冷地における飛行要領、あるいは翼の凍結防止の方法とか、北方地域の気象条件等の講義に数日を費やしていたが、講義の場に当てられている宿舎に隊長が来た。

「みんなよく聞け、ただいまより名前を呼ばれた者は、おれの前に整列してくれ」

と、言いおくと、

「小澤二飛曹！」

と、真っ先に私の名が呼ばれる。

「ハイッ」と、返事をして私は隊長の前に行った。

（いったい、なんだろう。べつに悪いことをしたおぼえはないが……）と、自問自答しながらも、やはり心中、いささか気にかかる。つづいて、安達二飛曹、竹尾二飛曹、山野二飛曹……。

呼ばれた順に、隊長の前に整列する。隊長は、不審げな顔をして、整列した私たちを見ていった。

「ただいま名前を呼ばれた者は、五〇一空に転勤を命じられた。本日は、これから外出を許可する。帰隊時間は明朝八時までとする。出発は明朝十時、行く先は木更津航空隊、以後の

五〇二空の進出予定地となった千島列島幌筵に近い占守島の水偵部隊。米軍のアッツ島来攻後、海軍は北辺の護りのため航空戦力の充実を計った。

指示はそこで仰げ。多分、五〇一空はラバウルにあるはずだ……」

転勤を命じられたのは、私をふくめて十二名だったと記憶している。隊長が去ったあと、（やっぱりおれは南方か。これで、みんなより早く死ぬことになってしまったな）と思うと、母親の顔、兄姉の顔が、フーッと頭に浮かんできた。（もう、おそらく肉親の顔を見ることもないかもしれない）と、心中、なにか心残りのようなものを感じたが、南方にゆく転勤命令ぐらいで、ながながと感傷にひたっている余裕などはなかった。赤井先任搭乗員は、私たち転勤組の気持をくんでか、

「いよいよ南方か、搭乗員として、やりがいがあるではないか。おれたちも、北にばかりはいないだろう。また、南方へ進出することがあるだろうから、つぎに会うまで生きていろよ。おれだって、隊長だって生きのびてきているんだ……」

等々、先任をはじめ、残る隊員から、別れと励

ましの言葉をうけながら、われわれは外出準備にかかり、午前中から外出した。私は、真っ先に下宿の田中さんの家に向かった。

田中さん一家に、戦地に行くことになったことを告げ、お世話になったお礼を述べ、家から送ってもらってあったふとんを送りとどけてくれるようにお願いをした。

母や兄にも、電話で戦地行きになったことを伝えようかと思ったが、(いまさら未練がましい。ふとんが送り返されれば、どこかの地に行ったぐらいわかるだろう)と思い、家への連絡はやめてしまった。

ふとんの荷造りを終わった後は、竹尾を同道して、やはりお世話になった理研送真課長であった内海金吾さん(佐伯空からの帰途、私が、ぶどう酒とたばこを差しあげたのが機縁となって知り合った)宅を訪ねることにした。

このとき、竹尾とふたりで相談し、生花店で、彼岸桜の切り枝を数本買い求め、これを持ってお邪魔した。ご主人は、まだ帰宅されてはいなかったが、奥さん(当時の予科練、土浦海軍航空隊司令松岡大佐の姪にあたる方であると聞いた)と、四、五歳に二、三歳のかわいい子どもさんが玄関へ出迎えてくれた。奥さんは、私たちが持参した彼岸桜の花束を見たとたんに、

「いよいよ戦地ですね。ご苦労さまです……」

と、言い当てたのには、さすが海軍大佐のお身うちだなあと感服した。

私と竹尾は花束を差しだして、謝辞を述べた。奥さんが、

「主人を呼びますから少しお待ちを……」と言われるのを固辞して、内海さん宅に別れを告

げた。外は意外に寒く、鉛色の雲は低くたれこめ、いまにも降りだしそうな空模様であった。

その夜は、例によって夕刻から外出をした連中と合流し、大正館で飲めない酒を飲み、飲まされ、ドンチャン騒ぎの送別会になった。そして、送別の宴も終わり、大正館を出るときには、雪が降りはじめ、街の家並みは、うっすらと雪化粧におおわれていた。

翌朝、下宿を出るときには、前夜来の雪はやんでいたが、房総地方にはめずらしく三十センチもの積雪であった。

かさねて田中さん一家に礼を述べ、基地へ向かった。雪を踏みしめながら、基地へ帰る私の目に、畑も林も街の家並みも銀一色に輝いていた。

これから雪を見ることのない南方戦線に向けてたとうとする私たちにたいして、天が恵んでくれた餞けの雪景色であると思うと、寒さも忘れ、サッ、サッと雪を踏みしめながら歩く足どりも軽く感じた。

兵舎へもどり、木更津への出発準備を急いだ。だが、その日は出発取りやめとなり、翌日、出発することとなった。その日は、二月の二十一日か、二十二日であったと記憶している。

出発準備もすべてととのっているとき、竹尾、山野のふたりが私のところに来て、

「小澤、もう全員、出発準備ができたようだぞ」

「おれも、とっくにできているよ」

と答えると、

「それなら、集合させたらいいだろう」

「おれに引率しろというのか、冗談じゃあないぜ。こんどはお前らが集合させ、だれかが引

率してゆけよ。おれは大井空からここへ来るときも、佐伯空の往ったり来たりのときも、引率したんだ。引率だの、やれ指揮だのは、まっぴらごめんだよ」（同行者が、同期生と丙練、特乙出の兵長とはいえ、実際に引率の責任をとらされると、相当な心労があり、引率など絶対にしたくないと思うものなのである）

「なあ、小澤、お前がやってくれよ」

「いやだといったら、いやだよ」

と、おなじ問答をただ、くりかえすだけである。

「なあ、迷惑はかけないし、連帯責任でやるから頼む。お前が適任なんだよ。そうだろう、みんな」

みんなは調子を合わせたように、異口同音に、

「頼みます」

と大声を出している。

「よし、わかった。それでは、木更津航空隊まで引率する。それから先は、だれかが引率の指揮をとってくれよ。それがいやなら、くじ引きで引率者を決めよう」

「わかったよ、木更津から先はなんとかする。さあ出かけようぜ」

雪のため、飛行訓練が取りやめとなった兵舎には、全搭乗員が集まって、別れを惜しんでくれた。残る隊員にあいさつをし、庁舎前に整列をする。

木田司令はじめ、江間飛行隊長、山田分隊長らが見送りに出てきた。司令から、

「艦爆搭乗員の意気を示してくれ……」

と、激励の言葉をもらったが、司令じきじきに声をかけられたことで、感激でいっぱいであった。

隊長、分隊長までが見送ってくれたのは、降雪のため、飛行作業が取りやめになったからというだけのことでもなかったらしい。われわれはその感激を胸に、茂原基地に別れを告げ、木更津航空隊に向かったのである。

ところで、茂原基地に残った連中は、われわれが南方戦線に向けて木更津航空隊をたってから、日をへずして、木田司令以下、五〇二空搭乗員全員が、飛行機ともども、幌筵ではなく、北海道の千歳基地に進出して、北辺の護りについた。

そうして、十九年八月、五〇二空を解隊して、千歳に進出した七〇一空と合隊し、艦爆隊、艦攻隊、陸攻隊をふくめ、戦力を充実した航空隊となった。

また、五〇二空司令の木田大佐が七〇一空司令となって、江間飛行隊長が飛行長に昇進し、実質的には、戦力を充実した五〇二空が、七〇一空と名称を変更したようなものであった。

木更津航空隊に仮入隊した後、われわれは当直士官に、ラバウルにある五〇一空に転勤の旨をつたえ、南方行きの飛行機便の手配をお願いした。

われわれが待機中にも、さきに他の航空隊から仮入隊していた連中は、硫黄島、サイパン、トラック島などへつぎつぎと出発していった。

南方行きの飛行機便を待つこと一週間、退屈に身のおきどころもないといった状態のとき、

「五〇一空へ転勤の指揮官は、当直士官室に来られたし」

と拡声機が伝えた。

「おい、指揮官だとさ、士官がいると思っているのかな。行き先がわかったんだろう。とにかく行ってくるぞ」

そこで、当直士官からつたえられたのは、「明朝〇八〇〇（午前八時）、輸送機隊指揮所前へ集合、〇八三〇、サイパン行きの一式陸攻に便乗せよ。五〇一空の所在は、サイパンに到着後、現地で調べよ」とのことであった。

第二章　南十字星またたく戦場で

ただならぬ気配

昭和十九年三月一日、サイパン島行きの命令をうけたわれわれは、われわれのために用意してくれた輸送隊の一式陸攻に便乗し、一路南下してサイパン島に向かい、アスリート飛行場に着陸した。

ほんの数時間前までは、寒さにふるえていた身が、いまはじっとしていても、汗がじっとりとにじみ出してくるような暑さに変わり、周囲の樹々の緑も、目を射すばかりに色冴えている。飛行場と境を接して、緑一面にひろがる砂糖きび畑は、まぶしいばかりの炎熱の太陽に照らされ、葉をそよがせていた。

静かではあるが、どこか内地の雰囲気とはちがう。（とうとう南方の島へ来たな）という実感とともに、（さて、これからさき本隊との合流を急がなければ……）と思うと、ひしひしと緊張をおぼえた。

サイパン島アスリート飛行場には、当時、名にしおう零戦戦闘機隊の〝虎部隊〟の猛者連が、空の護りについていた。といっても、われわれが木更津航空隊で待機しているころ、内地で搭乗員と飛行機を補充し、戦力を強化して、このアスリート飛行場に配備されたばかりではあったのだが……。

虎部隊とは、司令上田猛虎中佐の名にちなんで、ニックネーム的に命名したものと思っていたら、司令の名前と偶然に一致しただけで、二六一空は虎部隊、二六三空は豹《ひょう》部隊、二六五空を狼部隊と呼び、戦闘機主体の航空隊には、戦闘的な動物の名が冠してあった。ちなみに、直接戦闘に参加しない空輸部隊には、鳩部隊という優しい名が冠せられていた。のちにわれわれは、空輸部隊を鳩ポッポと呼んだものである。

虎部隊に仮入隊してみると、われわれに話しかけてくる搭乗員はだれひとりとてなく、なんとなく緊張感がただよっているようであり、彼らにぎごちないものを感じた。が、それもそのはずである。彼ら虎部隊搭乗員の大半は、われわれよりも二、三日はやく硫黄島を経由して、アスリート飛行場に着いたばかりで、他部隊の搭乗員などにかかわっている余裕などはまったくなかったのである。

これを知ったわれわれは、彼らとは逆に、彼らに身近さを感じ、気らくな気分になって、緊張感とぎごちなさから解放された。

アスリート基地に到着した翌日、当直士官のところに行って、あらためてラバウル行きの件を説明し、飛行機便の手配を願い出ると、

「あっち（ラバウル）のほうに行く飛行機便など、いつ来るかわからない。なんとか手配はしてやるが、きょう、あすというわけにはいかん。まあ、じっくり待っておれ」

と申しわたされてしまい、本隊との合流を一日も早くと願っているわれわれの望みは、い

サイパン島アスリート飛行場には、零戦戦闘機隊〝虎部隊〟が空の護りについた。写真は、ラバウルを発進してガダルカナル攻撃に向かう零戦隊。

つになるのか、まったく見当がつかないことになってしまった。

〝鳴くまで待とうほととぎす〟ではないが、飛行機便の手配がつくまでは、宿舎にいても、なすすべを知らずという身である。私は怒られるのを覚悟で、当直士官に外出許可を求めたところ、怒られもせず、簡単に外出が許可されたのには、いささか拍子抜けがした。私はみんなが喜ぶ顔を想像しながら、飛ぶようにして宿舎へもどった。

「おい、みんな喜べ。いったい、なんだと思う」

「飛行機が来るのか。それとも、本隊の所在がわかったのか……」

「違う、違う。みんな喜べ、外出が許可になったんだ。ただし、単独行動は禁じられている……」

夢想だにもしなかった外出許可に、戦地にある本隊との合流のことなど、みんなの頭の中からすっかり消えうせ、南の島に来たというめずらしさも手つだって、そうそうに外出した。一日目の外出は無我夢中であり、ただ解放感を味わっただけであったが、二日目、三日目の外出ともなってくると、気分も落ちついてきた。サイパン島の西海岸に沿って走るアスリート道路から眺める椰子林や、透きとおるような海の青さ、白砂の遠浅がどこまでもつづく海岸は、さながら一幅の絵を見るような美しさがあり、幽幻の世界か、お伽の国へでも来たかのようであった。

アスリート道路から、基地の方を振り返ってみると、アスリート基地は、丘陵地帯をのぼりつめたかなり高い地点にあることを知った。そして、アスリート基地から六、七キロの地点にあたると思われるアスリート沿いには、新しく造成された滑走路ができあがっていた。

しかし、滑走路と道路をへだてた反対側の製糖工場を見学させてもらったとき、工場長が言うには、滑走路は警備隊か施設隊の隊長の発案で、現地民間人の勤労奉仕によって完成したものであるらしいのだが、風向の関係で、滑走路としての用をなさないとのことであった。

ある一日は、足を伸ばして、ガラパンの町、サイパン港まで出かけていったが、歩いていて気がついたのは、建物とか電柱に掲げられている広告看板のどれを見ても、〝南洋興発株式会社〟の文字が見え、サイパン島全体が、南洋興発株式会社の所有ではないかと錯覚するほどであった。

「明日は、東海岸の方へでも行ってみるか」

「いやあ、戦闘機隊の連中に気がひけるから、明日はやめようや」

賛否両論、雑談をかわしながら、物見遊山気分を満喫して宿舎へ帰ってみると、戦闘機隊搭乗員のあいだには、いつもと違った緊迫した空気がただよっており、ただならぬものを感じた。

聞くところによると、三週間ばかり前の二月十七日ごろ、トラック諸島全域が敵機動部隊に急襲され、わが方は邀撃《ようげき》の態勢もとれないまま、地上にあった二百機以上が、敵艦載機の銃爆撃にさらされて焼失破壊されてしまい、くわえて邀撃に飛び上がった戦闘機もわずかで、敵攻撃部隊の編隊の進入を阻止することはできなかったらしいとのことであった。

また、戦死者も多数、出たらしいと聞き、われわれにとってはくわしいことはわからないまでも、なにかそら恐ろしさをおぼえ、ただ愕然とするばかりであった。

トラック諸島の各飛行基地が、壊滅的打撃をこうむったことを、二十日以上も、私たちに知らせなかったことは、第一線配備にある搭乗員の士気に影響することを恐れた上層部の配慮であったろう。

虎部隊の戦闘機隊にしてみれば、敵機動部隊が北上し、サイパン来攻は必至とみて、全機臨戦態勢をととのえ、『トラック諸島の二の舞を踏むな』の気概が横溢していた。攻撃隊直掩機編成、サイパン島上空哨戒機の搭乗割も定められたようであった。そして、上空哨戒機の数はきのうよりも増し、サイパンの哨戒にあたった。

戦地に来たことを忘れたかのように、遊山気分にひたり、平和な静かな印象をうけはじめていたのも、これでいっぺんに吹き飛んでしまい、こんどは、（果たして目的地ラバウルまで行けるだろうか）という不安と焦燥が、頭の中を渦巻くようであった。

一夜明けて、例によって当直士官のところへ報告をかねて連絡に行くと、当直士官は、「隊長からの命令を伝える」と言って、語をついだ。

「ここにいても、飛行機便の手配がいつつくかわからない。が、テニアンの飛行艇基地に行けば、なんとかなるかもしれない。飛行艇基地には連絡をしておくから、さっそくテニアンへ行け。テニアン行きの船は、サイパン港に手配しておく……」

用意されたトラックに乗り、サイパン港に向かう車上で、これからだれが引率し、指揮をとるかで、ああでもない、こうでもないと、ワイワイ、ガヤガヤもめたが、結果は、私がまた引率することになってしまった。

向こう岸の火事

教えられた桟橋へ着いて驚いたのは、なんと、そこにあったのがちっぽけな内火艇であったことだ。善行章三本の上等兵曹が艇長で、艇員は召集兵であろうか、三十歳前後の一等水兵であり、年齢はともに同じくらいに見うけられた。

われわれが乗艇すると、内火艇は、サイパン港と隣接する水上機基地を横に見ながら出港した。上等兵曹の艇長は、冬の軍服を着たわれわれを見て、

「内地からか、まだ内地は寒いだろうな。ところで、お前たちは、なんで懲罰をくらったんだ」

と、問いかけてきた。私は懲罰という言葉が、ピーンとこなかったので、

「えッ、懲罰？　べつに懲罰はくらっておりません」

「懲罰をくらっていない？　善行章はどうしたんだ」

「はい、善行章なしの二等下士です」

「ふうん、帝国海軍にも、善行章なしの下士官が、できたのか、飛行科は進級がはやいとは聞いてはいたが……」と善行章なしの、われわれ二等下士官、兵長を交互に見まわし、不思議そうな顔であった。（善行章は三年間勤務すると、一本付与される。したがって、善行章三本の艇長は、九年以上、海軍生活を送ったことになる）

やがて環礁の外に出た内火艇は、針路を南にとり、サイパン島を左手に見ながらテニアン島をめざした。サイパン島の上空を仰ぐと、零戦の一群が、上空哨戒のため、トンビが舞うように飛びかっている。

艇長は、まことにのんびりしたもので、操舵を水兵にまかせ、艇尾のほうに席をうつし、トローリング釣りの準備にかかった。

二、三尾の大きな魚が釣れると、釣り糸（ワイヤ）を元にもどし、ご機嫌は上々であり、おかげでわれわれも、艇内の退屈しのぎになった。

サイパン港からテニアン飛行艇基地（テニアン島最南端）の船着場までは、十五、六マイルの距離であろうか。釣りのために蛇行航行しながらだったが、四時間近くもゆられ、やっとテニアン島に上陸した。

さっそく飛行艇基地で仮入隊の手続きをとり、目的地はラバウルであることを報告するとともに、できるだけ早い機会に、五〇一空につけるよう上申した。

当直士官も、冬の軍服を着た私たちを見て、

「遠路ご苦労、さっそく飛行長を通じ、司令になんとか取りはからっていただくよう努力する」

と、約束し、仮宿舎をあてがってくれた。当直士官がテキパキと親切にことをはこんでくれたせいもあろうが、アスリート基地よりも、なんとなくあたたかい空気を感じた。

飛行艇基地へ仮入隊した印象としては、当直士官がテキパキと親切にことをはこんでくれたせいもあろうが、

飛行艇基地の搭乗員にいちおうのあいさつをし、五〇一空をさがしていることもつけくわえ、しばらくおいてもらいたいと話すと、先輩搭乗員はこころよく迎えいれてくれた。

やはり、当直士官と話しあったときの印象のように、サイパンの零戦搭乗員たちより、この基地搭乗員のほうが、なごやかさがあり、居心地がよさそうだと感じたのは、私ひとりではなかった。

やっとくつろいだわれわれに、先任格の搭乗員が、

「お前たちは、サイパンに一週間以上もいたというに、そこで防暑服をもらわなかったのか」

「はいッ、なにしろ、勝手がわからないものですから、本隊についてから支給してもらうつもりです」と答えると、

「冗談もいい加減にしろよ、この暑いのに。お前らの着ている冬服を見ただけで、汗が出てくるようだ。よその部隊とはいっても、おなじ搭乗員同士ではないか、おれが隊長に話して、なんとかしてもらうから、もっとサッパリしろよ。ところで、夏服はどうして着なかったんだ」

「内地をたつとき、返納してきました」というと、

「馬鹿もんが」のひと言ですんでしまった。

戦地で明け暮れしていると、気性もすさんでいるかと思っていたのは、まったくわれわれ新参者の偏見であった。内地を離れ、まだ幾日もすぎていないのに、先輩搭乗員たちの温情が、知らぬ他国で助けられたように、涙の出るほどうれしかった。

　先輩搭乗員のはからいで、飛行帽、飛行靴、防暑服、さらには肌着まで支給され、おまけに私物である褌まで配給されて、先輩たちとおなじ服装になったことで、いままでこわばっていた気持もいくぶんやわらぎ、劣等感みたいなものも消えて、雑談の中にも笑いが多くなってきた。

　夕食後、暮れなずんだ飛行艇発着所の防波堤にたたずみ、静かな波の音を聞きながら、影絵のようになった椰子の葉かげを透してピカピカと、まばたくようにきらめく南十字星を見ていると、飛行場でひと飛びすれば、その星にゆきつけるのではないかと思われるほど近い距離に感じられた。テニアンの夕暮れは、サイパンとは違う神秘的な優雅さがあった。

　飛行艇基地へ仮入隊し、一日すぎ、二日すぎても、なんの指示もなければ、命令も出なかった。そこで、とうとう三日目には、外出許可を願い出た。ここでも簡単に外出が許可され、連日、外出しては故郷へのみやげ話の一つにでもなればと、あちらこちら見てまわった。飛行艇搭乗員があきれて、

「お前ら、よくそうやって、毎日毎日、遊べるな、もう外出もあきたろう」

と、皮肉まじりの言葉をかけられては、翌日はもう外出する気にはなれなかった。

　翌日からは、基地宿舎の北側にあるジャングルを切りひらいて草原のようになっている荒地を歩きまわり、野生のバナナ、パイナップル、その他はじめてみる名も知らない果物をと

っては時間をすごした。とった果物は、先輩搭乗員たちにご機嫌うかがいのつもりで差し入れをした。

外出にも、基地周辺の草原、海岸の遊びにも、ほとほとあきがきたころ、私はみんなに向かって言った。

「もう、こうなったらしかたがない、船でもいいから、ラバウル方面に行く便があったら乗せてもらおうと思う。みんなはどう思うか」

「茂原基地をたってから、ずいぶんと日もたっているからなあ。船でもなんでもいいから、とにかくラバウル行きの便をさがしてもらおうではないか」

と、全員が賛成であった。

さっそく、私は当直士官のところに行き、私たちの意向をつたえ、一日も早く五〇一空の所在地に到着できるよう希望を述べた。その途端に、当直士官から、

「バカ者、貴様らは、まだ南の海のこわさを知らないから、そんなのんきなことを言っているが、このあたりの海には、敵の潜水艦がうようよいて、艦はいつ沈められるかわからないんだ。穏やかな海に見えるが、一歩外へ出てみろ、毎日のように、一隻か二隻が、敵潜水艦の餌食にされているんだ。搭乗員が死ぬときは、飛行機に乗って死ねばいいんだ。飛行機乗りの死に場所は、これからいくらでもある。そんなに死に急ぎすることはない。とにかく、指示があるまで待っておれ……」

と叱られながらも、懇々とさとされ、搭乗員が、いかに重要な存在であるかを、あらためて思い知らされた。

私は、宿舎で待つみんなに、当直士官の言ったことを話した。みんな思いはおなじで、がっくりしたようにうなだれ、ため息とともに肩を落としてしまった。そんなとき、われわれのやりとりを聞いていた飛行艇搭乗員のひとりが、

「お前たちは、ラバウル、ラバウルと言っているが、いまどきラバウルに行くような飛行機なんか、めったにありはしないぞ。だいたい五〇一空なんて、ほんとうにラバウルにあるのか。おれたちは司令部付だし、司令部もここ（テニアン）にあるのだから、事実、五〇一空がラバウルにあれば、司令部でなんとかしてくれるはずだがなあ……」

「ほんとうに、司令部（第一航空艦隊）はここにあるのですか」

「お前らに嘘を言ったところで、はじまらないだろう」

私は、この飛行艇搭乗員の言ったことがほんとうで、ほらを吹いていないとすれば、司令部があるのだから、なんとかなるだろうと、ひとつの望みを抱いた。すると、いくぶん気持もらくになり、（あくせくせず、成りゆきにまかせろ。おれの責任ではないわ）という気持になってきた。そして、ふてぶてしくその日もゴロ寝をしたり、基地周辺をうろついて終わってしまった。それにしても、幾日も幾日も、なにもすることもなくすごすということは、いかに苦痛であるかをしみじみと味わった。

夕食後、例によって飛行艇発着所の防波堤に腰を下ろし、夕闇の迫る水平線の彼方に、倒れかかった十字架のように、いくぶん左にかたむいてまたたいている南十字星を眺めながら、雑談をかわしているとき、突如、非常呼集のラッパが拡声機を通じて流れた。われわれは、なにごとかと、一瞬、ドキリとするものを感じた。非常呼集のラッパが終わると、

「救助隊員、出動用意。急げ」の号令がくりかえし、拡声機から流れた。

「おい。宿舎にもどろう。飛行艇でも、墜ちたのかも知れんぞ」

われわれは、不吉なものを感じながら、宿舎にもどってみた。すると、飛行艇の隊員は、なにごともなかったように、トランプ遊戯、花札遊戯に興じている。

「なにかあったのですか」と聞くと、

「ああ、女と子どもだけを乗せて内地へ帰る輸送船が、六十マイル東で、敵潜の攻撃をうけて沈没寸前らしい。護衛の駆逐艦もいるらしいが、掃海艇が救助に向かったようだ……」

と、われわれに説明しながら、『向こう岸の火事だよ』と言わんばかりに、遊びに熱中していたのには驚くとともに、当直士官の言った言葉が、まざまざと頭の中によみがえってきた。

茂原基地をたった当座と、サイパン島についた当初は、案外、自由な行動と、ものめずらしさで浮き浮きしていたが、来る日も来る日も、食っては遊び、また食って寝る生活がつづくと、私にかぎらず、全員さすがに参ってしまい、悶々の日を送る始末だった。

茂原をたって、すでに一ヵ月をすぎようとし、三月も下旬になってしまった。その間、飛行機には一度も乗っていないので、(はたして五〇一空に着いて、すぐに飛行機に乗っても、事故を起こさないだろうか)という不安が頭をかすめさる。

三月下旬のある日、ついに吉報がもたらされた。

「明朝、トラック島の夏島まで飛行便を出してやるから、それに乗って行け。飛行機は二式飛行艇である……」

これで、すこしでもラバウルにある本隊に近くなった勘定になると思うと、われわれは大喜びであった。

夏島に行く飛行艇は、われわれがお世話になった飛行艇基地搭乗員が操縦し、これに乗せてもらうことになった。夕食のとき、お礼を述べるとともに、全員が最敬礼にも似たお辞儀をしてお願いをすると、気分をよくしたのか、別れの宴でもひらくように、酒をふるまってくれたのには、まったく感激であった。（ここで私は、戦地勤務の搭乗員の気風を知った。ここには、親切はしてやっても怨まれることをするな、他隊の搭乗員にたいしては制裁をくわえるな、という規則にはない不文律があったようである）

勝たねばだめだ

テニアンの飛行艇基地が、われわれのために、わざわざ一機の飛行便を仕立ててくれたことに感謝しながら、二式飛行艇に搭乗し、夏島の水上機基地に着水した。水上機基地は、夏島の岸壁に接しており、飛行艇から内火艇に乗りうつり、夏島の岸壁に上陸するまで五分とかからない距離であった。やはり夏島の飛行基地は、岸壁に接するように滑走路が延びていた。

夏島基地についてまず驚いたのは、うわさ以上に惨憺たる情景を目にしたときである。基地のあちらこちらには、焼けただれた飛行機の残骸が散らばり、敵の奇襲に惨敗したことを物語っていた。しかも、私たちがいままで乗り、また、これからも乗る九九艦爆ばかりであった。

愛着を持っている艦爆だけに、飛行機の残骸というより、生きものの累々たる死骸を見せられたような錯覚にとらわれて、(なぜ、こんな姿になってしまったのだ、さぞくやしかっただろう)と、声をかけてやりたいほどであった。

春島、冬島、楓島、その他の島々に散在する飛行基地も、夏島基地とおなじ惨状だと聞かされ、あらためてわれわれの心に、戦地の厳しさ、恐ろしさを感じさせた。と、同時に、勝たなければならないのだということを、この飛行機の残骸が、暗黙のうちに教えてくれたようであった。

われわれがそんな目で見たせいか、この基地の搭乗員は、サイパン、あるいはテニアン基地の搭乗員にくらべ、なんとなく活気がなく、文字どおり、意気消沈その極にたっするといった感さえあったが、それにはうなずけるものがあった。

飛行場を見わたしてみても、飛べそうな飛行機は、ここ夏島の艦爆基地には、二、三機の艦爆以外には見当たらなかったからである。

夏島基地の艦爆搭乗員の語るところによれば、サイパンでのうわさどおり、二月十七、十八日の未明の奇襲で、トラック諸島全体で四百機ちかくあった飛行機が、地上で二百機、邀撃戦で七十〜八十機以上も失われたとのことだった。(トラック諸島に四百機ちかくの飛行機があったのは、ラバウルより転進した航空隊の飛行機が大半であった)

例によって、ラバウル行きの件を報告すると、飛行長はけげんな表情で、

「ラバウル? 五〇一空は、ラバウルにあったが、一月下旬か、おそくとも二月そうそうに、

ほかへうつっているはずだぞ……」

ここまで来ても、本隊の所在がわからないとは、偉い人たちは、いったい、なにをしているんだろう、おなじ海軍航空隊でありながら、どの航空隊がどこにあるかぐらい、わかりそうなものだと、いらだたしさを感じ、まったくうんざりした気分になってしまった。

思えば、飛練卒業と同時に、本隊の所在がわからず、仮入隊また仮入隊をくりかえしているのは、われわれだけのような気さえした。

「なんとかならないかなあ。これでは急降下の勘が鈍って、本隊に着いたら、新規まきなおしまで訓練しなきゃあならないぜ」

「ほんとうだよ……」

急降下爆撃は、降下角度五十五度以上の角度でダイブし、しかも、九九艦爆で二百八十ノット（一時間あたり約五百二十キロ）前後であり、のちに、第一線に配備された彗星艦爆では三百二十ノット（同、約五百九十キロ）前後である。

そして、機首引き起こし時の、ものすごいG（重力）に勝つには、くりかえしくりかえしの訓練が必要で、一日に五時間飛んで四日休むより、一日三十分間の飛行で、五日間飛ぶほうがよほど効果があるのである。

事実、急降下爆撃に絶対必要な、爆弾投下高度、投下時の飛行機の対気速力、投下点の風向風速、敵艦の針路、速力測定等、この基本原則も忘れてしまいそうであった。

どの基地でも、仮入隊という居候的身分で、南方のものめずらしさを求めたが、二、三日もすぎればあきがくる。ましてや、ここ夏島基地は、ひと目見たところ、基地のほかに建物も見当たらず、密林におおわれた丘陵地帯の山ばかりに見えて、基地の外へは一歩も出る気はしなかった。

ここでも、悶々の日がつづき、とうとう四月になってしまった。そんなとき、どこからはいった情報かわからないが、三月三十、三十一日と、パラオが、トラック諸島同様、敵の奇襲をうけ、徹底的にやられたといううわさが流れてきた。

あちらの島、こちらの島がやられている。はたして、ラバウルまでつけるのだろうかと、また不安な気持が胸をかすめた。同行している連中も、おなじ思いだったのであろう。いつもあまり多くをしゃべらない山野登までが、

「小澤、もっとしつっこく頼んだらどうなんだ。このままでは、本隊につく前に、おれたちは、なにもせずにやられてしまうぜ」

と、とうとう不満と不安が私にぶっつけられてきた。

「おれだって、一生懸命にやっているんだ。どこの基地で世話になっているときだって、おれが一日一回は、かならず連絡に行っているのは知ってるだろう。だから、おれは引率はいやだと言ったんだ。ここから先は山野、お前か竹尾が引率しろ」

「そんなに怒るなよ、悪気があって言ったわけではないんだ。みんないらいらの連続だから、気にしないでくれ」

「おれのいらいらは、お前ら以上だ……」

と、その場はおさまった。

私は、テニアンで当直士官に言われた〝搭乗員をはこぶには、飛行機か潜水艦だ〟との言

離水する二式大艇。ハワイ攻撃、ウルシー偵察等めざましい働きをした。
テニアン飛行艇基地から特別に仕立ててもらった本機で夏島にわたった。

葉を思いだし、夏島には潜水艦基地があることを知ったので、みんなに相談してみた。

「おれは潜水艦基地へ行って、なんとかラバウルまでつれていってくれと頼んでみるつもりだが、みんなはどう思う」

「それはいい思いつきだ。さっそく頼んでみるか」

「ここがやられ、パラオがきのうやられたというのに、そんなに暇のある潜水艦があるものか」

と賛否両論に分かれたが、潜水艦基地へ頼んでみることに決したので、二、三名を同行して、基地へ向かった。

　潜水艦基地は、水上機基地とは真反対側にあり、基地を出て小高い山を越え、さらに下っていったところにあった。約三、四キロの距離であったろう。途中でも、ジャングルの中のいろいろな施設とか山肌がえぐりとられ、惨憺たる被害をこうむっているのが一目瞭然としていて、敵がいかに大規模な奇襲攻撃をかけたかが想像できた。

潜水艦基地で、内地をたってからの、放浪の旅に似た情況を説明し、ラバウル行きの便を懇願して帰ってきた。

へとへとになって基地へもどると、残っていた連中が、みんな荷物を持って、われわれの帰りを待っていた。彼らはわれわれの姿を見かけるや、

「オーい、早くしろ、すぐに出発するぞ」

と、大声で呼びかけてきた。

「なにッ、出発だって？　どこへ行くんだ」

どなりながら駆け足で、みんなのところまで行くと、われわれの持ち物も、もう全部、持って来てあった。

「お前たちの帰りを待ってもらったんだ。行く先は、パラオのペリリュー基地だそうだ」

「パラオか。ラバウルに行くのに、パラオまわりとは変だなあ。とにかく乗ろう」

「当直士官がな、勝手なことをするやつらだと、怒っていたぜ」

案の定、指揮所へ出発の報告に行ったら、途端に、下士官にあるまじき行動をとったということで、どなりとばされてしまった。

夏島基地の搭乗員にあいさつするまもなく、一式陸攻に便乗し、われわれは夏島基地をあとに、パラオに向けて飛び立った。

パラオ諸島の一つペリリュー島のペリリュー基地に降りたったのは、四月の二日か三日だったと記憶しているが、この基地に降りてみて、これにもまたおどろいた。まず最初に、口をついて出た言葉は、異口同音に、

「ひどいもんだなあ」

であった。みんな、それ以上は口に出せない惨状であり、それはトラック島の夏島の比ではなかった。

サイパン、テニアン、トラック島と渡り歩きながら、敵機の銃爆撃にさらされた経験のないわれわれも、（戦争とは、このようにひどいものなのか。戦うからには、勝たねばだめだ）ということを、夏島基地のとき以上に痛感し、負ければこういう結果になるのだぞ、ということを目のあたりに見せつけられたような思いがした。

指揮所に行き、五〇一空に赴任する隊員であることを報告する。すると、飛行長から、

「ご苦労、五〇一空はダバオにある。明日にでも飛行機を出してやるから、それに乗って行け」との指示をもらった。

飛行長のテキパキした指示と、五〇一空はフィリピンのダバオにあるという本隊の所在がはっきりしたことで、やっとわれわれには明るい笑顔がもどってきたようであった。

みんなで無駄口をたたきながら、宿舎へ向かうべく飛行場のはずれまできて目に映ったものは、まっ黒く焼け焦げ、あるいは灰燼に帰した数多くの民家であり、そこがペリリューの街であった。（飛行場はいちだんと高い場所にあり、ペリリューの街は低い平坦地にあって、飛行場の端からペリリュー市街が一望できた）

飛行場をはずれたところには、そこここに生えている大きな樹々が、根もとから樹上にかけて、枝も葉も焼け落ち、まるで黒い大きな棒が立っているようであった。あの南国の美しい緑の葉は、付近一帯どこにも見当たらないような状態で焦土と化していた。

宿舎に向かう途中の橋も、爆撃で壊されたのであろうか、橋脚だけが残っており、その数メートル下流に、空きドラム罐をいくつも浮かせ、その上に板をならべた仮橋ができていた。

軍事基地だけの夏島の被害とちがい、ペリリューは、飛行場の被害よりも、ペリリューの街をはじめ、飛行場周辺のほうが惨状を呈していた。

この荒廃した光景を、まざまざと見せつけられたわれわれは、冗談をいう気分もいっぺんに吹き飛び、宿舎まで沈黙の状態がつづいた。

翌日、飛行長は約束どおり、われわれのために、ダバオ基地向けの一式陸攻一機を用意してくれたが、われわれにしてみれば、(ほんとうに五〇一空はダバオにあるのだろうか)と、一抹の不安を抱きながら、一式陸攻に乗りこみ、タバオ基地に向けて離陸した。

このときもまだ、ペリリューの街のあちこちから、くすぶりつづける煙が、陸攻の銃座から望見することができた。

『よくやった』

ダバオ基地に降り立ってみると、飛行場には、九九艦爆と零戦が整然と列線に並んでいた。

九九艦爆を見た私は、(五〇一空であってくれよ)と、祈らずにはいられなかった。

指揮所で、五〇一空であることを確認し、全員整列して、五〇二空から五〇一空への転勤者であることを報告、さらにこれまでの経過を説明した。

「ご苦労であった。きょうは宿舎でゆっくり休め」

と、申しわたされたときには、（ああよかった。やっと生命の預け場所が見つかった）と、親にはぐれたひな鳥が、ようやく親鳥の懐に帰ったような安堵感で、急に疲れがどっと全身をおおってきた。だが、たったいま五〇一空に着いたばかりの二等下士、兵長が、そうそうに宿舎に案内を乞うこともできない。指揮所横の待機所にいた先輩たちに、着任のあいさつを簡単にすませると、先輩たちの飛行訓練の終わるのを、彼らにまじって待機所で待った。

宿舎についてから、夕食時に五〇一空に着任のあいさつをあらためてすませ、これでようやくだれにも気がねしない、純然たる五〇一空の一員となったのである。

五〇一空の隊員となったからには、新入隊員である身にとっては、食卓当番を覚悟していたが、艦爆隊にも戦闘機隊にも、けっこう兵長の搭乗員がいたので、食卓当番だけは、どうにかまぬがれることができた。

先輩たちの話によると、五〇一空は第十四航空艦隊第二十六航空戦隊に属していたが、第一航空艦隊に編入されたばかりであるという。そして、この五〇一空は、私が大井空の飛練を卒業し、五〇二空茂原基地へ着任するすこし前の十月にラバウルで開隊、編成されたものであった。

五〇一空の搭乗員の大半は、ガダルカナル、ルンガ沖航空戦、その他の激戦地で華々しく戦った五五二空、五八二空の生き残り搭乗員であり、五五二空、五八二空を合併したものが五〇一空になったようなもので、艦爆隊を主体とした航空隊であるが、戦闘機隊も一飛行隊か二飛行隊をくわえた航空隊であった。

十九年一月下旬にいたり、ラバウル方面の戦況の悪化にともない、トラック島に転進、三月初旬、トラック島よりダバオに転進したものであった。

さらに幾日かたって知ったことであるが、われわれがパラオのペリリュー基地に降りたときには、パラオのコロール基地には、三月下旬、ダバオ基地を発進した五〇一空の戦闘機隊の一部が待機しており、三月三十、三十一日には、パラオ諸島へ奇襲攻撃をかけてきた敵の艦載機群にたいし、激しい邀撃戦を演じていたのであった。

その晩は、飲めや歌えのドンチャン騒ぎで、先輩隊員が新参者のわれわれを歓迎してくれた。宴なかばで、新入隊員の個人紹介がはじまったが、そんなものは形式的にすぎなかった。酒の量をすごすにしたがい、階級の上下などはまったくなく、新参、古参の区別もないので、家族的な雰囲気に触れることができ、いくぶん気らくになれた。が、いつ、どんな罰直が襲いかかってくるかもわからない不安もあった。

しかし、これはわれわれ新入隊員の危惧にすぎなかったのである。五〇一空にかぎらず、のちに二〇一空に編入されてからも、搭乗員の間では、私的制裁に似た罰直はなかった。これがかえって搭乗員同士の信頼感を生み、和をふかめ、団結心を強固にし、強い絆で結ばれることになった。

五〇一空に着任して、翌日から猛訓練がはじまった。約一ヵ月半ちかくも、急降下訓練をしていなかったので、多少、不安ではあったが、案ずるより生むがやすしの諺どおり、まあまあの出来ばえであった。

われわれ新入隊員が、ダバオ湾を中心に訓練に励んでいる間にも、先輩搭乗員は連日、ダバオの東方から南東海上にかけて、何機かが索敵に発着した。あるときは、『敵潜水艦発見、位置××』の無電を受信した戦闘指揮所の命令一下、爆装し待機していた九九艦爆が緊急発進することもしばしばであった。

先輩搭乗員たちは、待機所でのんびりしているようでありながら、さすがに歴戦の猛者連だけに、いざというときには動作も機敏であり、活気に満ち、緊張感が伝わってくるようであった。

隊の気風にも、飛行機にも慣れ、どうにか一人前にできるようになったときには、四月も下旬になり、われわれ新入隊員にも、二日に一度は、索敵のため、外洋へ飛びたつ任務があたえられた。

いざ、索敵飛行の命令をあたえられてみると、その晩は、(だいじょうぶだろうか、洋上でエンジンが停まるようなことはないだろうか、敵艦隊を発見したらどうするか)等々、頭の中でいろいろなことが空まわりをし、なかなかに眠りつけないものである。(飛行計画予定は、前の晩の夕食後、分隊士か当直下士官が発表するのが建て前であり、緊急発進の場合は、そのつど、指揮所で飛行長、あるいは飛行隊長が命令を出した)

飛行場へ行って、出発を待つ間も、睡眠不足にくわえ、全身が緊張のかたまりとなったようで、頭に血がのぼり、出発前から気持だけが先走ってたかぶり、ソワソワした気分で足が地につかないといった精神状態である。

先輩から、冷やかし半分に、

「おまえら、機動部隊とか艦隊の攻撃に行くのではないんだぞ。索敵飛行ぐらいで、そんなにソワソワするなよ。いまからそんなことでは、いざ機動部隊とか艦隊攻撃というようなときには、一発でやられてしまうぞ。洋上の航法訓練のつもりで、気らくに飛んで来いよ……」

と言われるのを背にうけながら、愛機に乗りこみ、ダバオ東方の洋上めざして索敵に飛びたっていった。

洋上の索敵飛行も、三回、四回と回をかさねるごとに、心のたかぶりもなくなってきて、日常茶飯事のように、機上における諸動作も要領を得て順調にはかどり、双眼鏡をはるか彼方の洋上に向ける時間も長くなり、機上食の弁当も食い足りないくらいであった。

索敵にも慣れ、四月も終わろうとするとき、また、索敵搭乗割がまわってきた。慣れてくると、索敵距離も伸ばされたが、いつものように気らくな気持で搭乗できるまでになり、往復の索敵距離八百マイル（約千四百八十キロメートル）に近い扇形索敵に出発した。

いままでにない長距離索敵飛行であったが、（慣れた）という自信が不安を解消し、快晴の空を東へ向かって飛びつづけた。振りかえっても、すでに陸地は、水平線の彼方に没して見えなくなっている。

ちぎれ雲が海面に落とす黒い影に、（さては敵の潜水艦では？）と胸をおどらせ、急降下してみたり、風の影響で一箇所だけ白く波立つ海面に目を凝らしたり、座りつづけの身体の退屈さにくらべて、目の神経だけは、いつもピリピリと張りつめていた。

基地を発進するときには、真上にあった太陽も後上方に変わり、第一変針点に近いパラオ諸島の手前（西方）二百マイル付近上空にたっし、南に針路を変え、さらに西へ針路を変えて、帰投針路の索敵コースを飛ぶときには、すでに太陽は西にかたむき、まぶしいほどの残照は、真正面から機を照らす時刻になっている。

　双眼鏡をかまえ、左右の海面に目を凝らしながら、帰投針路の索敵をつづけ、基地上空に帰投したときには、はるか密林の彼方に夕陽が沈もうとし、滑走路には着陸目標のカンテラが赤々と灯って着陸準備もできていた。ぶじ着陸し、指揮所に帰投報告をすませると、部下の帰投を案じながら待っていた隊長から、

「ご苦労、よくやった。きょうの索敵飛行距離は、空中戦、退避時間の三、四十分の飛行時間を除いた九九艦爆のぎりぎりの攻撃圏内である。よくおぼえておけ……」

　隊長からの『よくやった』のこのひと言で、五時間あまり飛びつづけた心身の疲労も、いっぺんに吹き飛んだように、かえって爽快な気分になり、私の帰りを待っていてくれた先輩たちと宿舎へ帰った。（上官からの『よくやった』の言葉は、海軍では、最高の賛辞としてうけとられた）

はじめての経験

　二、三日後、例によって午後の索敵に飛びたった。また八百マイルの飛行である。
　出発時には快晴だった天候も、帰投針路をとり、まもなく陸地も見えようとするころから、雲量も増し、はるか前方は真綿を敷きつめたように真っ白な雲海である。大石からは、

「前方は一面の雲だ。雲高も低いので、雲上飛行するが、いいか」

「雲上飛行了解」と、気らくに応じたものの、飛べども飛べども、雲の切れ間はおろか、真

っ白であった雲海も、黒さを増した雲に変わってきた。前席の大石からは、

「小澤兵曹、陸地が見えないぞ、いま、どこを飛んでいるかわかるか」

「もうまもなく、ダバオ湾上空につくころだと思う」

「思う、では困るよ。はっきり機位を確認してくれ」

真剣に訴えているのは、手にとるようにわかるが、私もこんな経験ははじめてである。自分を信じ、あとは大石の操縦にまかせる以外に道はないのである。私は意をけっして、

「大丈夫だ。このまま真っすぐ飛んでみろ。そして、五分（飛行距離で十五マイル）たったら高度を下げ、雲海から百メートル上を飛べ」

「了解。五分たったら高度を下げる」

私は、チャート（航空図）を両足の上におき、発進時刻から第一変針点、第二変針点の時刻を点検しなおしてみることに懸命であった。再点検の結果、自分が推定した機位には、ほとんど狂いは生じない気がした。私は大石に、

「大石、いま飛んでいるところは、ダバオ湾上空あたりだ。雲海百メートル上空まで高度を下げてくれ」

「了解、高度を下げる」

と言いながら、高度三千メートルから、じょじょに高度を下げはじめ、五百メートルで水平飛行にもどした。

西にかたむいた太陽は、雲の下に隠れてすでに見えなくなり、上空には夕闇が迫りつつあった。私はなんとなく、心ぼそくなり、

「大石、隊内無線電話を使ってみる」（隊内無線電話は、遠距離の場合は相手方が受信できないので、相手方が応答してくれれば、機は基地の至近距離にある証拠にもなるし、暗号でなく普通会話ができる）

「こちら××号機、ダバオ基地応答されたし」と、呼びかける。基地からは、

「こちらダバオ基地、××号機、感度は」と、返事が返ってくる。

「感度良好。一面の雲で基地がわからない。爆音によって誘導されたし」

「了解。××号機の爆音は、基地北方の上空より聞こえる。百八十度方向に機首を向けよ」

私は、了解の返電をするとともに、

「大石、基地と連絡がとれたぞ。基地からの指令だ、百八十度に針路をとれ」

と伝えた。大石は左旋回をし、針路を百八十度にとった。針路百八十度で二分も飛行したとき、基地指揮所から、

「××号機、ただいま基地上空、そのまま着陸誘導コースを旋回して待て」

私が、基地指揮所の命令を大石につたえると、彼は、

「了解。だが、燃料があまりありません。指揮所へ連絡してください」

私は、指揮所へ残燃料の少ないことを報告した。着陸誘導コースを二、三周したとき、大石は、燃料が底をつきはじめたことをつたえてくるとともに、

「この雲を突っ切って、雲の下に出ます。指揮所に雲高を聞いてください」と言ってくる。

私は指揮所へ、

「燃料なし。雲下に出る、雲高知らせ」とつたえると、指揮所からは、

「雲高三百五十。上空にてしばらく待て」の命令である。

了解はしたものの、早く着陸しなければ、いずれは死につながる。指揮所の命令を無視して、大石のいうとおり、密雲を突っ切るかどうか迷ったが、一瞬、探照灯照射訓練のことが頭にひらめいた。私は指揮所へ、

「探照灯を散光照射されたし。雲の薄いところより、雲下に出る。燃料なし、緊急着陸の要あり」と送信した。指揮所から、「了解、しばらく待て」の返電がくる。

大石にこのことをつたえて、基地上空を旋回していると、三基の探照灯が、いっせいに散光照射され、雲を照らし、雲の層の薄いところからは、その光芒が雲を突き抜け、雲上が明るくなっている。私は指揮所へ、

「ただいまより雲下に出る」と報告すると同時に、大石に、

「これより雲下に出る。雲の薄いところを突っ切ってくれ。引き起こし高度三百」とつたえた。

大石は、探照灯の光芒がひときわ明るい場所を目がけて密雲の中へ、緩降下で突っこんだ。ほんの二、三秒であったろうか、あっけないほど簡単に、密雲を抜けてしまった。

三基の探照灯は一基が消え、何秒かすると、また一基が消え、そしてまた一基と、全部が消えた。滑走路にはカンテラが灯り、着陸態勢がととのっている。

機はなにごともなかったように着陸し、滑走をはじめた。私は固定バンドをはずし、風防をあけて席から立ち上がり、上半身を機から出し、滑走する機を誘導した。

滑走路の端が近づくと、整備員が懐中電灯を振りながら誘導する。整備員の誘導にしたが

い、大石が滑走誘導路に入ろうとし、機首を左に向けた途端、左車輪の脚が折れたかと思われるように、左主翼の翼端がガクンと左に下がり、地面にくいこんだ。

その瞬間、今度は、尾部がグーンと持ち上げられるような状態になり、機首が下を向いたとき、プロペラが地面をガリガリとかじって、エンジンが停まり、機はつんのめるように半逆立ちとなった。

そのとき、上半身を機から出していた私は、胴体から放り出されるように、左主翼の付根の上にドデーンと投げ出されてしまい、さらに翼からころげ落ちるように、地上にドスンと落ちてしまった。私は立ち上がると、

「大石、だいじょうぶか」

と大声で呼んだ。大石は放心状態のように、機内に座ったままいった。

「だいじょうぶだ。小澤兵曹は、もう降りてしまったの」

「バカヤローッ、おれは飛行機から放り出されてしまったんだ」

大石がおもむろに機から降りてくるときには、待機所の搭乗員が、

「おうい、だいじょうぶか」

と、大声をあげながら、全速力で駆けつけてきて、われわれの怪我を心配してくれた。

「やっちゃった（壊してしまったこと）よ」と言うと、

「仕方ないよ。もの凄いスコールで、滑走路は川のように水が流れたものな」

と言って慰めてくれた。大目玉頂戴の覚悟で、大石をともない、指揮所に立ち、

「××号機、索敵飛行を終わり、ただいま帰投しました。着陸滑走後……」

と、報告をしかけたとき、隊長は、私の報告をさえぎるように、

「もうよい。後は見ていてわかっている。怪我はないか」

私は、足と腰の痛いのを我慢して、

「二名とも、怪我はありません」

と答えると、隊長は大声で、

「本日は、全員、その場で開放。宿舎へ帰れ」

解散の号令がかかったのを機に、全員がトラックに乗り、宿舎へ向かった。

トラックの荷台の上で、みんなの話を聞くと、隊長は、私の機が帰投してくることは、半ばあきらめていたようであったとのことだった。

決意を秘めて

ある日、待機所で待機しているとき、約二十機ばかりの彗星艦爆と、数機の天山艦攻が大挙飛来し、基地に着陸した。われわれは、搭乗員ともども五〇一空に増員、増強がなされたものだと喜んだが、搭乗員は空輸隊員であり、彗星艦爆と天山艦攻だけが、五〇一空のものとなった。

彗星艦爆は、九九艦爆とちがって、まことにスタイルのよい、見るからに精悍な感じである。脚は引込脚となり、エンジンは液冷、翼は中翼で、日本の飛行機としてはスマートすぎるくらいであった。（中翼も、液冷エンジンも、日本の飛行機では、はじめてであり、ドイツの

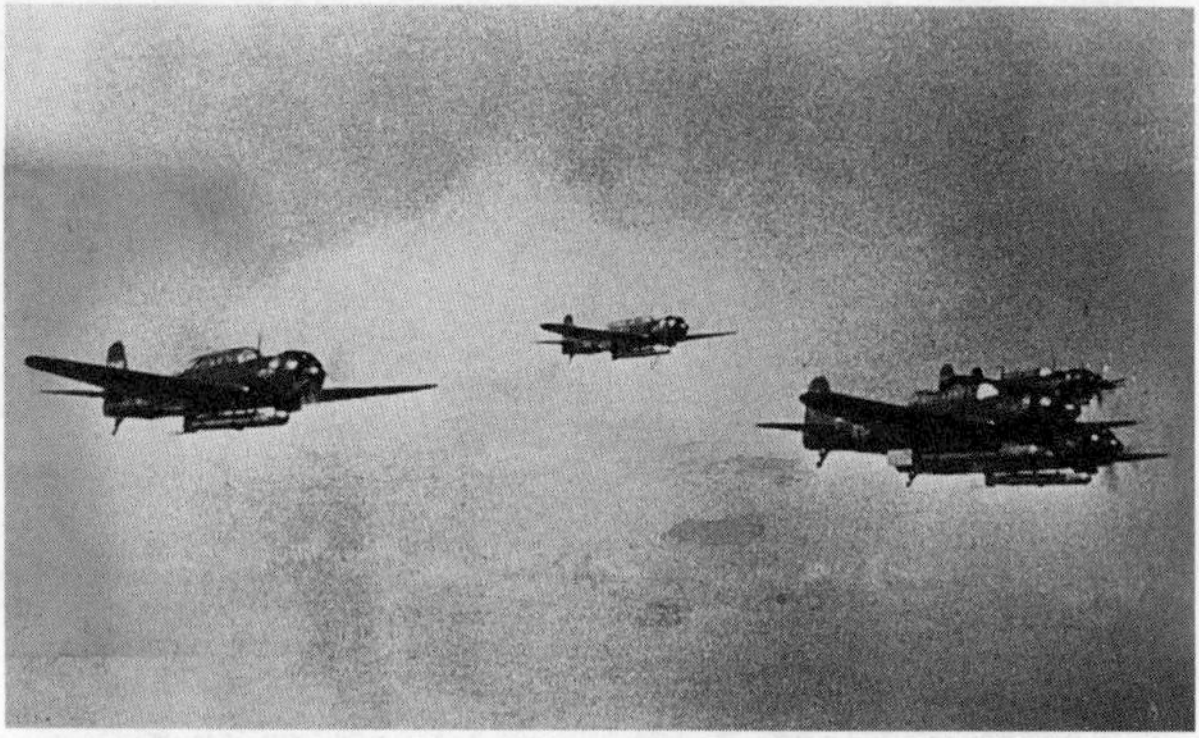

艦上攻撃機天山――太平洋戦争中期から使用された。本機は第一次空輸で彗星とともに五〇一空に飛来したが、列線におかれたままだったという。

ダイムラーベンツ社との技術提携により製作された）

　翌日は、飛行長はじめ隊長からも、彗星艦爆についての諸元の説明があった。それによると、九九艦爆に比較して、すべての点で数段すぐれていた。

　その例をあげれば、零戦よりスピードがあり、航続距離も九九艦爆よりぐんと伸び、爆弾搭載量（五十番＝五百キロ×一、六番＝六十キロ×四）も大きくなった。それにくわえ、私たちがいちばん魅力を感じたのは、高速を利用し、戦闘機なみの空戦性能を持っていることであった。敵戦闘機と遭遇した場合でも、優速を利用して敵戦闘機を振り切り、敵艦を攻撃するだけの速度が出せた。

（この当時の艦爆としては、高性能の急降下爆撃機であり、空戦性能もよかったため、二十年にはいってから一部改造して、銃火器を大きくし、夜間戦闘機としても使われた）

　今度は、先輩も後輩も一丸となって、彗星艦爆に搭乗しての訓練がはじまった。私も慣熟飛行をかねて、二日か三日に一度は索敵のため、外洋へ飛びたった。

索敵に出ない搭乗員は、当時、ニューギニア北方海域からフィリピン東方海域にかけて、囮《おとり》艦兼索敵艦として出撃していた戦艦「長門」が、ダバオ湾に投錨していたので、「長門」を仮想敵艦にして、「長門」をめがけ、急降下爆撃の訓練に模擬爆弾を投下したり、空戦を想定して零戦を相手に、ダバオ湾上空で特殊飛行訓練に精をだした。戦艦「長門」と基地指揮所間には無線電話があり、模擬爆弾が命中しないで着陸したときには、隊長に怒られるのが関の山であった。

だが、ダバオ基地は、サイパン、トラック島、パラオ諸島などにくらべて、平穏で、厳しい訓練の合間に、四日に一度ぐらいのわりで外出も許可された。仮入隊のときの気がねした外出とちがい、新入隊員とはいえ、大手をふってダバオの街にでかけて、買物を楽しんだり、街の劇場で民族舞踊などを見たり、華僑街にくりこんでめずらしい食事をするなど、充分に息抜きもでき、いろいろと楽しむ機会もあった。

五月上旬、私は一等飛行兵曹に昇進した。先輩搭乗員たちから、

「俸給の半分は昇進祝いに、昇進者全員が寄付をし、祝い酒を飲むのが艦爆隊のしきたりなんだぞ」

と言われ、それを真にうけたわれわれは、先輩搭乗員たちとダバオの街にくりだし、目のまわるほど飲まされた。勘定のときには、おごったつもりでいたのが、先輩たちが払ってくれて、昇進のお祝いをしてもらった格好となってしまった。

先輩は後輩をいたわり、昇進を喜んでくれ、一方、後輩は先輩に敬意をもって接する日常

が、隊員相互の絆をふかめていった。これとは逆に、喧嘩をし、ときにはののしりあって絆をふかめていったのは、同期生と同年兵の間がらだった。喧嘩とはいっても、子猫どうしでじゃれ合うような、退屈をまぎらわすひとつの刺激剤のようなものであった。その後、一、二回外出をしたが、五月十日ごろを境に、一切の外出を禁止され、ただならぬ動きのあることを感じさせた。

五月も半ばをすぎたある日、待機所でゴロ寝のような格好で休んでいるとき、陸攻から降りてきたひとりの少将が、坂田司令にともなわれて、指揮所へ向かってきた。待機所で休んでいた中の一人が、

「気をつけッ、敬礼！」

と、号令をかけた。あわてて起立して敬礼をするわれわれを、司令にともなわれた少将は、手で制するように、

「いやァ、そのまま、そのまま、休んでいていいよ。ご苦労さん」

と、笑顔を私たちに見せながら、司令とともに指揮所へ上がった。私たちはささやくように、

「あの少将はだれだい」

「将官だから、司令官クラスかな」

「司令官なら、お伴がぞろぞろついてくるよ」

「そうさ、司令官なら、金ピカのモールをつけた参謀連がついて来るよ」

などと、詮索をしているとき、飛行長から、

「搭乗員総員、指揮所前に集合」

の号令がかかった。総員が整列したのを見はからうと、坂田司令からの紹介もなしに、さきほどの少将が立ち上がって、

「私が、第二十六航空戦隊司令官の有馬（正文）である。君たちも知ってのとおり、戦局をかえりみるとき、ミッドウェー以来、わが機動部隊および航空隊は、あまりにも損耗が多く、極度に航空戦力が低下してしまった。そして第二十六航空戦隊は、第一航空艦隊に編入され、しかも、大本営直轄の航空戦隊として発足したものである。現在の敵の状況を判断するに、さきには、ラバウルが、そしてトラック諸島、パラオ方面へと反撃の大攻勢をかけてきている。敵は今後、ニューギニア方面北部からパラオ諸島方面を扼す公算が大きく、さらに、このフィリピンを狙う公算がきわめて大である。現時点においては、ニューギニア北方海域から、フィリピン、パラオ、トラックと東西に結ぶ海域で、敵機動部隊および艦隊を捕捉し、殲滅するのが急務である。すでに〝あ号〟作戦準備も発動されている。敵の動静によって、〝あ号〟作戦決戦発動も近いと思われる……」

などなど、いままで司令、飛行長も説明してくれなかった戦況の詳細と、司令官じきじきの訓辞と激励があり、五〇一空の士気は、いやがうえにも燃え上がった。先輩搭乗員たちは、

「ようし、敵の機動部隊を見つけたら、ルンガ（ルンガ沖航空戦）の仇は、かならずとってやるからな」

と、闘志をむき出しにしていた。（この時点で五〇一空直属の零戦戦闘機隊は、戦力を増強して機数も増え、艦爆隊は九九艦爆が姿を消し、内地から逐次、補充された彗星艦爆のみとなった。

第一次の空輪で彗星とともに飛来した天山艦攻数機は、無用の長物のように列線におかれたままであった）

ちなみに、〝あ号〟作戦に触れてみると、〝あ号〟作戦準備発動は、作戦遂行に必要な、艦隊、航空兵力の充実をはじめ、必要な兵員、弾薬、物資の補給整備をし、〝あ号〟作戦決戦準備発動では、それぞれ所定の配備につき待機し、〝あ号〟作戦決戦発動の下令によって戦闘態勢をとる、といったものであったようである。

また、有馬司令官の、われわれにたいしての〝あ号〟作戦の説明では、味方機動部隊の激減のため、基地航空部隊の充実をはかり、アウトレンジ戦法（敵機動部隊の攻撃隊が母艦発進前に、これを殲滅する）をとるというものであった。

このアウトレンジ戦法を採用したのは、味方航空機の攻撃圏は、約四百マイル、敵艦載機の攻撃圏は、約二百八十マイルであり、その差は百二十マイル。単純計算すれば、敵艦載機が母艦を発進する約三時間前に、味方攻撃隊を発進させることができたからだ。

なお、第一航空艦隊は、大本営直轄部隊であり、大本営の下令によって動く。そして、小出しの攻撃、戦闘を避け、航空兵力の温存をはかり、一大航空兵力をもって、敵機動部隊の主力を壊滅する。そして、戦果の充実を期するため、敵機動部隊にたいして、昼間強襲を建て前とするというものであった。

司令部（司令部はダバオにうつっていた）から、折をみては、ちょくちょくと基地指揮所に来て、いろいろと説明してくれる有馬司令官であったが、われわれ下士官搭乗員にとっては、海軍に入って以来、『貴様らは言われたとおりに動けばよい、余計なことは聞くな』と、言われつづけ、その習慣にならされていたので、司令官の説明も、はじめはあまりピンとこなかった。

だが、有馬司令官の下士官搭乗員にたいしての態度は、いつもいたわりの心がにじみ出ているようであり、また戦局についての説明も、われわれにわかりやすく説明してくれるので、しだいに搭乗員全員が、司令官の温厚な人格に魅せられていった。

あるとき、例によって索敵コースの分担を定められ、隊長の命令で、指揮所前から索敵機に向かおうとする搭乗員を引きとめ、

「とくに、南東方面の索敵飛行をする機は、先日までダバオ湾に停泊していた『長門』が、その方面を駆逐艦をつれて遊弋中である。敵艦と誤認しないように、また、敵艦隊を『長門』が率いる艦隊と誤認しないように、充分注意して飛んでもらいたい」

と、こまごまとした注意まであたえてくれる司令官にたいして、さらにわれわれは、全幅の敬意と信頼を寄せ、親近感を感じた。

それとともに、われわれにも、おぼろげながら戦局の危機感がわかりはじめ、それぞれの搭乗員が決意を胸に秘め、索敵飛行にも、訓練飛行にもいっそう身が入るようになった。

われわれが、五〇一空へ着任してからも、索敵中に、あるいは訓練中に故障または事故のために志なかばで死んだ搭乗員も、その数を増すと同時に、新鋭機彗星の数も減っていった。

死亡事故につながらないまでも、飛行機の破損事故の多かったのには、その理由がある。

ダバオ基地の滑走路は三～四度の傾斜があり、坂道のような滑走路に砂利が敷きつめてあって、とくにスコール後の離着陸には車輪がめりこみ、飛行機が逆立ちになってしまう事故が

多く、搭乗員泣かせで有名であった。

これも五月下旬になって、滑走路の西側のジャングルを切りひらき、滑走路を延長して平坦な滑走路とし、また、これとクロスするように南北に走る滑走路をつくり、ダバオ基地の滑走路は、十文字形の滑走路となったのだが。

ともあれ、外出禁止の措置がとられるのとときをおなじくして、敵のＰ38（双発双胴の高々度戦闘機＝山本五十六長官機を撃墜したのと同型機）は、毎日、定期便のように、午後になると、高度七、八千メートルで基地上空を旋回し、偵察をする。そこで零戦が飛びたち、五千メートルくらい上昇したと思われるころには、基地上空より西の方へ飛び去ってしまう。

（この当時の零戦は、敵搭乗員の捕虜の話によれば、『ゼロファイターを見た瞬間、空中戦になる前に、やられたと思う』と語っていたという）

零戦搭乗員は、切歯扼腕してくやしがり、Ｐ38の飛来時間を予想し、基地上空をはずれた上空で、零戦にしては上昇限度ぎりぎりの高々度で待機して、Ｐ38の飛来を手ぐすねひいて待ちうけた。そして、戦闘指揮所からの命令を、数機の零戦が待っていた。

例によってＰ38三機が、銀色の機体をピカピカと太陽に反射させながら、西の空から基地上空に機影を見せた。指揮所からの隊内無線電話で、上空で待機している零戦隊に、攻撃命令が指令される。

敵にしてみれば、きのうまでなんの反応も示さなかった零戦が、降って湧いたように襲いかかってきたのである。あわてるＰ38を撃墜するには、何分もかからなかった。残ったＰ38一機は、空戦を避けて、遁走してしまった。

上空を眺めながら、待機所では歓声が上がり、零戦の搭乗員は意気揚々たるものがあった。

P38は、いったい、どこから発進して来るのだろう、二、三日、このような小規模な空中戦があり、P38が延べ数機、墜とされたのちは、まったく機影を見せなくなった。

「敵さん、恐れをなして、とうとう来なくなったな」

と、雑談をしていると、これを聞きとがめた隊長から、

「お前ら、有頂天になるな、敵は恐れたり、墜とされたからこないんじゃあない。ダバオ近辺の空中撮影も終わり、偵察を終わったから来ないのだ。今後、けっして油断するな」

と叱責された。私たちは慢心をいましめられ、心をまた新たにした。

すでに〝あ号〟作戦準備は発動されており、フィリピンの各航空基地の航空兵力も充実されていた。また、パラオ諸島の各航空基地へは、マリアナ諸島のサイパン、テニアン、グアム島の各航空基地から、大挙集結しているとのことであった。三月下旬、五〇一空の戦闘機隊の一部が、パラオのコロール基地に派遣されたと聞いたが、これも一機として五〇一空には帰っていなかった。

つのる不安のなかで

われわれ艦爆隊は、ダバオ基地から発進し、ミンダナオ島南東海域から、ダバオの北東方面にかけての海域を、数機が分かれて扇形索敵し、パラオ、ダバオを東西に結ぶ海域を航行する敵艦隊発見につとめた。

この日も私は、明石上飛曹（甲八期生）とともに、ダバオ基地を飛びたった。このころの索敵飛行には、大石とのペアをはずされ、明石上飛曹とペアを組むことが多く、ツーと言えばカーの間柄になっていた。

明石上飛曹は、私よりも階級も上であり、先輩（十六年四月入隊）であったが、飛行中のふたりは、まったくの友だち同士であった。

「小澤兵曹、きょうはなんとか、おれたちの飛行機で、敵の機動部隊でも見つけたいものだな」

「明石兵曹、そりゃあ無理ですよ。いればかならず見つけますが、このあたりにはいないかも知れませんよ。司令官の説明だと、敵はニューギニアの東からパラオにかけて動いているようですから、かえって、パラオから発進している索敵機のほうが、敵を見つける公算が大きいと思いますよ」

「それはちがうぜ、大本営が机の上で勝手に想定した決戦海域で、そこへ敵さんを誘いだそうということだよ。とにかくきょうの視界は良好だし、小澤さん、頼みますぜ」

「まかしといて下さいよ。左右後方の見張りだけは引きうけますから、前方だけは頼みますよ」

「了解、了解」

機は索敵針路をこころよいエンジン音をとどろかせながら、目的海域を東へめざして飛ぶ。敵艦隊は、はたして索敵圏内にいるだろうか。

双眼鏡で、渺々《びょうびょう》とした海原を、水平線の彼方まで望むが、なにも見えない。つぎは左右後方と上空を見張る。敵機の影もない。

「小澤兵曹、何マイル飛んだかね」

「まだ二百マイルそこそこです。あと百五十マイルは、そのままヨーソーロ（直進）で願います」

「ヨーソーロはいいが、前方の雲が気になるんだ。ずいぶんと厚い雲だぜ。離陸するときには快晴でも、二百マイルも飛ぶと、海の上の天候も変わるな。雲の上に出るかい、それとも下を飛ぶかい」

「雲の上に出る前に、あの雲の中へ突っこみそうですね」

明石兵曹は、決断したように、

「雲の上に出たんでは、索敵の役目を果たさないから、雲の下を飛ぶことにするぞ。ただいまより高度を下げる」

「了解」と、返事をすると同時に、チャートに、高度を下げはじめた海面に×印と時刻とを記入する。高度四千メートルから、じょじょに高度を下げながら、密雲に向かって直進する。五百メートルで水平飛行にもどる。前方には、さらに大きくなった雲がおおいかぶさろうとしているように見える。（大丈夫かな）と、不安が胸をかすめる。あと五分たらずで雲の下であろう。

「小澤さんよ、五百じゃ、駄目だ。三百か二百で飛ぶようだぜ。高度を三百で飛行する」

「了解、針路は八十度でやって下さい」

「小澤兵曹、すごいスコールだぞ。海の上がまっ暗で、雲の下は雨のカーテンが張られたようで、まったく見えないぞ」

明石兵曹のいつになく緊張した声に、私は風防をあけて、前方を見た。なるほどすごい雨である。高度三百メートルで豪雨の中へ突っこむことは、ちょっとした計器の見まちがいで、海面に激突する恐れが充分にある。私の不安は、ますますつのるばかりであった。

「明石兵曹、大丈夫かい。引き返しますか」

「あの中へ突っこんで、駄目なら、すぐに変針する。やれるだけやってみる」

「案外、敵さんは、あのような中に逃げこんで、索敵機から見つからぬようにするそうだね。敵さんは、スコールといっしょに航行しているかも知れないし、見つけたら殊勲賞ものだからね」

「まもなく、スコールの中へ突っこむぞ」

「了解、計器盤を願います」

いく日か前には、帰投してみれば、基地上空は密雲にとざされ、ほうほうの態で着陸したが、きょうは出た先でスコールに出くわした。（ちくしょうめ、どうしてこのごろは、おれが飛ぶときにかぎって、こう天候が急変するんだ）と、心のなかでつぶやいても、どうにもならない。

生まれてはじめて見る海上のスコールは、聞きしにまさるものすごいものであった。機体を叩きつける雨音で、エンジン音がかき消され、エンジンの力が急に弱くなったような気さえした。

しかも、五十メートル先も見えなければ、海面すら見えない。計器飛行以外に方法はない。

こうなったら、操縦桿を握っている明石兵曹の腕を信頼するだけである。

（古賀連合艦隊司令長官が、パラオからダバオに向けて飛行中、行方不明、殉職となったのも、こんなスコールだったのか）と思った瞬間、ゾッとした。

（古賀長官座乗の二式大艇と、福留参謀長ら連合艦隊司令部の首脳が座乗の二式大艇の二機は、三月三十一日、パラオからダバオに司令部をうつすためダバオに向けて飛行中に、二機とも低気圧にまきこまれ、行方不明となり、私たちがダバオの五〇一空に着任する前日まで、五〇一空では、大捜索を展開していたとのことであった。

古賀長官が捕虜になったとか、福留参謀長が捕虜になったとか、あるいは現地人のゲリラに捕まり、長官が人質になったとか、まことしやかな噂が流れ、五〇一空搭乗員は、連合艦隊首脳部の行方不明事件はいち早く知っていた。また、大本営が、〝古賀長官作戦行動中、行方不明殉職〟を正式に発表したのは、一ヵ月あまり経過した五月上旬であったと記憶している）

明石兵曹は、前方を凝視したまま、操縦桿に全神経を集中している。ただひとり、空間をただよっているような錯覚におちいる。

私は、計器盤に目をくばり、針路、速度、高度、水平の間違いないことを確認して、ホッとしたが、声をかけずにはいられない衝動にかられ、

「明石兵曹、高度を二百に下げてみませんか」

「高度を下げたって、雨の量には変わりはないだろう。これ以上、下げるとかえって危ない。雨は多いが、気流が安定しているから大丈夫だ」

「いつになったら、この中から抜けられるのかね。ここまではいってきたんだから、変針海

面まで直進しますか」

「ああ、このままヨーソーロだ」

「目的海面まで行っても駄目なら、帰りが危ないから、パラオへ行ってしまいますか」

「それは、変針点まで飛んでから考えよう」

ずいぶん長い時間、スコールの中を飛んだような気がするが、時計を見ると、スコールの中に突っこんでからまだ十数分（飛行距離で五十マイル＝約九十キロ）飛行しただけである。が、スコール圏としては、相当に大型のものであろう。

「明石兵曹、スコールの中を、五十マイルも飛んでいる勘定だ。東から西に伸びたスコールの中へ突っこんでしまったようだね。針路を変えますか」

依然として、すごい雨音が機全体を叩きつけて、エンジン音をかき消している。

「もうすぐ出られるよ。いままで何回かスコールの中を飛んだことはあるが、こんな大きいのははじめてだ」

ふた言、三言、話しているとき、明石兵曹が、素っ頓狂な声をあげた。

「おい、前方が明るい。やっと、突っ切れたぞ。もう大丈夫だ」

眼前がパッと明るくなり、そこには嘘のように晴れた青空があり、まぶしいばかりに太陽が照りつけてきた。後方を見ると、いままでスコールを降らせた密雲が、こやつら食べてしまうぞとばかりに、のしかかってくるようであった。

高度を四千メートルに上昇させながら、碧く澄みきった海上に、また双眼鏡を向け、獲物をさがしつづけた。

パラオ諸島の手前(西方)、二百マイル付近で、チャート(航空地図)にも記載されていない小さな島が、双眼鏡の中に映った。

「明石兵曹、右下方に小さな島があります。チャートにものっていません」

「なにッ、島がある? ほんとうだ、降下する」

と言いざま、明石兵曹は機を右にひねり、島をめがけて緩降下をはじめ、機を引き起こし、高度百メートルで島のまわりを旋回しはじめた。

直径二百メートルもない円形の珊瑚礁の島で、そこには椰子の木が数本、海面上に倒れかかるような格好で生えているだけの完全な無人島であった。

機を上昇させながら、無人島を眺めていると、ふっと、こどものころ読んだ少年倶楽部に連載されていた漫画の「冒険ダン吉」の漂流記が、現実のように頭に浮かんだ。(このまま、あの島に不時着したら……)などと、ロマンチックな考えというか、バカげた思考というか、島を見つけたことで、心の安らぎをおぼえた。

六時間あまりの索敵飛行を終え、基地へ帰投し、報告をすませて待機所に入ると、みんながいっせいに、

「ご苦労さん」と、声をかけてくれ、疲れも吹っとんだ。

板張りの椅子にどっかと腰をおろして、まわりを見まわすと、まだ二機が帰投していない。待機所で、僚機のぶじを祈って待つこと二十分、前後して二機の爆音が聞こえ、ぶじ基地上空へ帰投したことを知った。着陸を待ち、全員そろってトラックに乗って宿舎へ帰った。

(飛行場と搭乗員宿舎の間は、約三キロくらいあり、どこの航空隊でも、宿舎と飛行場がこのよう

に離れている航空隊はなかった。もっとも、椰子林を突っ切ってゆくと、歩いても十分ほどであり、トラックに乗らず、あっちこっち道くさをくいながら宿舎に帰る搭乗員も多く、私もその中のひとりであった）

悪夢のような一瞬

夕食をすませ、明日の飛行予定、搭乗割もきまると、トランプ、花札、将棋等々で、余暇を楽しむ。酒の好きな者は、夕食を前におき、飲みながら談論をかわしている。そのとき突然、だれかがどなった。

「おい、みんな静かにしろ、あの音はB24の音だぞ、しかも編隊だ」

「B24なら、とっくに空襲の合図があるよ。どこかの陸攻でも来たんだろう」

「違う。あの音はB24だ」

全員が緊張し、耳を澄まして爆音にきき耳をたてたときにはすでに、風が竹藪を吹き抜けるようなザザーヒューと、落下する爆弾が、空気を切り裂く音がする。

「空襲だ、しかも低いぞ」

といっているうちに、ドカーン、ドカーン、ダダーン、ダダーンと、ものすごい爆弾の炸裂音とともに地ひびきが起こった。それは、腹にズシーン、ズシーンとこたえるくらいの至近弾であった。

宿舎の電灯を急いで消したときには、もう敵機は飛び去っていき、まさに悪夢のような一瞬であった。幸い、どの建物も直撃弾はまぬがれていたが、爆弾の破片が、搭乗員宿舎にも飛びこみ、数名の負傷者が出た。

右足大腿部から下をもぎとられた大谷兵曹と、胸部をえぐりとられ、パックリと口をあけた胸から、呼吸をするたびに血の泡がブクブクと噴き出し、またそれが胸の中に吸いこまれて、息も絶えだえの桜井飛長の二名が重傷であったが、大谷兵曹は意外に元気で、

「片足がとられちゃあ、もう、飛行機には乗れなくなるだろうな」

と、病室にかつぎこまれても、飛行機に乗れなくなることを案じていた。

「話をするな。静かにしていろ、すぐ軍医が来るからな、心配するな。そのくらいの傷がなんだ」

『そのくらいの傷で……』と、心にもないことを言って励ますが、そのくらいの傷どころではなく、(助かるだろうか)と思う不安のほうが大きかった。

「弱気を出すな、すぐに軍医が来るからな」

と、みんなで傷ついたふたりを元気づける。大谷兵曹も桜井飛長も、意識はしっかりしており、

「いやあ、痛くはないよ。まるっきり、しびれてしまっているんだ」

軍医長と軍医が急ぎ足で入ってきて、応急処置をとっていた看護兵曹をはねのけるようにして、軍医が応急処置のつづきをしながら、看護兵曹に、注射、薬の指示をし、ダバオにある海軍病院に至急にうつす手配をしてくれた。

軍医長が、だめとも、大丈夫とも言わないところから察すると、どうも〝死〟という公算

が大きいようだ。それを裏づけるかのように、先輩搭乗員は、

「あれだけの傷を負いながら、意識がはっきりしすぎているし、故郷の肉親のことを言うようでは、今夜ひと晩もてばよいほうだろう」

と、小声で教えてくれた。(負傷しても、天皇陛下万歳を言うものは死なない。肉親の話をするようだと死期が近い、とわれわれの間では言われていた)

軽傷の三、四名は、腕とか足に、破片の擦過傷をうけており、看護兵に包帯をしてもらう程度ですんだが、その晩は重傷の二人のことが気にかかるのと、はじめて経験した空襲の恐ろしさに神経がたかぶり、なかなか眠りにつけなかった。

そろそろ午後十時になろうとするとき、飛行場の警備隊からの報告で、飛行場と飛行機にはなんの被害もなかったことを知り、いくぶん気持も落ちつきをとりもどし、やがて眠ることができた。

翌日、朝食前に、二人の死亡が知らされた。だが、二人の朝食は、ふだんと変わらないまま、いつものように食卓に並べられていた。食べる主をなくした食事は、霊前に供えられた供物のように、かえって悲しみをさそった。

さびしい朝食をすませ、飛行場に出ていってからも、いつもの五〇一空の艦爆隊、戦闘機隊の搭乗員らしい陽気さはどこにも見られなかった。口数も少なく、待機所に腰をおろして、なにかを考えこむ風情の者が多かった。

(死ぬなら、せめて飛行機に乗って死なせてやりたかった)と思ったのは、私ひとりだけではなかったろう。

いずれは死ぬ身

きょうもまた、何機かの索敵機が飛びたってゆく。待機所の前に出て、発進する索敵機のぶじを祈った。

私のきょうの飛行計画は、ダバオ湾上空での空戦訓練である。久しぶりに、大石とペアを組んだが、偵察員としては、便乗しているようなもので、操縦員の特殊飛行訓練が目的である。緩横転、宙返り、横転上昇、背面飛行等々、一時間あまりくり返すのだが、基地にもどり、待機所の椅子に座りこむと、身体の調子が狂ったように疲れていた。

きょうの飛行予定は、索敵機よりの、敵艦隊発見の報告がないかぎり、もう搭乗する予定はなかった。昼食を終わり、待機所で雑談に花を咲かせる時間がたっぷりある。

戦闘機隊は、飛行場周辺の上空四～五百メートルで、空中戦の猛訓練をやっており、その上空二千メートルには、上空哨戒の零戦の編隊が飛びかっていた。

待機所のわれわれは雑談にもあき、私は長椅子の上にゴロッと横になり、知らぬ間にウトウトしてしまった。そのとき突然、ドカン、ドカンと、爆弾の炸裂音である。一瞬、夢かと思ったが、ハッと目をあけて見ると、現実であった。

B24の六機編隊が、超低空（二百メートル以下）で爆弾を投下しながら、飛行場をめがけて進入してきているのだ。逃げる場所もなければ、身体をかくす場所もない。私は観念して、長椅子からころげ落ちるように、待機所の床に体を落とし、ただ伏せているだけであった。

耳をつんざく炸裂音。爆風で、伏せた身体の上に、土がザザーッとかぶさってきた。

爆音が遠ざかったとき、待機所から飛び出し、ゆうゆうと飛び去って行くB24の編隊を、
(ちくしょう、やりゃあがったな)とつぶやきながら見つめていると、空戦訓練中の零戦の一隊も、上空哨戒の零戦も、基地爆撃に気がついたのか、指揮所からの指令か、B24の編隊めがけて急降下して追撃態勢をとった。

(頼む、やつらを撃墜してくれ。全機、墜としてくれ)と念じる。

基地西方の上空で、ついに、B24の編隊は、零戦につかまり、後上方からの一撃で、二機が火だるまとなって墜落していった。零戦が、さらに追い討ちをかけているのか、敵味方の機影は、視界から遠ざかってしまった。

敵の指揮官機は、超低空の奇襲爆撃をしながら、なにをあわてたのだろうか、六機の編隊で、何十発もの爆弾を投下しておきながら、飛行場には一発も落下せず、飛行機と滑走路にはなんの被害もなかった。どこまで追撃していったのか、B24を追った零戦の一隊は、まだ帰投してこない。

突然、見張所の望楼から、

「零戦五機、基地に向かっています」

という報告がはいる。坂田司令が、

「なにッ、五機だと、あと一機と、べつの小隊はどうしたかな」

と、ひとりごとのように言う。

「おい、上空哨戒の一機と、訓練中だった一小隊が帰らないぞ、だれかな」

と、みんながささやきあう。

零戦の着陸が待ちどおしい。戦果は、そしてだれが帰ってこないのか。私たちのもどかしさも知らぬげに、零戦は編隊をとき、のんびり（じつはのんびりではなく、正規の着陸時の飛行法である）と誘導コースを飛び、着陸態勢にはいっている。

このとき、見張所望楼の見張員が、大声で、

「零戦四機、こちらに向かう」

と知らせた。西の方を見ると、四機が基地に向かって飛んでくる。全機が、ぶじ帰投したことで、基地に歓声があがった。

全機が全弾を撃ちつくし、四機を撃墜、二機は燃料タンクを撃ち抜かれ。燃料を吐きながら逃げたが、途中で海上に不時着したか、ジャングルにでも突っこんだのだろうということを聞き、待機所が喜びにどよめいていると、指揮所から、

「搭乗員総員整列」の号令がかかる。整列を終わると、

「さっきの奇襲爆撃で、負傷者はいないか。また避難した者で、まだ帰っていない者はないか、みんなで確かめあってみろ」

と言われ、みんなを見まわす。

「〇〇がいないぞ」「〇〇兵曹もだ」

とくに親しい間柄とか、同期生の間で確かめあったが、士官二名、下士官四名がいない。そこで、下士官四名が見当たらないことを報告し、手分けしてさがすこと三十分あまり、かやの藪の中に、爆風と破片で無惨な死体となっているのを発見された。

米陸軍爆撃機コンソリデーテッドB24リベレーター。ダバオ基地にもしばしば編隊で姿を見せて爆撃をくわえ、そのつど搭乗員が失われていった。

その屍体には、わずか三、四十分ぐらいの間に、どこからこれだけ集まったのだろうかと思われるくらいに、ブンブンと蝿が群がり飛んでいた。

六名の遺体はつぎつぎに発見され、待機所に並べられた。合掌して冥福を祈りながら、（かたきはとってやるからな）と誓った。

零戦搭乗員のひとりが、

「ちくしょう、基地に電波探知機さえあれば、この上空へ来る前に、全機、撃ち墜としてやるんだがなあ」

と嘆いていた。

事実、基地航空隊には、レーダー設備がなく、敵機は、見張所の望楼で、双眼鏡で発見する以外には方法がなかった。

また、望楼で発見できても、敵機が基地上空に進入するまでの時間は四、五分であり、どんなに長くても七、八分である。このようなときに、離陸して空戦態勢にはいれる邀撃機は、このような狭い滑走路では、せいぜい六、七機であり、多くても十機ぐらいが限度だから、十五機とか二十機がまとまって邀撃態勢をととのえるということは、とうてい無理であった。

レーダーさえ備えておけば、五、六十マイル先の敵機を捕捉することができ、敵機が基地上空に到達するまでには、充分に邀撃態勢がとれ、逆に、こちらから敵の編隊に襲いかかり、敵の攻撃隊形を乱し、攻撃力を半減させることも可能である。

大型艦艇の場合には、レーダーは設備されてあったが、レーダーに関しては、敵のほうが数段すぐれていたのは事実であった。

宿舎に帰る途中、私は先輩の乗っていることも無視して、乗っているトラックを停めさせ、死んだ戦友たちの霊の慰めにでもなればと、道ばたに咲くハイビスカス、ブーゲンビリア、カンナの花を何本か手折って宿舎に持ち帰り、夕食の準備のととのった食膳に、一枝ずつ添えた。

心なしか、みんなの口数が少ない。そんなとき、先任搭乗員が、われわれの気持をくんでか、その場の空気をやわらげるように、

「おい、みんな、先に死んでいった連中に、酒でも飲ませようではないか、きっと喜ぶぞ」

と提案した。われわれは、このひと言で救われたように、

「そうだ、それがいい。そして、お流れ頂戴といくか」

花の供えられた食膳に、少しずつ酒を注いでやりながら、生きている者に語りかけるように、

「あとから行くからな。三途の川で待っていろよ」

「靖国神社で会おうや。そのうち行くからな」

「お前たちのぶんまで、戦ってやるからな」

等々、食べる主なき食膳に向かって、語りかけ、きょうの悪夢のような現実を忘れようとして、たがいに酒を酌みかわし、心にもなく陽気に振舞い、日増しに戦友が減ってゆくさびしさをまぎらわそうとした。

死んだ戦友のひとりが、かわいがっていた一匹の猿が、私たちから餌をもらいながらも、あっちこっちと歩きまわり、キョロキョロと飼い主をさがしているさまは、話ができないだけに哀れさを誘った。

不思議に悲しさは感じない。ただ、戦友の減ってゆくさびしさだけが、心を空虚にさせる。(おれも、いずれはどこかの海の果てで死ぬ運命にさらされているのだ)と、自分に言い聞かせた。

いまのわが身は、蠟燭の火が燃え尽きるのが、どちらが早いか遅いかの相違に似ていた。(遅かれ早かれ、いずれは国のために死んでゆく身である)と、搭乗員全員がそう思いこんでいるから、さびしさはあっても、悲しみの感情が湧かないのであろう。だれからともなく歌がでる。

〽おれが死んだら、三途の川でよ
　鬼を集めて相撲をとるよ
また、だれかが歌い出す。

〽飛行機乗りにはお嫁にゃやれぬ

きょうの花嫁明日は後家よ
等々、歌はいつまでもつきない。
これが、私たち搭乗員の、亡くなった戦友たちの霊にたいするせめてもの慰めであり、お通夜の真似ごとであったのである。

野武士の怒号

ダバオ基地にたいする小規模な空襲もぷっつりと跡絶え、平穏な幾日かがすぎた。索敵機は、相変わらずなにも発見することなく、五月をすぎ、六月に入って間もなくのことであった。

「搭乗員総員、指揮所前に集合」の号令がかかった。

「いよいよ、敵は出てきたな」

だれに話しかけるでもなく、そんな言葉が私の口をついて出た。（毎日、隊長以上の幹部士官の動きと表情を見ていると、緊迫した空気が読みとれる）

（おれたちの出番がきたぞ、いよいよ出撃だな）と、ほとんどの搭乗員がそう思って集合した。坂田司令が、いちだんと高い指揮所から、

「ただいまから、司令官より訓辞がある。全員、静かに聞くように」と注意を行なった。

その日の有馬司令官は、いつもの柔和な微笑を浮かべた顔ではなく、毅然とした一軍を統率する武将のものであった。

いままでは、（あれが二十六航戦の司令官か）と思うくらいにザックバランな気さくな人がらに見うけられたが、きょう指揮所に立った毅然としたその姿は、さすがに司令官の貫祿を感じさせた。

「ただいま、諸君に集まってもらったのは、この有馬、諸君に頼みがあるからだ。それは、諸君の命を、この有馬にあずけてもらいたいのだ。折にふれ、戦局の推移、作戦の経過等を話してきたとおり、戦局は、いまや重大局面を迎えるにいたった。大本営は、決戦海域をニューギニア東方海域から西カロリン海域にかけて想定し、つぎはパラオ諸島海域を想定しており、マリアナ諸島方面の基地航空部隊の大半は、パラオ諸島に進出した。だが、私の思うところによれば、敵が万が一にも、大本営が第三、第四の決戦海域に想定しているマリアナ海域を扼したらどうなるか。マリアナ海域にあるサイパン、テニアン、グアム、ロタ島にある航空基地は、留守同様であり、敵にマリアナ海域の制空権を奪われたら、百年の悔いを残すことになる。〝あ号〟作戦準備は、すでに発令されているが、〝あ号〟作戦決戦発動（決戦命令）はまだ発動されず、本日、〝あ号〟作戦決戦準備が発動された。近日中にかならず決戦発動の下令がある。これに臨むには、諸君の一大決心が必要である……」

と、切々と語りつづけ、さらにマリアナ諸島海域の不安を訴えて、

「この有馬に生命をあずけてくれる者は、手を挙げてくれ」

と結んだ。全員が、いっせいに野武士の怒号にも似た〝オーッ〟という声とともに手を挙げた。司令官は、いつもの目尻に小じわを寄せた微笑にもどり、

「ありがとう。頼んだぞ。この作戦の成否は、君たちの双肩にかかっていることを肝に銘じ

て、励んでもらいたい」

と、激励し、搭乗員全員の士気を鼓舞した。

それから二、三日をすぎたある日、また彗星艦爆と天山艦攻が二十数機、ダバオ基地に飛来してきた。〝あ号〟作戦決戦準備発動にともない、搭乗員ぐるみで、配備増強がなされたと思いこんだわれわれは、

（これで戦力も増強できたし、搭乗員不足も解消できるぞ）

と、喜んだが、それも束の間で、この飛行機で飛んできた連中は、これまた前回とおなじく空輸要員であった。すでに第一線では旧型となってしまった九九艦爆を内地に空輸して帰り、あまった搭乗員は、陸攻が迎えにくるので、それに乗って内地へ帰るとのことであり、私たちは情けないような、そしてまた、うらやましいような思いにかられた。しかし、新鋭機彗星が補充されたことで、ある程度は満足しなければならない。

だが、多少の不満からか、来たと思ったらすぐに内地へ帰るという空輸要員にたいする羨望からかはわからないが、空輸要員の慰労をかねての酒宴もたけなわのころ、酔いに力をかりたひとりが、

「五〇一空はな、艦爆と戦闘機だけあればいいんだ。天山艦攻なんか持ってきたって、どうにもならないんだ。あんなものは持って帰ってくれ。マニラのニコルス基地なら、喜んで使うだろうぜ」

と、いや味を言いだした。それに和するように、他のひとりが、

「まったくだよ、上の人はなにを考えているんだろう。どこの航空隊は、どの機種かぐらい

わかりそうなもんだ」

先任搭乗員が、このとき、口をひらいた。

「酔ったからとはいえ、余計なことを言うな。上には上の考えがあってのことだ。わざわざ、ここまで生命がけで飛行機を持ってきてくれたみんなだって、命令で乗ってきたんだ」

この先任搭乗員の一喝で、それ以上はなにもいうものはなく、また元のにぎやかさにもどり、酒宴は夜の更けるまでつづいた。

翌日、隊長から、「天山艦攻でも、攻撃できるようにしておけ……」という命令がだされ、天山艦攻の慣熟飛行訓練を命じられた。

しかも、二時間交替で搭乗し、その二時間以内で、操縦員は天山の操縦特性を、偵察員は主として空三通信機（艦爆は空二通信機）の扱い方と旋回機銃の扱い方に慣熟することを目的として、緩降下（降下角度四十五度以下）爆撃訓練を行なうために、ダバオ湾上空とその周辺の定められた空域に、天山艦攻の七機全部が飛びたった。

（彗星艦爆は二座機で、急降下爆撃が主目的の飛行機であるが、天山艦攻は三座機で、魚雷攻撃が主目的の飛行機で、緩降下爆撃もするが、急降下爆撃は不向きである）

天山艦攻による慣熟飛行で、操縦員も偵察員も、艦爆と大差がなく、艦爆にくらべて座席が広く、彗星よりらくな乗り心地なので、まずはひと安心した。だが、実際の攻撃をした場合は、彗星と天山とでは、いちばんだいじな照準器が根本的にちがっているため、命中率は相当低下したと思う。（二時間や三時間で、他機種の慣熟飛行が、完全に習得できるくらいなら、なんの苦労もない）

「二時間で慣熟せよ」の命令をうけたときには、（隊長もずいぶん、きつい命令を出すな）と思って搭乗したが、ダバオ湾上空だけを中心に二時間も飛びつづけるのは、偵察員にとっては、退屈このうえもなく、五時間飛びつづける索敵飛行のほうが、よほどましなように感じられた。

とくに偵察員の場合、彗星艦爆とちがって偵察員は二名搭乗するので、ひとりは空三型通信機の取り扱い慣熟が目的とはいっても、無線電波幅射を極度に制限されているので、水晶発振子を差しこみ、送信スイッチを入れ、電鍵をポンと押してみて、ピッと発信音が出てネオンが点灯すれば、交信状態を良好と見なし、送信スイッチを切り、あとは受信状態にしておき、基地との交信は、隊内無線電話を使用するだけである。いまひとりの偵察員は、最後部の銃座にすわり、回転機銃の回転状態を調べるだけであり、偵察員にしてみれば、点検作業とおなじである。

爆撃訓練も、緩降下爆撃の訓練では、さしたる緊張感もなく、退屈しのぎに、鼻唄のひとつも出ようというものであった。なかには、隊内無線を送信状態にしたまま、流行歌を三十分も歌いつづけ、それがそっくり指揮所に入り、指揮所にいる司令以下隊長までが、笑いながら聞いていたが、着陸してから、隊長にみっちり油をしぼられた者もいた。幹部士官の悪口を言わなかったのが、せめてもの救いであった。

翌日、飛行場に行ってみると、指揮所には、すでに有馬司令官が参謀らをつれ、坂田司令、飛行長ら上級士官七、八名と、指揮所もせましとばかり、ずらりと顔をそろえていた。いつもは副官だけをともなって気軽に立ち寄る司令官が、参謀をともなってきたのは、単なる基地視察だけではないことが、われわれにも感じられた。ましてや、われわれ下士官搭乗員より先に飛行場に来ていること自体が異例である。やがて、指揮所から、

「搭乗員総員、指揮所前に集合」の号令がかかった。総員集合の報告をうけた司令官は、

「私が心配していたとおり、サイパン島が、敵艦載機による攻撃をうけ、とくに留守を預かる（マリアナ諸島の航空兵力の大半は、パラオ諸島の各基地へ進出していた）基地航空部隊が大打撃をこうむった模様である。前にも諸君に話したとおり……」と、詳細に説明し、さらに、

「当基地の艦爆隊の一部は、マリアナ方面に向けて遊弋中の敵機動部隊を捕捉攻撃のために、ただいまより、出撃準備にかかる。進出する基地は、グアム第二飛行場とする。成功を祈る」

との訓辞と命令があった。司令の言うべきことを、司令官みずからが命令してしまったので、司令の出る幕はないようであった。飛行長から攻撃隊員の名が呼ばれ、隊長からこまかい指示があった。ひとりの士官は、指揮所におかれた黒板に搭乗割を書きこんでいた。

隊長の説明によると、艦爆隊は、パラオのペリリュー基地経由で、グアム島第二飛行場（主として戦闘機隊）に進出、そこで燃料、爆弾を搭載し、マリアナ海域周辺を行動中の敵機動部隊を捕捉殲滅するのが目的であり、グアム基地の指揮官（第六十一航空戦隊に所属）の指揮下にはいるが、残存機のあるかぎり、攻撃をくりかえすであろうことを言いわたされた。

生還は望むべくもない出撃であることをひしひしと感じ、戦地にきてはじめて、自分自身に迫りくる〝死〟を見つめ、全身が硬直するようであったが、（五〇一空より選ばれたおれだ。はずかしくない死に方をしよう。あとに残った者も、いずれはおれたちの後を追ってく

るだろう）と思うと、なんとなく気持も安らいできた。

「各機出撃準備にかかれ、三十分後に指揮所前に集合整列。かかれッ」

隊長の号令一下、それぞれ各機に搭乗し、操縦員はエンジンを、偵察員は通信機の点検、回転機銃の試射にかかった。二十余機がいっせいに始動する。試運転の轟々たるエンジンの音は耳をろうするばかりにうなり、飛行場を圧していた。

三十分間の出撃準備は、操縦員にしてみれば、そう長くは感じないであろうが、偵察員にしてみれば長い時間である。通信機、回転機銃、酸素ボンベ、等々の点検は、五分もあれば終わってしまう。あとは用なしで、まことに手持ちぶさたであった。

そんなとき、ひとりの二飛曹が飛行機に上がってきて、私の肩をたたき、

「私たちは、きょう陸攻が迎えに来て、内地へ帰りますが、手紙を出すとか、品物を送るとか、なにか、ご用はありませんか」と問いかけられた。

「内地へ帰る？　それではすまないが、内地へ着いたら、どこでもいい、おれの家へ手紙を送ってくれ。いま書くから、ちょっと待っててくれ」

私は、電報用紙に、《私はいま、サイパン方面の敵機動部隊攻撃のため、南のある基地から出撃するところです。幸便に託してこの便りを送るが、この便りが着いたときには、すでにこの身は南の海に散っていると思います。この便りが戦地にきて最初であり、最後でしょうから、この手紙を仏前に供え、線香の一本でもさして下さい。母には心配のかけどおしであったが、母をよろしくお願いします》という内容を綴り、投函を頼んだ。

「住所と名前はそこに書いたとおりだ。まことにすまんが、封筒と切手代は立て替えてくれ。

あの世で会ったときに払うからな」

「封筒と切手代は、香典代わりにしますよ」

「ありがたく頂戴するよ。元気で帰れよ、それではたのんだぞ」

「成功を祈っています。頑張ってください」
二、三日前に彗星を空輸してきて、その間、搭乗員宿舎で寝起きし、きょう内地へ帰るという彼らとは、二、三日前まではまったく見知らぬ間柄でありながら、いまは、さながら十年来の知己のごとく振る舞い、饒舌をかわすのも、搭乗員同士という仲間意識があればこそであった。
そして、私自身、思いもよらず、肉親に最後となるであろう手紙が書けたことで、（もう思い残すことはない）と思うと、前にもまして、心の落ちつきをとりもどした。

出撃搭乗員の集合整列の時間はせまっていた。待機所にもどり、集合の号令を待った。期せずして、

「攻撃隊員、指揮所前に整列」

の号令がかかり、隊長以下、全員が整列を終わったとき、有馬司令官から、また訓辞と激励の言葉をうける。

「司令長官は、大本営にたいして、〝あ号〟作戦決戦発動を何回となく要請している。にもかかわらず、決戦発動の下令はいまだにない。しかし、決戦発動も時間の問題と思われるので、当基地艦爆の一部は、さきほども言ったとおり、グアム島に進出待機する。大本営にあって、決戦海域をカロリン群島方面からパラオ諸島近海、あるいはフィリピン南東海域を想

定して、マリアナ諸島方面の基地航空隊のほとんどは、パラオ諸島に進出待機中である。しかるに、味方触接機の報告により判断すると、敵機動部隊は、私の心配していたとおり、マリアナ諸島方面に向けての公算が大である。この攻撃隊の戦果の成否は、君たちの双肩にかかっている。さらに、皇国の興廃がかかっていることを肝に銘じて、しっかりたのむ。指揮所望楼に、Z旗を掲げ次第発進」

連綿と語り終わった司令官に、別れの敬礼をして、隊長の「かかれ」の号令で、各機に乗りこむ。エンジンは始動し、Z旗はいつ揚がるかと、決意も固く、じっと指揮所の望楼を見つめた。（二十六航戦麾下の私たちを、六十一航戦の麾下に急派したのは、司令官の独断であり、司令官自身は、決戦発動の時機をもっと早目に想定していたのではなかろうか）

第三章　決戦のときはきたりて

上層部への怒り

ついにZ旗が揚がった。昭和十九年六月十一日午前九時、〝あ号〟作戦決戦準備発動が下令された翌日であったと記憶している。

急に爆音が高くなった。各機から、「出発準備よし」の合図の手が上がる。隊長機を先頭に、椰子の葉をそよがせ、晴れ渡った大空に向かって順次離陸、基地上空で小隊ごとに編隊を組み、各小隊が集まって中隊となり、さらに、各中隊が集合して攻撃飛行隊となって、上空を一周してから大空を圧するように、闘魂すさまじい艦爆隊（天山艦攻一小隊＝三機を含む）二十余機は、勇躍、目的地を目ざして飛んだ。（五〇一空の艦爆保有機の約三分の一が出撃した）

「明石兵曹、きょうか明日かぎりの生命かも知れないね」

「そうだな、残存機のあるかぎり、攻撃をくりかえすと、隊長が言ったからな。だが、人間はそう簡単には死にゃあしないぜ。攻撃に出るたびに死んでいたのでは、先輩もいないだろうし、生命がいくつあったってたりゃあしねえや」

二十余機は、二、三つの編隊になり、中継基地ペリリューをめざして飛んでいる。索敵のために、何度も飛んだコースをパラオに向けて飛行しているので、海上にはなんのしるしもないが、なんとなくパラオへ通じる道があるような感じさえする。

天佑神助というか、全機、パラオ諸島上空に到達する。上空から見おろすパラオ諸島のコロール島、ペリリュー島、その他の各基地には、司令官の言ったとおり、何百機もの飛行機が整然とならび、海軍航空隊ここにありといわんばかりの威容を誇っていた。上空哨戒の零戦の一隊が、急降下で接近し、わが機体の日の丸を確認すると、バンクをして遠ざかっていった。

ちなみに、当時、パラオ諸島、マリアナ諸島の航空部隊は第一航空艦隊第六十一航空戦隊が主力で、〝あ号〟作戦決戦発動に備え、マリアナ諸島の各基地から、パラオ諸島の各基地に進出、待機していたものであり、虎部隊、隼部隊、豹部隊、狼部隊（戦闘機部隊）、龍部隊（一式陸攻部隊）、鵬《おおとり》部隊（陸上爆撃機＝銀河部隊）、水上機部隊（二式大艇）等々、練習機以外の機種の航空部隊が集結、待機していた。

ダバオ基地を発進した艦爆隊は、ペリリュー基地に着陸、給油の時間中、飛行場で身体を伸ばし、休憩をとる。ダバオ基地を出撃する前の興奮はどこへやら、もういつもの平静な心にもどっていた。

出発までの時間つなぎに、飛行場と境を接する雑木林のへりを歩いていると、野生の西瓜だろうか、二、三本のつるがのび、細長くて丸い枕のような実が数個なっていた。私は、これを二個もぎとり、みんなのいるところへ持ってゆき、

「おい、西瓜をとって来たよ。割ってみるか」と、言いながら、こぶしで割ると、内地の西瓜とおなじ赤い色であり、味もおなじであった。

「おい、まだあるか」

「まだ、三つや四つなっているよ」

というと、数名の者が駈けだしてとりにいった。食べ終わったあとは、久しぶりで故郷の風情を味わったこころよさがあった。

給油も終わり、グアム基地をめざして飛びたった。

空には一片の雲もなく、どこまでも青く晴れ渡り、高度をとるにしたがい、涼気がこころよく肌につたわってくる。南国の六月だというのに、澄みきった大空と涼気で、出撃という緊張感とはうらはらに、ふと故郷の秋空の情景が頭をかすめ、母の顔、兄や姉の顔が瞼の裏によみがえった。（きょうかぎりの生命かも知れない）と思う心の片隅に、やはり、故郷を恋うるものがあったのだろうか。

ダバオ～パラオ間の飛行距離と、パラオ～グアム間の飛行距離は、後者のほうが約百マイル（約百八十キロメートル）前後長く、時間にして三、四十分多く飛ぶだけであったが、パラオを離陸した後は、各編隊、各機が厳重な見張り警戒をつづけ、頭の中の雑念とはべつに、目だけはいつもキョロキョロと、周囲上空を見まわしながら飛行をつづけた。

いつ、敵戦闘機の攻撃をうけるかわからない危険空域を飛ぶ、直掩戦闘機のない艦爆隊の編隊は、空を圧する威容に見えても、まことに心もとなかった。

はるか右前方に、マリアナ諸島の島々が、点々と見えてきた。さらに見張りを厳重にして飛ぶ。幸い、敵の機影はどこにもない。めざすグアム島を眼下に見おろし、編隊をとき、着陸態勢にはいる。パラオの各基地に整然とならんだ飛行機群にくらべ、上空から見たグアム基地の飛行機は態像以上にすくなく、陸上爆撃機(銀河)が十数機、零戦が十機たらずしか視認できなかった。

全機がグアム基地に着陸したときには、時計の針は午後三時をすぎていた。ダバオ基地を発進してから六時間あまりを経過、千百マイル(約二千キロ)を翔破したのであった。

一機の落伍機もなく、目的地まで飛びつづけたことで、隊長は得意満面、疲れも知らぬげに、私たちには目もくれず、指揮所をめざして歩きながら、大きな声でいった。

「この状態なら、夜間攻撃か、早ければ薄暮攻撃もできるかもしれん。指揮所への報告は、おれ一人でよい。別命あるまで休憩して、食事の手配ができ次第、食事をしておけ」

飛行場にはこばれた食事も食べ終わり、待機していたが、二時間たっても、集合命令が出ない。燃料を補給しているようすも見られない。

「どうしたのかなあ、そろそろ日没もちかいというのに、敵の機動部隊が見つからないのかな」

「もたもたしていると、攻撃回数が減ってしまうぜ」

悲壮感など少しもなく、いまはただ、敵機動部隊に先制攻撃をかけ、敵空母を沈めることだけで、みんなの頭はいっぱいだった。

隊長は、苦虫をかみつぶしたような、やり場のない顔をして、われわれのところに来るやいなや、

「薄暮から、夜間にかけての攻撃は実施しない。やれば、黎明攻撃を決行することになるだろう。敵機動部隊には味方触接機が触接しているので、夜間攻撃を司令に頼んでみたが、許可してくれない。他の航空隊から駆けつけたといっても、われわれは、ここの命令にしたがわねばならない」と、つたえた。

不平不満、下士官搭乗員のほうが露骨である。隊長は指揮官であり、命令系統は厳然たるものがあるが、われわれ搭乗員は隊長にたいして、内親的な兄弟のような感覚で接しており、仲間意識が強いので、隊長には遠慮する者がいない。

「隊長、ここのおえら方は、なにを考えているんですか。触接機が触接していて、敵の位置もわかっていながら……」

「隊長、もっと強硬に交渉して下さいよ。隊長だって、ルンガ沖の仇をとってやると、言っていたでしょう」

「上の者の考えは、おれたちには理解できないよ」

「サイパンは、艦砲射撃をうけたというわさだし（この時点ではうわさであった）、敵の母艦群だって、あの近くにいるのは間違いないんだ。一時間もかからずに、敵機動部隊に突っこめるのに……」

「まごまごしていりゃあ、グアムだって、今夜あたり、やられるかも知れないぞ」

「やられてから、しまった、上空哨戒機を飛ばせておけばよかった、とか、先制攻撃をかけておくべきだった、とか、あとで気がつくのがおえら方よ。おれみたいに、あっちこっち戦ってきて、勘のはたらくのを参謀にしたほうが、よほど得だぜ」

と、先任格の搭乗員が言い終わると、

「バカ者め、くだらないことばかり言うんじゃあない。上には上の者の考えがあるんだ」

と、それまでわれわれがぶちまけるあらゆる不平不満を、黙って聞いていた隊長は、

「いくら頼んでも無駄だ。おれだけの考えであるが、明朝、マリアナ近海にいる敵機動部隊に攻撃を敢行するつもりだ。午前四時発進を予定しておけ……」

と告げて、指揮所へもどっていった。

隊長から、攻撃予定を言いわたされたことと、燃料補給、爆弾搭載をしているのを見たわれわれは、いくぶん気持も落ちつき、早目に休もうということで、あてがわれたアンペラ造りの粗末な宿舎でひと息ついていた。すると、

「敵機来襲、敵機来襲」の連呼につづいて、空襲警報のサイレンが鳴りひびいた。

爆音は近いし、われわれは退避するといっても、その場所さえわからない。

宿舎でまごまごしていると、もう飛行場には、もの凄い爆弾の炸裂音と、機銃掃射の発射音が入り乱れている。あわてて宿舎を飛び出してみると、なんたることか、列線上にある飛行機が吹っ飛び、パーッと火の手が上がっている。明日の黎明出撃を予定して、燃料、爆弾、機銃弾は、全機が搭載を終わったばかりであった。飛行場へは行きたいが、機銃弾が燃える飛行機のため、バンバンはねている。さらに敵の戦闘機は、単縦陣で地上に銃撃をくわえている。

そのうち、五十番(五百キロ)爆弾も、熱のために誘爆するだろう。(あれが一発でも爆発したら、全機つかいものにならなくなってしまうぞ)と思いながらも、なすすべがないの

である。ただ飛行機が燃え、燃料タンクに火がはいり、バーンバーンという大音響とともに、火柱が上がり、主翼が木端微塵となって吹っ飛ぶのを、呆然と、遠くから見まもるだけなのである。

ドカーン、ドカーンと、ついに五十番爆弾が大地をゆるがして爆発した。宿舎までかなりの距離があるが、もの凄い地響きの連続である。

「ちくしょう、ここまで来ていながら、なにもしないで焼かれることはないじゃあないか」

「お前の言ったとおり、薄暮攻撃を仕かけてきやがったな」

「航空参謀の野郎、なにを考えていやがったんだ」

「こうなったら、参謀連中に腹切って詫びてもらうんだな」

「うちの隊長のことだから、参謀たちの前でわめきちらして怒っているだろうな」（この基地に航空参謀はいなかった）

敵の戦爆連合の攻撃隊は、十分か十五分、暴れまわると、無傷のまま全機が、夕闇のせまった東の空へ、編隊を組みながらゆうゆうと飛び去っていった。

いちおう、誘爆のおさまった飛行場へ行ってみたが、案の定、全機だめであった。くやしさで、涙も出なければ、話す気力さえおきない。千百マイル（北海道から九州の鹿児島あたりまでの距離に相当する）を一気に翔破して、なお夜間攻撃をも辞さぬ気がまえだったわれわれであったが、急に全身が疲労感と脱力感につつまれたように、いまなにを、これからなにをしたらよいのか、判断もつきかねてしまった。

やはり、ここでも、レーダー不備が原因といえばいえたろう。レーダーさえあれば、空中退避なり、あるいは至急に飛行機を分散できたはずである。まして薄暮から夜間にかけては、爆音によって、はじめて敵機来襲を確認できる状態でしかないのである。それにくわえて、この基地では、上空哨戒機も飛ばせないほど零戦の機数が少なかったのである。

隊長はすべてをあきらめ、観念したのか、飛行機のことには一言もふれず、私たちの安否を気づかって、

「負傷者はないか」と、ただそれだけを聞いただけで、負傷者のいないことを知ると、

「よし、せめてもの救いだ。かならず迎えの飛行機をよこすよう手配してやるから、心配せず帰って休め」

そう言って去っていく隊長のうしろ姿を見ると、肩を落とし、泣いているようにも見えた。

翌朝、宿舎でなすこともなく、待機といっても、ふてくされているとき、陸爆・銀河の搭乗員連中がやってきて、雑談ともつかずに上層部をなじっていると、隊長から、

「きょう陸攻が迎えにくる。陸攻が到着次第、本隊に帰るから、そのつもりでいろ……」

と指示があった。飛行機を失ったいまとなってみれば、陸攻の到着を、首を長くして待つしかない。

だが、それもわれわれの期待通りにはならなかった。きのうの空襲が前哨戦であったかのように、一夜明けた午前十一時ごろには、敵の戦爆連合の大空襲がはじまったのである。どこの基地から邀撃に飛びたったのか、七、八機の零戦が、グラマンＦ４Ｆと大空中戦を展開している。そして敵機の飛び去ったあとには、零戦が二、三機、上空を旋回しつづけ、その後、基地へ帰投していった。

やがて、敵の第二波攻撃がはじまった。こんどは、午前とは比較にならないほどの大編隊の来襲で、戦爆あわせて、おそらく百機を超えていたであろう。そして、このときには、もう邀撃に飛びたつ零戦は見られず、敵機だけが、わがもの顔に飛びかっていた。

この日（六月十一日か十二日と記憶する）は、グアム島にかぎらず、サイパン、テニアン、ロタの各島が完膚なきまでに、敵の戦爆連合による大空母機群によって叩きのめされてしまった。何機か残っていた陸爆・銀河も、零戦も、一機残らず、焼失、あるいは破壊され、あげくの果てに、滑走路までも破壊され、迎えにくるという一式陸攻の離着陸さえ危ぶまれる状態であった。

敵機来襲の間隙をぬって、設営隊をはじめ、整備科の隊員までが駆りだされ、滑走路の修復に全力をかたむけていた。

われわれにしてみれば、迎えにくるという陸攻機の到着に期待をかけていたバカらしさを思い知らされ、本隊に帰れるあてもなくなったような気さえして、木陰を求めて、ふてくされてのゴロ寝の雑談であった。

「ここまで命がけで飛んできて、敵さんに、どうぞ焼いてくださいと、わざわざ飛行機を持ってきたようなものだな」

「ダバオを発進するときの予定どおり、おれたちが、きのう薄暮攻撃か夜間攻撃をかけておいたら、こんなみじめなことはなかったよな」

「ここの参謀や指揮官は、よその隊から駆けつけた助っ人搭乗員のおれたちに、漁夫の利を占められるのをこころよしとしなかったんだ」

「そういえば、おれたちは二十六航戦だし、こっちの管轄は六十一航戦だからな」

「それは違うだろう、直掩戦闘機がないからだろう」

「夜間攻撃に、直掩戦闘機なんか必要ないだろうが……」

　事実、隊長の予定どおり、グアム基地に到着次第、薄暮なり、夜間なりに攻撃をかけて、敵機動部隊の出鼻をくじいておけば、敵機の来襲もなかったろう。また、来襲されたと仮定しても、五〇一空より駆けつけた艦爆隊は、グアムに残留している銀河陸爆隊、あるいはロタ島にある銀河陸爆隊との協同攻撃で、敵艦の何隻かは屠《ほふ》っていたはずであり、反復攻撃をすれば、延べ攻撃機数は、少なくとも百機ちかくに換算され、敵にあたえた損耗も甚大であったろう。（われわれの艦爆隊とグアム、ロタ基地の銀河を合わせると、五十機以上であった）

　上層部の作戦方針、戦術用兵など、司令官から聞いたこと以外は、一下士官が知るよしもないが、ダバオから飛んできて、なにもせずに飛行機を焼かれたことには、上層部にたいして腹もたち、くやしさも残った。

　銀河陸爆隊の搭乗員などは、聞こえよがしに、上層部をなじってはばからず、これだけの被害をこうむっていなければ、軍法会議にでもかけられるくらいの激しさであった。

　もう迎えの飛行機の来るのをあきらめていた夕方、

「まもなく陸攻機が救出に到着する。救出機が到着次第、ただちに搭乗できるよう準備しておけ」

　一時間前までは、隊長は、〝迎えの飛行機〟と言っていたが、〝救出機〟とあらためて言われると、なんとなく緊迫感がひしひしと感じられてきた。

米海軍艦上戦闘機グラマンＦ４Ｆワイルドキャット。19年６月11日、爆撃機をともなった敵戦闘機の大空襲で、グアム基地も多大の損害をうけた。

銀河陸爆隊と戦闘機搭乗員に別れを告げ、救出機の陸攻二機に分乗してグアムを離陸するときには、真紅の夕陽が、はるか西の水平線に沈みかけていた。

われわれ出撃隊員が、救出機でダバオに帰投し、司令官および坂田司令からねぎらいの言葉をうけたのは、十三日の夜もふけていた。

〃あ号〃作戦決戦発動（決戦命令）が下令されたのは、ダバオに帰投した二日後の六月十五日であり、〃あ号〃作戦決戦発動後、われわれは、その作戦内容の一部を知らされた。

それによると、大本営は、敵の進攻目標がカロリン方面であることを第一に想定、第二にパラオ諸島方面に想定し、基地航空部隊の配備を、その方面に増強していた。そして、第一、第二の想定海域を、決戦の場としていたのである。マリアナ諸島海域については、それほど重視していなかったのである。

第一の想定は、基地航空部隊と機動部隊の協同により、大航空兵力をもって、敵機動部隊を殲滅するのが目的であったので、飛行機の温存をはかり、少数の航空兵力による散発的攻撃ができなかったこと、また、大飛行機群による昼間強襲が主目的で、夜間攻撃ができなかったこと、現地指揮官（司令官、司令）の判断により攻撃命令が出せなかったことなどにより、大本営が一大航空決戦に備える策をとったために、司令官が説明したように、長官（第一航空艦隊）が決戦発動をくりかえし要請しても、決戦発動の下令がなかったのである。

大本営からの「あ号作戦決戦発動」という命令がないかぎりは、基地航空部隊はもちろん、長官でさえもが、敵機動部隊の行動を察知しながらも、出撃命令が出すことができなかったのである。

「マリアナ方面の敵の動きは囮《おとり》作戦である」ぐらいに、たかをくくっていた大本営が、「これは本物である」と判断をして、あ号作戦決戦を発動したのは、敵の機動部隊の空母機群によって、マリアナ諸島全域、とくに航空基地が徹底的に叩きのめされ、敵がサイパン島に艦砲射撃をくわえてきた六月十五日で、決戦発動がいかに遅かったかを物語っている。

われわれが、グアム島に進出しても、出撃が下令されなかったのも、そんないきさつからであったのだろう。

あ号作戦の主目的である基地航空隊と機動部隊の空母機群による協同作戦も、味方機動部隊が、マリアナの決戦海域に到着した六月十八日には、基地航空部隊は、戦わずして壊滅的な消耗を強いられ、そして機動部隊は、孤軍奮闘の状態となった。十八日から二十日にかけて、マリアナ沖航空戦を展開し、空母「飛鷹」を失い、さらに空母「大鳳」「翔鶴」の二隻も敵潜水艦の餌食となって沈没、機動部隊も壊滅状態となってしまったのである。

あ号作戦についての作戦要項などの詳細については知る由もないが、あ号作戦決戦発動までは、航空兵力の増強と温存にのみ力を注ぎ、攻撃命令も、現地指揮官の判断にゆだねられることはなかったようである。

たとえ、あ号作戦決戦発動の前であっても、

「敵機動部隊を発見した場合は、いかなる状況にあっても、またいかなる犠牲をはらっても、即時、敵機動部隊を捕捉殲滅せよ」

「敵機動部隊発見の場合は、その攻撃については、現地指揮官の裁量にまかす」

の一文があったならば、このような壊滅的な打撃をこうむらずにすみ、かえって、敵機動部隊を崩壊にみちびくことができたのではないだろうか。

米軍は六月十八日、サイパン島に上陸作戦を開始した。以来七月七日まで死闘がくりひろげられ、サイパン島は民間人多数をふくめて玉砕した。つづいて、テニアン、グアムの各島で、搭乗員は、飛行機がないため操縦桿を銃に、あるいは手榴弾に持ちかえ、陸戦隊員となって多数玉砕し、また、テニアンにあった第一航空艦隊司令部も、長官以下司令部首脳が玉砕したのである。

名ばかりの航空隊

われわれがなすこともなく、ダバオ基地に帰投したのは、米軍がサイパン島に艦砲射撃を

開始する二、三日前だった。

ダバオ基地では、あい変わらず、索敵と降爆訓練、あるいは零戦を仮想敵機にした空戦訓練がつづけられており、グアムから帰投した翌々日からは、また仲間入りをして、索敵飛行と訓練飛行でのいく日かがすぎた。が、グアムの緊迫した状況にくらべると、ダバオ基地は、まさに天国であったといえよう。外出禁止の措置がとられたとはいえ、宿舎と現地人の住居との距離は二百メートルぐらいで、そこには境界を示す柵もなく、出入りが自由であった。とくに、浴場は現地人の住居の近くにあり、たまに現地人のちびっ子を、二、三人、風呂に入れてやると、われわれが帰るときには、その子の父親が、果物とか生きたままの鶏を持ってきて、

「ヘイタイさん、アリガトウゴザマス」と、片言の日本語で話しかけ、みやげをさし出すこともあった。

こうした六月下旬、五〇一空の艦爆隊の一部と、零戦隊の一部は、サランガニ基地（ダバオの南方六、七十マイル＝ミンダナオ島東南端）に派遣されることとなり、私もその一員にくわえられていた。

派遣される機数は、艦爆、零戦あわせて二十余機で、ダバオに残る機数も、ほとんど同数くらいである。五〇一空は、戦争らしい戦争もせず、索敵と訓練で飛行機をうしない、さらにグアム島で二十数機を無為にうしなって、保有機は、わずか五十機ほどの名ばかりの航空隊になっていた。

ザンボアンガ基地（ミンダナオ島西南端）と連絡をとりながら、フィリピン南方海上を、

東にあるいは西に航行する艦艇の護衛、敵潜水艦にたいする前路哨戒、および索敵が主であった。

サランガニ基地へついたその日から、各機は、索敵、船団直掩、対潜哨戒などの命令をうけて飛びたった。零戦隊の数機は、基地上空と周辺の上空哨戒に専念した。艦爆も零戦も予備機を数機ずつ待機させ、ほかは全機、それぞれの任務についたので、ここでは訓練飛行をする余裕はなかった。

わが機は、対潜用の五十番爆弾を搭載し、隊長に指示されたとおり、味方輸送船団が航行する予定海域を求めて飛ぶ。

はるか前下方に船団を発見し、双眼鏡で味方船団であることを確認すると、味方識別のバンクをくりかえしながら高度を下げ、船団上空に到着した。甲板の上に出て、空を仰いで手を振る兵員、船員たちの姿を見て、わが機は、飛行高度制限（五百メートル）の禁をやぶって高度を下げ、三、四十メートルの高度で船団の周囲を飛んだ。

あの艦もこの艦も、甲板の上には、前にもまして人数がふえ、飛行機に向かって両手をかざし、ちぎれよとばかりに手を振っている。その手の先から、私が飛んでいる飛行機に、満幅の信頼感がつたわってくるようであった。

船団の上空を超低空で二、三周したあと、定められた飛行高度に上昇し、船団の前方に出て、右に左にと〝之〟の字飛行をしながら、船団の前路哨戒に当たる。単調気味な索敵飛行とちがって、輸送船団にたいする敵潜水艦の奇襲を未然にふせがなければならないので、生きがいだけでなく、さらに責任も感じた。

また、あるときには、ザンボアンガ基地へ飛び、そこから対潜哨戒、あるいは、輸送船団の直掩に当たったこともあった。ザンボアンガ基地は、サランガニ基地とくらべて、ひとつの憩いの場でもあるような錯覚をおぼえさせるくらいであった。

サランガニ基地は、密林と荒原を切りひらいてつくられた基地であり、付近には、民家さえ見当たらない。上空から見る基地周辺は、密林と原野ばかりだった。その原野には、何百頭もの野性馬が群がり、低空で飛ぶ飛行機の爆音におののいていっせいに疾駆する光景は、雄壮そのものである。

そのうえ、原住民の民情不安定と気性の荒らさを理由に、基地から一歩でも外へ、または、密林の中へ足を踏み入れることは禁じられていた。

それに比して、ザンボアンガには、基地航空隊だけではなく、いろいろな部隊があった。基地を一歩、踏み出せば、遠くないところにザンボアンガの街がある。道路も整備され。港には原住民のカヌーをはじめ、大は海軍の大型艦艇から小は掃海艇までが投錨停泊しており、はじめて見るわれわれでさえ、ミンダナオ西部の要衝の地を感じさせた。わずか数時間の休憩(飛行機の整備点検終了まで、勝手に休憩をとってしまう)時間を利用して眺めて歩くザンボアンガは、活気に満ちあふれていた。

そのために、サランガニ基地にあっては、搭乗員全員が、ザンボアンガ基地に着陸できるような対潜哨戒とか船団の直掩飛行を、なによりも楽しみのひとつにしていた。気の毒だったのは、上空哨戒だけに専従する零戦搭乗員であった。

サランガニ基地に行き、任務についてから七日か、八日がすぎたと思われるころ、待機中

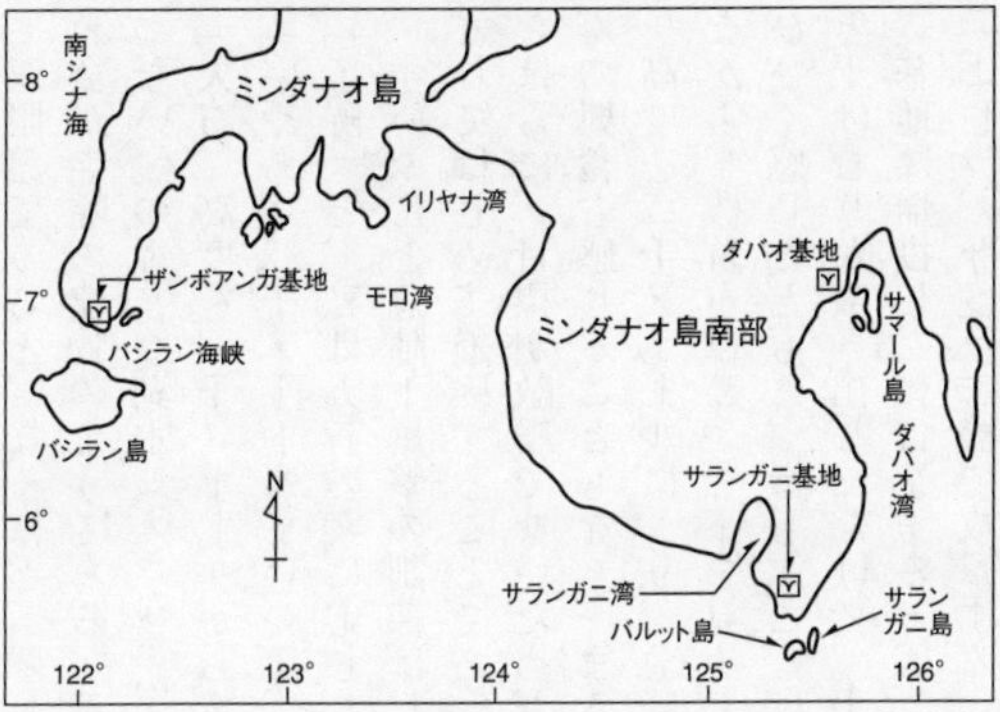

の私に、隊長から呼び出しがあった。指揮所へ行くと、隊長から、

「ただいま、根拠地隊施設部からの緊急連絡によると、敵側のゲリラが、不穏な動きをしており、兵器、弾薬を集結中とのことである。よって、これを事前にふせがねばならないので、ゲリラの集結している建物に攻撃をくわえる。攻撃目標は、基地西方二十マイルの地点にある、原っぱのなかの六角塔の建物である。付近には民家もなく、六角塔の建物は大きいから、すぐ確認できるはずである。爆装は二十五番（二百五十キロ）一発、六番（六十キロ）二発を搭載中である。準備でき次第、発進せよ。なお、建物から逃げ出す者は、ゲリラと見なし、銃撃をくわえてよろしい」

との命令をうけ、私と大石は、爆装準備のととのった機に乗りこみ、離陸した。

基地西方二十マイルの地点では、高度をとる時間さえないうちに、目標地点の上空に到達してしまった。

「大石、目標は見つかったか」と、聞くと、大石からは、

「右前方、小さな湖の西側にある、あれがそうだろう」

と言いながら、機首をちょっと左に向けて、私が確認しやすいようにしてくれた。

双眼鏡でみると、なるほど、隊長の言ったとおり、六角形の屋根の大きな建物があった。教会か寺院の建物のようである。その建物から二十メートルばかり離れたところに、波ひとつない鏡のような湖水（大きな沼のようでもあった）がひろがっていた。

「大石、高度を三千メートルから突っこむか」

「いやぁ、二千メートルでいいよ、二千メートルまで下げるぞ」

「了解」と、私は大石の案に応じた。

ずいぶんと急降下爆撃の訓練はしてきたが、本物の爆弾を投下するのは、大石も私も、生まれてはじめて経験することであった。が、グアム島に出撃するときの緊張した決意とはうらはらに、目標が敵艦でないためだろうか、六角塔の上空を旋回して高度をとりながら、なんの興奮も感じることもなく、まるで訓練飛行そのもののようであった。

高度を二千メートルにとり、急降下に入った。五百メートルで爆弾投下、機を引き起こしながら、機首をひねって下を見ると同時に、わが機の投下した爆弾の爆風で、ズシッと腹にひびく感じとともに、機もすこしばかりあおられる気がした。爆風で破れた窓から、パーッと土けむりが噴き出しただけで、上空から見たところでは、建物はビクともしていなかった。

基地に帰投し、報告をすると、

「よしッ、今度は二機で攻撃する。三十分後に出発」

と、隊長から申しわたされ、二度目の攻撃には、二機で出発した。

六角塔の屋根が崩れおち、火災が発生したのは、三発目の二十五番が命中してからであった。二十五番三発、六番二発で、やっと崩壊したところをみると、よほど頑丈に建てられたものであろう。

六角塔の屋根の直径は五、六十メートル、高さ二十メートルぐらい、この大きな建物が完全に崩壊したのを見とどけ、帰投しようとしたとき、どこに隠れていたのか、四、五名が湖畔のボートを漕ぎだしたのを発見した。

大石は、これに銃撃を一航過、二航過とくわえた。湖面がパーッと血で赤く染まったのを確認して、二機は帰投した。だが、あの銃撃の後味の悪さは、命令とはいえ、いまにしても忘れることができない。また、神聖であるべき教会か寺院を崩壊したということも、それにつながっている。

夢の時間で

飛行機もすくないせいもあろうが、われわれには過酷とも思われるくらいの任務が、あとからあとから追ってきた。

六月も終わろうとするとき、私はひさしぶりに明石兵曹とペアを組んで、サランガニ基地より東方から南東海上にかけての扇形索敵飛行に出発した。

グアム島から帰投してからは、大石兵曹とペアを組まされたため、明石兵曹との搭乗は、二週間ぶりぐらいだったが、〝ひさしぶり〟というのが実感であった。

快晴の空を飛びつづけ、敵艦隊を求めるが、めざす獲物はきょうも見つからない。変針海域に、あと三十分（約百マイル）でたっしようとするとき、明石兵曹が、

「小澤兵曹、エンジンの調子がおかしい。右と左の落差がだんだん大きくなるんだ」

と、つたえてきた。私には、エンジンの不調は感じられなかったが、操縦席の計器盤が不調を示しているのであろう。私は、

「変針海域まであと百マイル。それから、五十マイル南下して、索敵しながら帰投コースを飛べますか」

「どうも落差が大きすぎて、自信がない。引き返そうか」

「いま引き返せば、二百五十マイル（飛行時間にして一時間二十分ぐらい）飛行時間が短縮できますね」

と、つたえ、さらに私が、

「おれは、こんなところで行方不明、未帰還になるのはごめんですぜ」

と言うと、明石兵曹も、

「おれもおなじだよ。よし、ただいまより引き返す」

「了解、基地には無電を打ちます」

というと、私は、暗号書をめくり、

『エンジン不調、索敵を中止し、帰投する。帰投点サランガニ基地より百十度、三百マイル。R？（了解したか）』の無電を発した。基地からは、

『××号機了解、サランガニ基地』

たったこれだけの電波が飛びこむ。電波管制が非常に厳しいので、それ以上の交信は差しひかえ、受信のスイッチだけを入れておいた。（これで不時着しても、方位、距離、発信時

刻が基地にはわかっているから、なんとかなるだろう）と思うと、不思議に不安感がなくなった。

「明石兵曹、基地より了解電あり」

「了解、いま引き返せば、なんとか帰投できそうだ」

針路二百九十度で、基地をめざして飛ぶこと一時間あまりで、はるか遠くに陸地が見えはじめ、時間が経過するにしたがって、基地が、はるか右前方に見えはじめてきた。（これでぶじに帰りつけた）と思ったやさき、突然、飛行機がけいれんでも起こしたように、ガタガタとものすごい震動がつたわってきた。一瞬、空中分解のことが頭をかすめる。

「明石兵曹、どうした、大丈夫か」

「わからない。急にエンジンが暴れはじめやがったんだ」

と、言い終わるか終わらないうちに、突然、エンジンの左側から火を噴き出した。

不思議なことに、火を噴き出すと同時に、機の震動はとまった。だが、炎はますます大きくなり、長い尾を曳き、風防の横まできている。急いで首に巻いているマフラーを引き上げ、口と鼻をおおった。（搭乗員のマフラーは、このようなとき、または負傷したとき、包帯として、また止血用としての目的があり、けっしてだてではない）

「明石兵曹、スイッチオフ、燃料コックをしめろ」

「了解、飛行機をすべらすぞ」

と言いざま、機首を下げ、左斜めに突っこんでいった。

私は、高度計を読み、明石兵曹に知らせる。三千五百、三千、二千、速度三百ノット。

千八百メートルで火は消え、噴霧状になったガソリンは、白い煙のようになって尾を曳いている。

水平飛行にもどったが、プロペラは力なくまわっている。が、高度を保つ力がない。水平飛行では、失速寸前の速度であった。

燃料コックをしめろと言ったのに、弱いながらもプロペラは回転している。エンジンの音がするからには、プロペラの空転ではない。

「明石兵曹、燃料コックはしめたか、スイッチをオフにしたか」

「しめなかった。いま、しめる」

プロペラは完全にとまり、白い煙も消えた。水平飛行が困難のため、機首をわずかに下向きにし、滑空状態にすると、高度はじょじょに下がってゆく。

「明石兵曹、飛行場まではつけないだろう。飛び降りるか」

「待ってくれ、飛行場まで直進すれば、なんとか、着陸できる。電信をたのむ」

「緊急着陸する。飛行場をあけよ。これでいいか」

「上等だ」

隊内無線電話で基地を呼んでも、応答がなかった。私は、平文（普通電文）で基地へ送信した。基地からは、了解電が返ってきた。

「明石兵曹、基地了解」

機は高度を下げながら、機首を飛行場へ向けているが、滑走路にたいして直角である。飛行場へ着陸するには、旋回を余儀なくされる。（大丈夫かな）という不安が、私の胸をかすめたとき、明石兵曹も、おなじ不安を感じたのか。

「だめだ、基地まで行けそうもない。無理をすると、椰子林に突っこむか、失速するかだ」

とつたえてくる。高度計を見ると、一千メートルである。私は、

「飛び降りるぞ（落下傘降下のこと）。これ以上さがると、飛び降りられなくなるぞ」（当時の落下傘の飛び降り高度は、最低七百メートルとされていた。それ以下だと、たとえ落下傘がひらいても、落下傘の操作ができないのである）

「待ってくれ、不時着する」

「飛行場の手前は椰子林だぞ、そこへ突っこむな」

「わかっている。大丈夫だ」

こうなると、階級の差とか、先輩、後輩の節度のあるやりとりではなかった。

下を見ると、一面にきれいな草原が見えている。これならば、機体を破損せずに不時着できるだろうと思い、私は明石兵曹に、

「高度三百、速力百、脚出せ」とつたえた。

「了解、脚を出す」と言いつつ、機首をいくぶん下向きぎみにとり、滑空限度ぎりぎりの速度である。下を見れば、三十メートルで着地である。明石兵曹から、

「接地するー、頭に気をつけろ」

明石兵曹の声とともに、機首をわずかに起こされ、接地滑走したと感じた瞬間、身体がガクーンと前のめりになった。かろうじて両脚を突っ張り、頭部を強打するのを避けたが、そのとき、明石兵曹が操縦席から、はじかれるように水泳の飛びこみのような姿勢で、放り出

されるのが目に映った。接地した途端、飛行機が逆立ちになったのだ。

私は、とっさに固定バンドをはずした。身体が機体から半分ほど浮き出したとき、私はドカーンと後頭部と背中を殴られたような気がしたが、後は、なにもわからなくなってしまった。

それから、何分たったかわからないが、ウーン、ウーンという呻《うめ》き声が、夢の中で聞こえてくるような気がして、ハッとわれに返り、意識がよみがえってきた。（そうだ、おれは墜ちたんだ。そして、飛行機の下敷きになっているな）と気づいた。機体の中では、シャーという音がしている。（あの音はなんだろう）と考えるまもなく、ハッと気がつく。

（しまった、電信機を送受信の状態にしておいた。早くスイッチをオフにしないと、送信機のモーター刷子の火花で、引火するおそれがあるぞ）と思い、身体を起こそうとしたが、腰から上が思うようにならない。首から上は自由に動かせるが、腰から両肩にかけては、まったく自由にならず、転覆した機体にかんぬきでしめつけられたように、がっちりと押さえつけられていることがわかった。が、幸いにも、両足と両手は自由に動かせた。そこで両足を交互に使って、飛行靴、靴下を脱ぎ、素足で電信機の位置をさぐり、スイッチを指と指の間にはさんでオフにした。

（よかった。これで大丈夫だ）と思うまもなく、洩れたガソリンの異臭が鼻をつき、息苦しさを感じてくる。

なんとか機体の下から這い出ようとするが、腰と胸部を、機体に押さえつけられていて、どうにもならない。両手、両足は自由がきくので、草の根をむしり、土を掘って出ようとするが、暑さと、ガソリンの異臭で気が遠くなりそうだ。

息苦しくなり、マフラーを首までおろし、ホッと一息つくと、顔面に痛みをおぼえたので、顔に手をやってみると、べっとり血が手にこびりついている。そして、手についたどす黒い血を見た途端、（もう駄目だ、このまま飛行機の下敷きになって死ぬのか）と思うと、急に身体中から力が抜け、またボーッと気が遠くなってしまった。

やがてまた、呻き声で目がさめた。

「明石兵曹、明石兵曹」と、機体の下から、大声を出して呼ぶこと数回、呻き声がやみ、明石兵曹の意識が回復したらしい。

「おーい、小澤兵曹、どこだ」

意外に元気な明石兵曹の声に、私は安心した。

「ここだ、ここだ。飛行機の下敷きになっているんだ」

と、機の下から叫ぶ私を、明石兵曹はのぞきこんできて、

「大丈夫か、しっかりしろ。顔をやられたな。だが、それだけ口をきければ、大丈夫だ」

と、励ましてくれた。

「身体の動きがとれない。おれのことはいいから、帰って報告して下さい」

「出られないか。その中から」

「押しつぶされてしまってんだ。歩けたら、至急、基地へ帰って下さいよ。いろいろお世話になりました」

「ばかなことを言うな。基地へ帰って、救援隊をつれてくるから、それまで待っていろよ」

「わかりました。救援隊をお願いします」

「ほんとうだな。死ぬなよ。かならず来るからな」

「基地までは、七、八キロメートルはあるぜ、どうやって行く」

「草っ原を、最短距離で突っ切ってゆくよりほかに方法がないよ。待っていろよ」

明石兵曹が、基地へ向かったのを確認すると、安心感と暑さにくわえて、漏れたガソリンが蒸発する臭いで、全身からスーッと力が抜けてしまう。睡魔が襲いかかり、眠りこんでしまいそうである。

さっきまで、流れるように出た汗も、出つくしてしまったのか、出なくなってしまい、身体の苦痛は感じなくなった。目をさましているようでも、夢を見る。その夢は、まったく現実離れした十年も前の、子どものころの楽しい夢である。幼友だちと、ギャアギャアと遊びまわり、幼友だちの声に、ハッと目がさめる。

(これではいけない。眠ってはだめだ、なんとか、這い出そう)と思い、また草の根をむしりとり、両手で土をかきわけるが、暑さと息苦しさで、長くはつづかない。

(どうにでもなれ。どうせ生きられっこない)と思い、手を休めると、また眠り、故郷の夢を見る。おなじことをくりかえしているうちに、暑さも、痛さも、苦しみも忘れ、昏睡状態にはいってしまったようである。

常時、三十五、六度という暑い気温にくわえて、ジュラルミン製の機体を、何時間も炎熱の直射日光にさらしているのである。機体内の温度は、おそらく五十度をらくに超えているのではなかろうか。その機体に押しつぶされて、身動きできない身にとってみれば、昏睡状態にならないほうが不思議なくらいだ。

還らざる戦友

どれだけ眠りつづけたろう。まだ私の名を呼んでいる。

「小澤兵曹、小澤兵曹、どこだ」

と、夢の中で、私を呼んでいるような気がして、目をさますと、夢ではなかったのだ。

「おーい、ここだ。飛行機の下だ」

「おお、声がした。生きているぞ」

ワイワイ、ガヤガヤと、かなりの人数が来ているらしい。二、三名が転覆している胴体の上に乗ったらしく、ギューッと押しつぶされるように、腰から胸にかけて、圧迫感が強くなった。

「ばかやろう、おれは胴体の下敷きになってんだ、早く降りろ」

「おッ、元気がいいや、このぶんでは、だいじょうぶだ。みんな翼の下にはいれ、一、二、三で持ち上げるぞ」

わずかに浮いた機体の下から、ひっぱり出され、みんなの顔を見たとき、生きている実感を、しみじみと味わった。

一機の彗星が、超低空で旋回をつづけている。私は転覆した機の上に乗り、

「搭乗員ぶじ」の手旗信号を送った。彗星は、「了解」のバンクをして、基地へ帰投していった。

持っていた航空時計を見たら、一時十五分で、とまっていた。時刻はもう四時をすぎており、三時間あまりを、炎熱地獄の炎天下で、身動きできずにすごした勘定であった。

「明石兵曹は、基地へついたか」

「運よく途中で出あったから、二、三名でつれて帰った」

「そうか、それはよかった。上から見ると、こんなに長い葦が生えているとは思わなかったので、おれが脚出せと言ったものだからな。最初から、胴体着陸すればよかったんだ」

「だれだって、脚は出すよ。上から見たのでは、二メートルもある葦の原っぱには見えないもの」

みんなが担架に乗れと言ってくれたが、ことわり、いっしょに歩きだした。

「お前はとっくに死んでいると思ったよ。今夜はお通夜がてら、お前の分まで飲めると思っていたが、残念だった」

「生きてて悪かったな。死ねば、同期のお前らが泣くと思うから、生きててやったのさ」

「だが、あの炎がよく消えたなあ。飛行場からもよく見えたんだ」

「隊長が、小澤のやつが生きていたら、やつはもう死なないだろうと言っていたぜ」

「どうして」

「お前は、ダバオの事故のときでも、かすり傷ひとつ負わないし、空襲のときは、逃げなかったため助かるし、何回でも生き返ってくるってよ」

基地で翼を休める艦上爆撃機彗星——著者らは、索敵、船団護衛、対潜哨戒等に飛びつづけた。過酷とも思える任務がひきもきらなかったという。

「隊長と同じよ。憎まれっ子、世にはばかるというう、いろはかるた知ってんだろう」

おたがいに、生きていた喜びを、搭乗員でなければ、また同期生でなければ理解できないやりとりをしながら、一時間も歩いたろうか、根拠地隊の建物が何棟かあり、その中にはいっていった。

「隊長から、生きていたら、ここの病室に収容してこいと言われてきたんだ」

「冗談いうな。おれは帰って、隊長に報告してから、基地の軍医にみてもらうよ」

「バカをいうのもいい加減にしろ。顔ははれているし、おまけに、鼻血と両眼の下を切った血がこびりついているわで、その顔で帰れば、隊長が逃げ出すぞ。あとはおれたちにまかしておけ」

そのうち、軍医がきて、いやもおうもなく診察室につれていかれてしまった。

軍医は、手ぎわよく診察し、顔にささった飛行眼鏡のガラスの破片を取りのぞき、

「外傷は心配することはない。頭はだいじょうぶ

かな」

と、言いながら、頭部を押したり、なでたりしてみてくれた。かたわらで、診察結果を見まもっていたひとりが、

「軍医、頭の悪いのは生まれつきですから、治りませんよ」

と、へらず口をたたくと、またほかの者が、

「そうだ、それ以上悪くなったら、兵役免除で内地送還のうえ、精神病院行きですよ」

と、悪のりをするのを、軍医は、笑いながら聞き流し、

「このぶんなら、二、三日で帰れるだろう。ほかに痛むところでもあるか」と聞く。

「ハイッ、へその下から内股にかけて、ものすごくヒリヒリ痛むんです」

下半身はだかにされた。見ると、皮膚は赤黒く変色していた。軍医はびっくりしたように、

「これはいかんぞ、ガソリンを吸いすぎている。四エチル鉛の中毒症状が心配だ。看護兵、二十四時間交替で、不寝看護兵もつけるよう手配しろ」

と、急に慎重な態度に変わったのを見て、診察結果を見まもっていた連中は、声も出さなくなってしまった。搭乗員ということで、下士官である私には、軍医も特別に配慮してくれ、士官用の個室に寝かされた。診察が終わっても、まだそこにいる連中に、

「そろそろ暗くなるから帰ってくれ。おれは眠くてしようがない」と言うと、

「あすの搭乗割によっては、また来るよ。なにか、用はないか」と、顔をのぞきこむ。

「おれの下着類と、酒を二、三本たのむ。軍医と看護科先任にごますり用だ」

「わかった。なんとかしてやる。それでは帰るぞ」

みんなが帰ったあとは、五分とは目があいてはいられなかった。（助かった）という安堵感と、同期の零戦搭乗員をはじめ、同年兵であり、ペアを組んだ大石たちが来てくれたことで、気もゆるんだのであろう。目がさめたら、朝の八時であった。寝ずに私の状態を見まもっていたのであろう、看護兵が、

「よく眠りましたね。夜中に心配になるくらいでした」と言う。

「すまんなあ、やっぱり疲れていたんだな」

と言いながら、身体を起こそうと思い、横向きになろうとしたら、左の胸に、針を刺されるような激痛を感じ、起き上がれない。また、足の親指をすこし動かしても、左胸に激痛を感じる。

看護兵に告げると、さっそく軍医に連絡してくれた。診察の結果、肋骨にヒビがはいっていることがわかり、全治一ヵ月を宣告されてしまった。

基地から、衣類と酒、たばこを持ってきてくれた連中も、

「どうして、きのう、ここまで歩けたんだ」と、不思議がっていた。

明石兵曹のようすを聞こうと思ったら、

「明石兵曹は、基地についたあと、彗星で、ダバオ基地にはこばれ、ダバオの病院に送られたよ」

と言いながら、話題を変えようとしている。（これは、明石兵曹もかなりやられたな）と思い、それ以上は聞かなかった。

医務室にごますり用の酒とぶどう酒を持ってきてくれた大石の語るところによれば、隊長

は救援隊が出発した直後、根拠地隊に連絡をとり、搭乗員を救出した後の処置等についていろいろとお願いしていたらしいことを聞いた。また、きょうの酒、たばこも、隊長が主計科に連絡をとり、用意してくれたものである、と聞かされたときには、隊長の部下を思う温情に胸のつまる思いであった。

それで、いくら搭乗員ではあっても、下士官である私が、士官用の個室に寝かされたのも、隊長がいろいろと配慮してくれたからだということがわかった。

私の乗った飛行機の空中火災、転覆事故を契機とするかのように、私が治療中も、索敵中に行方不明未帰還がでたり、あるいは楽しみのひとつにしていたザンボアンガに向かう途中に墜落や事故があり、零戦もまた、上空哨戒中に故障で墜落したり、そのほかの事故を起こすなどで、きのう見舞いに来てくれた戦友が、きょうは還らぬ人となったことを聞くにつけ、病室に身を横たえる私にとっては、隊員の漸減していくのがつらかった。

歩行も自由にできるようになると、表紙もなくなったボロボロの雑誌を借りて読んだりしたが、身をもてあます日がつづいた。個室に寝かされる味気なさをしみじみと感じ、身のおきどころに苦しむ状態であった。

七月も中旬になったとき、同期の戦友二、三人がひさしぶりに病室に来てくれた。そして、

「おれたちは、あす全機、セブの基地へ行くことになった。さきに行ってるからな、治ったころを見はからって、迎えに来てやるよ」と言う。

「おれも、いっしょに行くよ。もう自由に歩けるし、だいじょうぶだ。迎えに来るなんて、あてになるもんか、治ったあと、陸戦隊だなんてことにもなりかねないからな」

「かならず迎えに来てやるよ」

「お前の戦闘機でか。戦闘機は一人乗りだぜ、それとも彗星でくるか……」

いろいろとやりとりしたあと、私は大声で、看護兵を呼んだ。大声を出すと、まだ左の胸に痛みを感じたが、そんなことにかまってはいられなかった。入ってきた看護兵に、

「看護兵、長いあいだ、面倒かけてすまなかった。あす全機基地をたつんで、きょう病室を出たいんだ。軍医を呼んでくれ」

軍医は、はいってきながら、

「あす全機、出発だって、まだ治療が必要だが、やむをえんだろう」

と、退室を認めてくれた。連絡にきた同期の連中も、ホッとした表情で、私ともども礼を言ってくれた。

基地へ帰り、隊長に報告のために指揮所まで行くと、隊長は笑顔で立ち上がり、

「この野郎、帰って来たか。もういいのか、報告はよし、きょうは休め」

ねぎらいのつもりであろう、左肩をポンとたたかれたときには、左胸をえぐられるような激痛を感じ、思わず顔をしかめてしまった。

なににもましてうれしかったのは、隊長が、肉親的な感情をもって迎えてくれ、待機所の連中も、わがことのように喜んでくれたことであった。

ひさしぶりに待機所から見る飛行場には、意外に飛行機の数が少なかった。

「いま、ここには何機あるんだ」

「彗星六機、零戦十機ほどかな、びっくりしたろう」

たしかに、私はびっくりした。これほど減っているとは、思ってもみなかったことである。機数の減ったことに比例して、搭乗員の尊い人命も減っていたことは、まことにさびしいかぎりであった。

ダバオ基地には、何機、残っているのか知らないが、ここサランガニ基地の残存機数から考えると、ダバオ基地の艦爆も十五機を割り、戦闘機も十五機か二十機ぐらいだろうと推測できた。先輩たちに聞いたかつての五〇一空のおもかげは、もうどこにもなかった。

裏切った幹部士官たち

サランガニ基地を、全機が飛びたち、セブ基地に向かったのは、七月十五日ごろである。(あとでわかったことであるが、五〇一空は七月十日に解隊され、戦力の再建と再編のため、内地航空隊に、いちじ復帰することになっていた。そしてなお、私は十九年七月十日付で、大井海軍航空隊に転勤命令が出ていたが、それを知らされなかった)

セブ基地に着陸すると、ダバオで別れた顔馴染みの五〇一空の連中が、ここへ一足先に来ていた。私の姿を見つけた竹尾、山野らと、肩をたたき合っておたがいのぶじを喜びあった。肩をたたかれたとき、私は胸の痛さに顔をゆがめた。それでふたりは、私の事故を知り、まだ全治していないことを知った。

セブ基地では、編成してまだ日のあさい、二〇一空戦闘機隊が健在で、保有機数四、五十機が温存されていた。さらに二〇一空の一部は、マニラのニコルス基地とクラーク航空基地群のあるマバラカットに配備されていて、二〇一空全体の保有機数は百二十機を超えていた。それにくらべ、五〇一空の艦爆機数といえば、ダバオ、サランガニの両基地から合流した全機を合わせても、十五機たらずでしかなかった。

五〇一空の戦闘機隊は、セブ基地で二〇一空と合隊し、純然たる二〇一空隊員となったが、われわれの艦爆隊員は、上からなんの説明もないまま、二〇一空の戦闘機部隊に編入されたのかどうかもわからず、宿舎だけは戦闘機搭乗員と同居した。

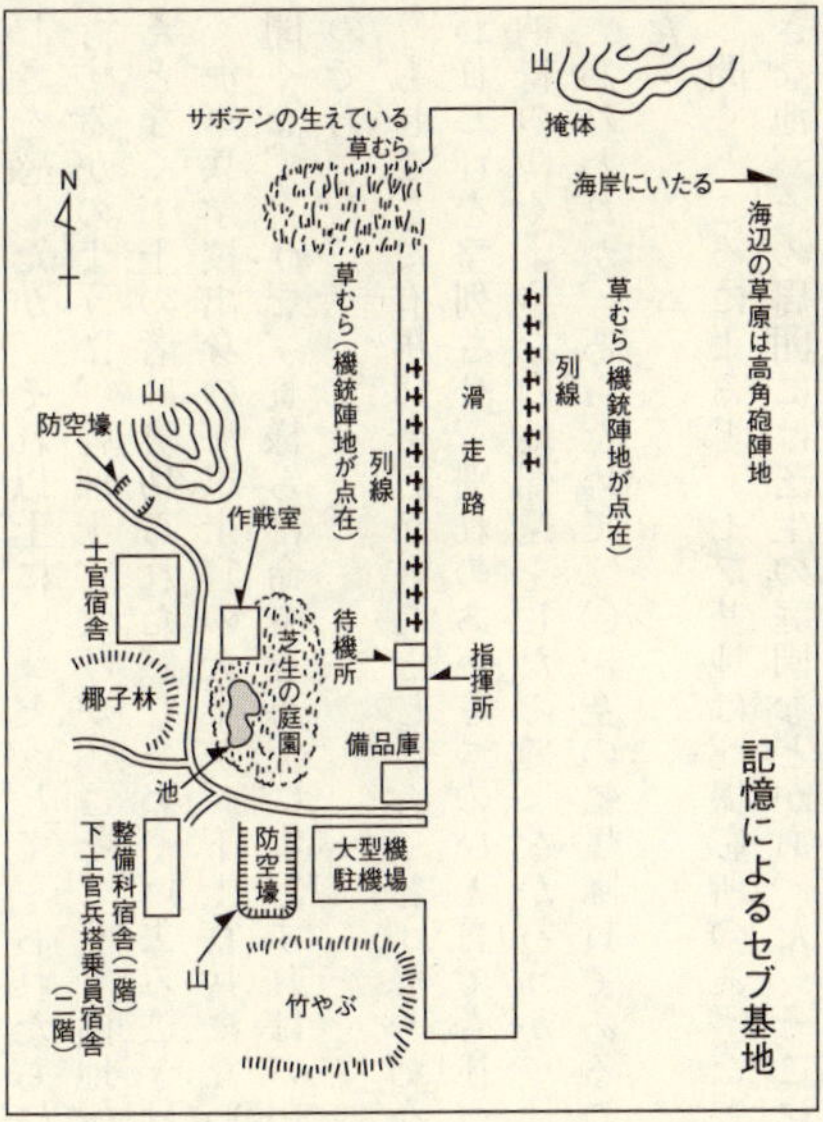

記憶によるセブ基地

指揮所に行ってみれば、五〇一空、二〇一空の司令、飛行長がそれぞれおり、艦爆搭乗員は、（おれたちは五〇一空隊員なのか、二〇一空隊員なのか）と戸惑う始末であった。

しかし、七月も終わろうとするころ、指揮所には、五〇一空の坂田司令をはじめ、飛行長、隊長らの幹部士官の姿は見られなくなり、きのう到着したダグラス輸送機で、ひと足さきに内地へ帰ったことを知らされた。

われわれにとっては、一抹のさび

しさを感じたが、それ以上に、(どうして、おれたちにひと言の言葉もかけず、隠密行動でもするかのように、幹部士官だけが、こそこそと内地へ帰ってしまったのか)と思うと、なんとなく、上の者に裏切られた感じをぬぐい去ることはできなかった。

海軍兵学校出身の海軍士官の大半が、下士官兵にたいしていだいている、〝余計なことは聞くな、言うな、貴様らは命令を忠実に実行すればいいのだ〟の風潮を地でいったようなものであった。

もしここに有馬司令官がいたとしたら、どうだったろう、ダバオ基地での温顔そのままに、われわれを整列させ、別れのあいさつのひと言でも述べ、残る者たちを激励し、われわれが納得のゆくような内地帰還をしたのではなかろうか。

われわれが、あらためて二〇一空の艦爆隊員であることを自覚したのは、それからであった。

聞くところによると、セブ基地は、撮影所のあったところで、飛行場と宿舎の間には、大きな池、その周囲には芝生の庭園などがあった。そこにはいろいろの彫像もあり、宿舎から飛行場に通じる道の両側には、ハイビスカス、ブーゲンビリア、カンナの花等々、南国特有の原色の花が、妍《けん》をきそうように咲き乱れ、なんともいえぬ芳香がただよい、紅雀が群れをなしてさえずり、戦地というには、あまりにももったいない風情があった。

そして、しばしば、この庭園で、映画会がもよおされた。(当時、見た映画で、「無法松の一生」は、いまでも印象に残っている)

士官宿舎も接収したものであろう、二階建てか、三階建ての白一色の豪華なもので、小さな城を思わせた。そして、この風情とは逆に、ダバオには一つもなかった防空壕が無数にあり、機銃陣地、高角砲陣地が、飛行場をかこむように配備され、搭乗員待機所の付近には、いくつもの蛸壺が掘ってあり、飛行場の防備に万全を期してあった。

さらに、飛行場周辺の上空は、零戦数機ずつが交替で上空哨戒につき、常時、敵の来襲にそなえて邀撃態勢がとられ、列線には、いつでも飛び上がれるように、十数機の零戦が整然とならんでいた。

八月そうそうであったと思う。上層部の緊迫した空気が、われわれ下士官にもひしひしと感じられ、零戦の上空警戒も機数を増し、艦爆隊の索敵範囲もひろげられた。

そんなとき、小規模ではあるが、B24の低空爆撃が、その頻度を増してきた。ダバオ基地でもそうであったように、セブ基地でも、幸いなことに、零戦隊の邀撃で、爆弾は飛行場をはずれていた。

零戦の邀撃もさることながら、超低空で水平爆撃をするにしては、B24の操縦員、爆撃手は、まことに爆撃が下手であったのは、私たちにとっては幸いであった。

第四章　マニラ湾に陽は落ちて

植村少尉の真情

昭和十九年八月上旬、ダグラス輸送機で、七、八名の士官が、内地(だと思う)から赴任してきた。関行男《つらお》大尉を長とし、他の士官は、学徒出身の予備少尉であった。翌日から関大尉は、戦闘機隊の新任分隊長となり、飛行中隊指揮官になった。(飛行隊長は、保有機数によって何名もおり、その下に分隊長がいて、飛行隊長に代わって飛行隊の指揮をとることもある。先任飛行隊長は、われわれが五〇二空から転勤の途次、アスリート基地に仮入隊したとき、虎部隊＝二六一空の飛行隊長だった指宿正信大尉か鈴木宇三郎大尉であった)

関大尉と同行してきた士官全員も、零戦搭乗員となり、一番機搭乗員として必要な編隊訓練から空中戦訓練と、猛訓練に余念がなかった。さらに余暇を見つけては、下士官搭乗員の中にはいり、戦地の空気に慣れようと努力していた。

この中に、植村真久少尉もおり、ふとしたことがきっかけで、私は植村少尉と、士官対下士官の階級を超え、個人的な心と心の結びつきができた。私は、植村少尉が寸暇をさいてたてる、茶道のひとつにはいっているのであろう〝野点《のだて》〟の茶を、ときどき、ご馳走になった。

植村少尉が、

「小澤兵曹、きれいな毛布を持ってきてくれ」

と言うときは、きまって〝野点〟であった。そのとき、植村少尉から、

「飲み終わったら、結構なごふくあいです、と言うのが礼儀だぞ」

と、教わったことばを、どうした理由か、いまだに忘れられない。

あるとき、故郷の話になったとき、植村少尉は、

「おれはこう見えたって、子どもがいるんだぞ。とてもかわいい女の子で、名前は……子と言うんだ」（私の記憶では、モト子とかトモ子と言っていたと思う）

と言って、二十五歳の青年士官は、いつもの野武士的な態度とはうらはらに、やさしい父の眼である顔をみせた。そして、子どもさんの自慢話はしても、奥さんのことについてはひと言も語らなかった。

あるとき、私は聞いてみた。

「植村少尉、奥さんもこどもさんもありながら、どうして飛行機乗りなんかに志願したんですか。まして大学まで出ていながら……」

「なにを言うか貴様、国があって、おれたちがあり、おれたちがあって、国があるんだ。おれたちが率先して、飛行機乗りにならなければ、だれがやるんだ。まして学徒動員までしている現状だぞ……」

そのことばには、少しの迷いもない、力強い信念が感じられ、私はなおさらに信頼感を強くした。

その植村少尉が、訓練中に飛行機をこわしてしまった。

怪我がなかったのが、不幸中の幸いであったが、予備士官にしてはめずらしいくらい、豪放磊落、野武士的な性格を持つ、責任感の強い人だけに、彼のしょげ方は、見るも気の毒なくらいであった。

私が、植村少尉に惹《ひ》かれたのは、大学出を鼻にかけず、だれにも馴染める庶民的な感覚の持ち主で、しかも骨太の彼の骨格が、なんとなく野性味を感じさせ、いつも陽気であったからであろう。

二、三日後、関大尉がめずらしく搭乗員宿舎にきた。上半身はだかで寝そべっているわれわれに、

「みんないるか、そのままでいいから聞け」

といいながら、寝そべっている搭乗員をまたぎながら、宿舎の中央まで来た。

関大尉の話を要約すると、挺身特別攻撃隊(神風特別攻撃隊ではない)の編成が目的であった。

挺身特別攻撃隊とは、攻撃隊が出撃するさいに、直掩機なしで、零戦隊を主体とした攻撃隊を編成し、発進するというものである。

しかも、零戦に二十五番爆弾を搭載し、彗星艦爆が零戦攻撃隊一中隊に一機、あるいは二機誘導に当たり、戦場に到達したさいには、彗星艦爆の急降下にならって、零戦が急降下爆撃を敢行するというものであった。

普通は、攻撃隊が出撃するさいは、かならず直掩戦闘機がつき、攻撃隊を護衛し、敵の邀

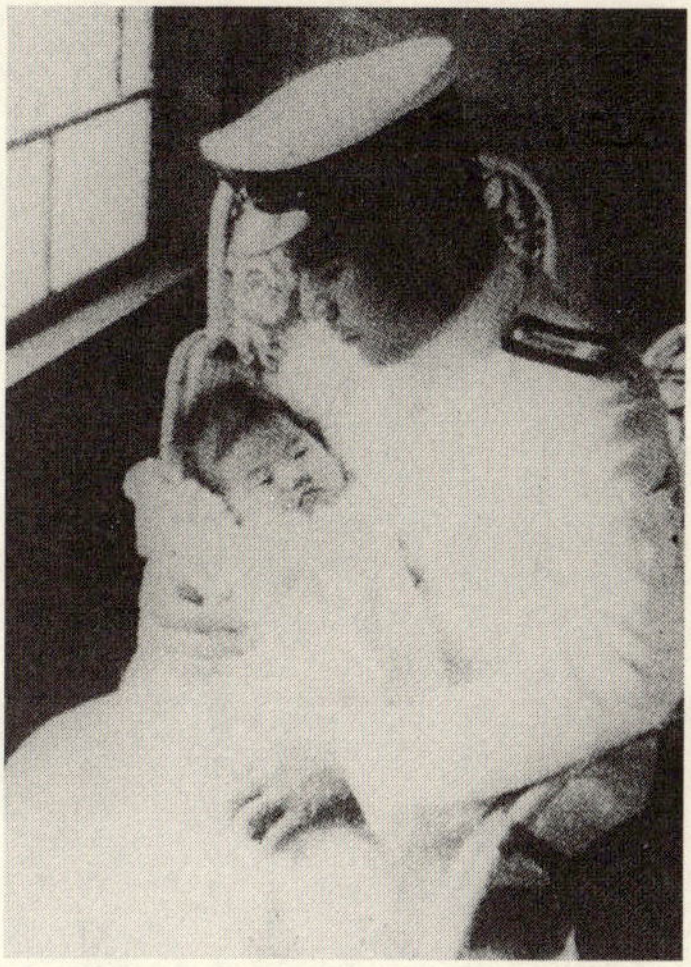

植村真久少尉と娘。著者とは士官対下士官の階級をこえ結びついていたという。

撃機を空中戦に追いこみ、攻撃隊が敵目標にたいして容易に攻撃ができ、攻撃終了後は、攻撃隊がぶじに帰投できるようにするのが戦闘機隊の任務であった。

関分隊長は、稼動可能な彗星艦爆の絶対数の不足をあげ、

「現在、セブ基地にある艦爆保有機数では、敵機動部隊を発見しても、これを殲滅することは、なかなかむずかしい。現有兵力で敵をたたくには、これ以外に方法がない」と、力説した。

関大尉の説明を聞くまでもなく、セブ基地に来てからそう日をへていないが、彗星は何機かをうしない、保有機数は十機、飛行可能な機はせいぜい七、八機となり、また彗星搭乗員は、内地に帰った幹部士官に置き去りをくった士官をふくめ、四十名たらずになっていた。

挺身特攻隊員には、零戦搭乗員のほかに、艦爆搭乗員十数名が選ばれ、私も大石兵曹も、その中にはいっていた。(セブ基地に来てから、また彼とペアを組んだ)

私はいくぶん優越感をおぼえたが、同時に、(いつの日か、故国に帰れることを望んでいたが、これでだめにな

ってしまった。やはり、死ぬようにできていたんだ）と、自分に言い聞かせた。そして、燃えつきようとしても、なかなか消えなかった灯が、やっと燃えつきるときがきたような気がした。

気持をとりなおし、（南方行きを命じられたときから、生還は期していなかったではないか。グアムで、さらにサランガニで死んだと思えばいいや。かならず死ぬとはきまったことでもあるまい。よーし、やってやるぞ）という気慨に燃えた。

こうして、挺身特別攻撃隊が編成され、艦爆隊から選ばれたわれわれは、翌日から、零戦隊によって編成された、急降下爆撃隊をしたがえて、急降下爆撃の猛訓練にはげんだ。私の左胸部は、急降下から機の引き起こしにかかるとき、重力に耐えかねるように、息もとまってしまうほどの痛みをおぼえたが、泣きごとなど言っている暇はなかった。

連日の猛訓練がつづき、零戦搭乗員も、急降下になれてきたころ、零戦だけによる急降下爆撃の訓練が実施された。一小隊ずつ、上空で編隊をとき、単縦陣となって、一番機にならって急降下するというものであった。一般には、戦闘機であるから、急降下などしごく簡単だろうと、思われがちであるが、なかなかそうではない。戦闘機は、空中戦を主体に考えてつくられ、とくに旋回半径を小さくすることが課題であり、機銃の照準器はあっても、爆撃照準器はない。

この猛訓練をつづけているころ、艦爆搭乗員として勇名を馳せていた国原千里少尉（乙五期生）と、これも国原少尉と同期の某少尉らが、挺身特攻隊の爆撃指導のため、彗星ともども、五〇三空より転任してきた。

功名に心はやるな

いく日かがすぎたとき、単機ごとに急降下をする訓練が実施された。関大尉に引率され、植村少尉らと、内地から来た某予備少尉が飛びたったが、某少尉は高度計を読みちがえ、自爆同様の状態で、飛行場の列線（飛行機をならべて駐機してある区域）に突っこみ、整然とならんでいた十数機の零戦をめちゃめちゃに破壊してしまい、完全に使いものにならない屑鉄同様にしてしまった。

飛行機の残骸の片づけもさることながら、まず搭乗員の遺体収容である。遺体をさがすこと二十分、どこにも見当たらない。機体とおなじく、ばらばらになってしまったのであろうかと思いながらも、飛行場の北側のはずれにある、大きなサボテンの生えている草むらを探しているとき、私はかすかなうめき声を耳にした。

自分の耳をうたぐりながら行ってみると、てっきり死んだと思っていた某少尉が、かすかにうめきながら生きているではないか。

「おーい、見つかったぞ、まだ生きている。担架を持ってこーい」と、私はどなった。

「なにッ、生きている、ほんとうか」

近くをさがしていた連中が、駆け足で寄ってきて、仰向けにしてやる。彼は操縦桿をしっかり握りしめており、操縦桿には、二メートルばかりの操縦索のワイヤがついていた。私は彼の手から、操縦桿を離そうとするが、なおも固く握りしめている。

「すごい力で握っていて、操縦桿がとれないんだ」

「まだ飛行機に乗っていて、懸命に操縦桿を引いているつもりなんだろう」

意識は、完全になくなっていながらも、飛行機乗りの執念とでもいうか、三百ノット（一時間あたり五百五十五キロ）、秒速百五十メートルあまりの速力で突っこみ、さらに接地点から七、八百メートルも投げ飛ばされながら、生きていたことにはおどろかされた。

植村少尉らも駆けつけ、担架が来たとき、私はまた、彼の手から操縦桿を離そうとしたが、あい変わらず固く握りしめたままである。植村少尉は、士官同士のよしみか、

「小澤兵曹、頼む、握らせたまま死なせてやってくれ。万に一つも助かりっこないだろうから……」と言う。

「わかりました」と言って、私は彼の手を離した。

植村少尉は、みずから担架を持って、戦友を運んだ。

某少尉は、三日間、生死の境をさ迷い、ついに帰らざる人となった。

この事故について、だれにもまして悔やんだのは飛行長中島正少佐ではなかったかと思う。

某少尉は、訓練飛行に飛び立つとき、飛行長から、

「投下高度（引き起こし）千三百メートル、爆撃目標は指揮所」と指示されたとき、

「八百メートルでだいじょうぶです」といった。

「千三百にしろ」と、飛行長はくりかえし指示したが、某少尉もよほど自信があったのだろう、八百メートルの投下高度を譲らなかった。

そうまでいうならばと、根負けした飛行長は、投下高度八百メートルを認めてしまったの

であった。

　われわれは、指揮所の横にある天幕張りの待機所から、待機所前に椅子を持ちだし、零戦搭乗員の急降下ぶりを眺めては、勝手に批評していたが、そのとき、投下高度のことで、飛行長と某少尉のやりとりするのを聞いていたのである。それを聞いていた先輩が、某少尉には聞こえぬように、ささやくような声で、

「バカが、急降下をなめてかかってやがる。三千メートルぐらいで目が見えなくなってあわてるぞ」

「戦闘機乗りだから、だいじょうぶだよ」

「それがあまい考えなんだよ。たかが予備さんではないか。まだ百時間も飛んでいないんだぞ」

　われわれの内緒話をよそに、飛び上がった某少尉は、高度五千メートルから、機を目標（指揮所）にセットし、急降下姿勢にはいった。私たちは、彼の技量はどの程度だろうと、多分に野次馬的な立場で、彼の急降下を見まもった。

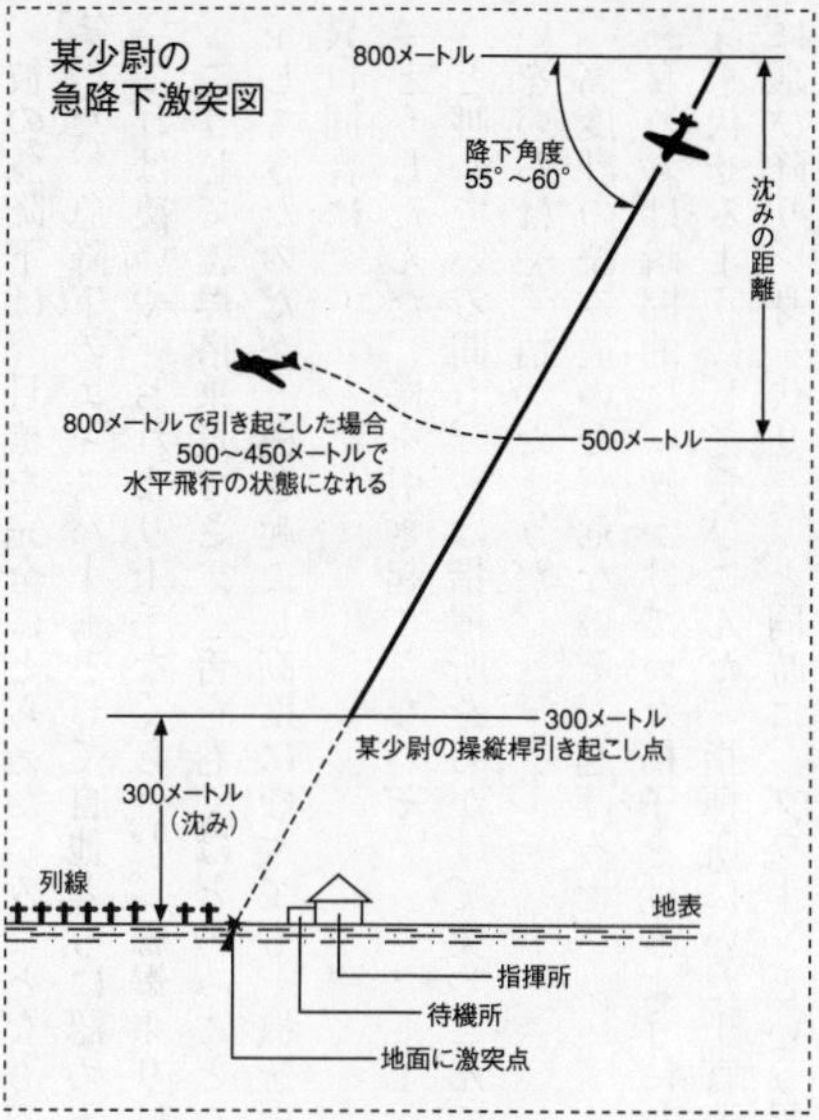

彼の急降下は、目標を完全にとらえた、みごとなものであった。『バカが……』と、あざ笑った、急降下のエキスパートとして自他ともに認める先輩さえ、

「これは凄いや、おれより上手なくらいだ。艦爆乗りにしたらたいしたものだぜ」

こうして艦爆搭乗員でさえ、舌を巻くほどのみごとな急降下で、完全に目標をとらえ急降下してきたのだが、引き起こし高度になっても、機を引き起こす気配がない。われわれが、異口同音に、

「どうしたんだ、機を引き起こさないぞ」

と叫んでいる間も、彼は指揮所をめがけて突っこんできている。先輩は、高度計の読み違いをいちはやく悟ったようだ。

「高度計の読み違いだ、危ないぞ、逃げろ」

私たちは瞬間的に、腰かけていた椅子をけるようにして、待機所のうしろ側の草むらに、身を伏せるようにして飛びこんだ。指揮所にいた士官連中も、いっせいに指揮所裏の草むらに飛び降り、身を伏せた。と同時に、グワーンという異様な衝撃音とともに、機は地上に激突した。

機が水平飛行状態にもどった瞬間に、接地激突したのであろう。三百ノットの速度で、たたきつけられるように接地した機体は、バラバラに飛び散り、機体からはずれたエンジンは、速度の惰性にまかせて、狂ったようにころがり、列線上にならんでいた零戦十数機の胴体をえぐるようにして破壊してしまった。

引き起こし高度が、あと五十メートル高かったならば、飛行長から怒鳴られるだけで、な

にごともなかっただろうし、逆に引き起こし高度が五十メートル低かったら、彼の機体は地中に突きささり、犠牲は彼と彼の搭乗した機だけですんだであろうが、十数機の破壊は、戦力として大きな損失であった。

（高度計の針は、時計とおなじように、長針と短針があり、長針は一回転百メートル、短針は一回転五百メートルを示すから、短針の回転を一回転見落とすと、五百メートル降下してしまう。三百ノットで降下した場合、約三秒で五百メートル降下してしまう）

飛行長が、最初、引き起こし高度を千三百メートルと指示したのは、初心者にもっとも多い、高度計の読み違えを危惧してのことと思われる。（急降下爆撃訓練中の事故の八十パーセントは、高度計の読み違えである）

中島飛行長は、おりあるごとに搭乗員にたいしては、

「生命を大切にせよ、けっして犬死にはするな。出撃途中であっても、故障機は引き返し、つぎの機会を待て。一時的な功名に心はやるな……」

と、口ぐせのように言っていた。それだけに、引き起こし高度八百メートルを認めたことが、悔やまれてならなかったと思う。

飛行長は、われわれ艦爆搭乗員にはいつもいっていた。

「お前らは、敵艦に爆弾を落とせば、任務の大半は、遂行したことになる。あとは、自分の飛行機を、ぶじに基地まで持って帰ればいいんだ。生意気に、空戦などする気になるな。空戦は戦闘機にまかせておけばよい。敵機に追いすがられ、どうにもならないと判断したときだけ空戦にはいり、戦闘機の援護を待て……」

また、零戦搭乗員にたいしても、「味方基地上空の空中戦では、かならず落下傘バンドをつけ、落下傘を結ぶように」と、注意していたが、こうした搭乗員にたいする思いやりには、肉親以上のものがあり、むだな死にかたをさせまいと心をくばっていることがよくわかった。が、それに反して、零戦搭乗員は、落下傘バンドを装着してまで搭乗する者は、ごくまれだったようであった。

下士官搭乗員の勘

この事故の暗さを乗り越えて、私たち挺身特別攻撃隊は、ボホール水道上空に、あるいは遠くレイテ湾上空に出ては猛訓練に励み、また、他の艦爆隊員は索敵飛行に明け暮れた。

九月にはいってまもない、五日か六日ごろであったろう、ひさしぶりに休養日があたえられた。休養日とはいっても、〝あ号〟作戦による敗退以来、外出などはとうていできるものではなく、ただ宿舎でゴロ寝をし、座興にコックリさまという占いの真似ごとをしたり、トランプ遊びをして、退屈をしのいでいた。

昼食も終わって、みんなが「昼寝でもするか」と言いながら、あっちでゴロリ、こっちでゴロリと横になったと思うまもなく、いきなり、ダダダダッ、ダダダダッという機銃掃射音に混じって爆音が聞こえてきた。とっさに、空襲だと判断できた。

「敵の空襲だぞッ」の大声に、はね起きて窓から身をのりだして見ると、なんと南の方角から、グラマンF6F戦闘機の銃撃につづいて、ダグラス・ドーントレス艦爆、カーチス・ヘルダイバー艦爆が、単縦陣隊形で急降下をしてくる。その機体から爆弾が離れ、黒いかたまりが、宿舎めがけて落ちてくる。

「急降下爆撃だ。軸線があっている、危ないぞ」

私は叫びながら、床に身を伏せ、そこにあった毛布を二、三枚をひっかぶった。だれかが、

「狙っているのは、飛行場ではないぞ、宿舎だぞ」と叫ぶ。ドカーン、ドカーンと、地ひびきをたてて、数発の爆弾が炸裂した。さらにすこし離れたところからも、炸裂音が聞こえてきた。爆音の遠ざかったあと、外を見ると、宿舎から二十メートルと離れていないところに、すり鉢型に直径七メートルもある大きな穴が、あちこちにあいていた。

宿舎に直撃弾がなく、一名の負傷者も出なかったのは幸運だった。飛行場を狙った一隊の爆撃も、滑走路上には一発も命中せず、列線上の飛行機にも被害はなかった。上空警戒の零戦が、セブ島北部で三、四機撃墜するという結果であったが、この奇襲には、邀撃機も飛びたつ余裕はなかった。

戦闘機隊は、敵の第二波攻撃を予期し、万全を期したが、第二波攻撃はなく、その後、幾日かがすぎたが、この間、索敵はさらに密度をくわえた。

飛行長、先任飛行隊長をはじめ、関大尉からは、

「敵艦載機の来襲は、敵機動部隊がフィリピン近海にあらわれた証拠だ……」

との説明があり、彗星艦爆は連日、索敵したが、これを発見することはできなかった。零戦隊といえば、八月の末に起きた事故で、十数機をうしなったまま補充されず、クラーク、マニラ、ダバオに分散配備されたままになっており、上空警戒機をふやせば、邀撃用の飛行

機が不足するという状態であった。

下士官兵搭乗員の雑談でも、敵機動部隊が、フィリピンの東方海域で、索敵機の網にかからないのを不審がり、

「敵さんは、東（太平洋側）ではなく、案外、西（南シナ海側）の方で、動いているかも知れないぜ。コックリさんだって、敵は西、西と指したものな……」

「そう言われてみると、ここからは、西の方への索敵機は出ていないな」

「あっちはあっちで、マニラとかザンボアンガから出ているよ。飛行基地は、ここ（セブ）だけではないぜ」

後になってわかったことであるが、やはり、敵機動部隊は南シナ海にいたことがわかり、下士官搭乗員の勘もまんざらではないのをあらためて知らされた。

セブ基地の空襲と前後して、ダバオ基地は連日、空襲に見舞われていた。そして、『敵はダバオに上陸作戦を決行するかもしれない』という情報が流れ、ダバオにある司令部をはじめ、陸海軍全体が混乱したのである。（これが有名な、ダバオの水鳥事件であるが、これより前の五月下旬、同じような事件があり、角田覚治長官より、『機密書類、暗号書を焼却し、水晶発振子〈無線の周波数同調に重要なもの〉を処分せよ』の命令が発せられたことはあまり知られていない）

この事件で、ダバオあやうし、と感じた二〇一空は、マニラ、クラーク、その他に分散配備されていた戦闘機隊のほとんどを、セブ基地に集結させた。セブ基地には百二十機を超す戦闘機がところ狭しとならべられ、ダバオの敵艦船の攻撃に備えていた。が、それは、まっ

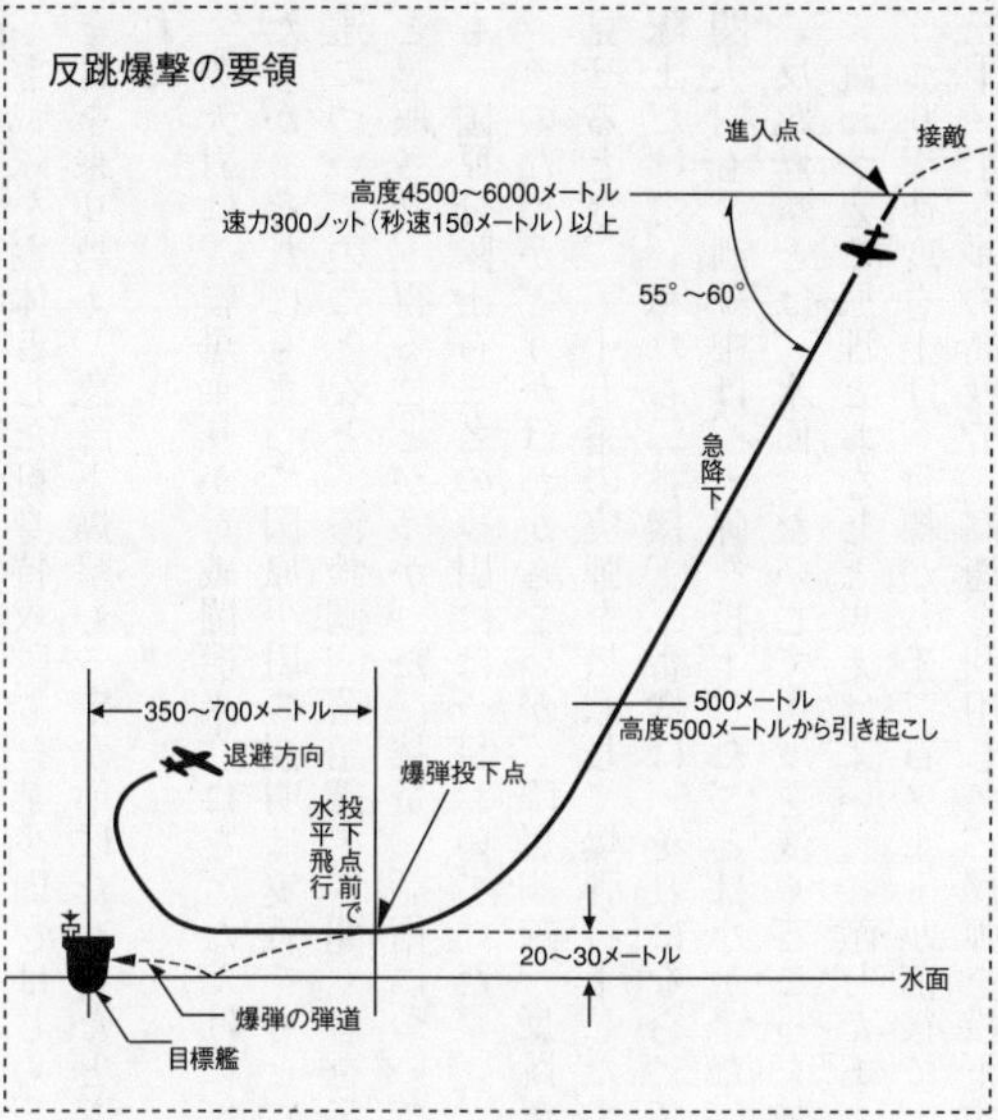

たくのデマとわかり、セブ基地に集結した戦闘機隊は、臨戦態勢をとかれた。
挺身特攻隊員は、敵機動部隊発見の報を期待して、攻撃方法の詳細について、関大尉の説明と、国原分隊士の爆撃法の説明を、一言一句、聞きもらすまいと耳をかたむけた。攻撃方法の大要はつぎのとおりであった。
彗星、零戦とも全機爆装して、彗星がこれを誘導し、爆装零戦は百メートルの高度差をもってこれにしたがい、彗星艦爆の直掩をかね、戦場に到達する直前に高度を下げ、彗星艦爆と同高度にし、彗星とともに急降下爆撃をするというものであった。
そして、戦場到達前に敵機と遭遇したときは、最後尾の中隊は爆弾を投棄して、空中戦にはいり、残りの挺身特攻隊の進路を容易にすること、なお、敵機多数の場合、零戦は全機爆弾を投棄して空戦に持ちこみ、彗星艦爆のみが目標へ直進し、攻撃を敢行する、という攻撃法であった。

零戦隊を主体とした挺身特攻隊も、某少尉をはじめ、訓練中、何名かの犠牲者が出たが、それを乗り越え、急降下爆撃も一定水準にたっしたとき、こんどは反跳爆撃の訓練が実施された。

関大尉は、艦爆乗りから戦闘機乗りになっただけに、爆撃理論は微に入り細にわたっていた。が、それにもまして国原少尉の説明は実戦をもとに、敵機に遭遇したとき、爆撃後の退避についてのことなど、漫談調、落語調で、聞く者を笑わせながらも、「ふーん、そうか」と感服させ、得ることが多かった。技量、話術については、関大尉よりも上であり、関大尉も、国原分隊士ら二名の少尉には一目おいていた。

そのためかどうかはわからないが、降爆訓練、反跳爆撃訓練で、零戦搭乗員に模範演技を見せるとき、二十五番の実弾を搭載して爆弾投下したのは、国原分隊士と、もうひとりの分隊士だけで、私たち二番機、三番機は、それにならって急降下するだけであった。そして、関大尉も、訓練中は、実弾を投下したことはなかった。

反跳爆撃とは、水面にたいして角度を浅く石ころを強く投げたとき、石ころがピョンピョン跳ねかえる原理とおなじと思えばよい。接敵したあと、緩降下で降下し、つぎに急降下にうつり、速度を上げ、目標から千二百メートル前後で、水平飛行にうつり、海面上、二十〜三十メートルの高度で、高速を利用して、爆弾を投下する。投下された爆弾は、海面を一、二回跳ねて、敵艦の横っ腹に命中させ、艦腹を破った爆弾は、艦内で炸裂するようになっていた。

反跳爆弾は、通常の急降下爆弾に使用する爆弾と異なり、尾翼の安定板も厚く、その安定板の尾部を、さらに鉄板で囲み、爆弾が水面で反跳しやすいようにつくられていた。

なお、爆弾には遅動をかけられるようにしてあり、遅動を五秒にセットしたときには、弾頭に衝撃をあたえてから五秒後に、十秒にセットしたときは十秒後に炸裂するようにできており、攻撃目標によって遅動秒数をセットして、爆弾を搭載した。

挺身特攻隊員は、心技ともに、いつどんなときに出撃しても、絶対に敵にひけをとらない自信と、チームワークができあがり、〝敵発見の報はいつか〟と腕を撫して、敵の出現を待ち望んでいた。ところが、上の者は、

「敵機動部隊が、この近海を行動中であることは、間違いない。索敵機は、敵発見にいっそうの努力をせよ」とか、

「敵は、近いうちにセブ基地も襲うかもしれない、警戒を厳にせよ」と言いながら、百二十余機の飛行機を地上にならべたまま、上空警戒機をふやそうともせず、二、三日前まで飛ばしていた上空警戒機さえ、飛ばせなかった。

上の者を批判するのにこと欠かないわれわれ下士官兵搭乗員連中は、

「なにを警戒を厳にせよだ、勝手に乗って上空警戒できるわけがないだろうに……。上空警戒の搭乗割ひとつ出さねえじゃあないか」

「こんなに飛行機をならべておいて、このあいだのように、奇襲をくらったら、どうするんだ」などと、語りあった。

それから、二、三日後のこと、例によって宿舎でゴロゴロしていると、突然、グワーン、グワーンと爆弾の炸裂音が聞こえた。とっさに窓から顔を出して見ると、飛行場の北方から

滑走路に平行して、B24の一隊が単縦陣を組み、超低空で爆弾を投下しながら宿舎の方へ向かっている。思わず、「B24だ。こっちへ来るぞ」と叫んだが、もう宿舎から逃げ出すいとまはなかった。（もうだめだ）と観念して、ただ宿舎の床に身を伏せるだけだった。

B24の去ったあと、全員が、飛行場へ駆けたが、またまた幸いなことに、飛行機と滑走路は無傷であった。が、飛行場と士官宿舎の間にある機銃陣地に、爆弾が集中投下されて、相当の被害があり、負傷者も何名かでた。

「それみたことか……」

「これで上の者も目がさめたろう」等々、われわれは、また上の者たちの批判に花を咲かせた。だが、上の者はこれに懲《こ》りず、それ以後も、上空警戒機を飛ばさず、百二十余機の飛行機は放置されたかのように、飛行場にただ、ならべられていたにすぎなかった。

葬送譜の序曲

九月も二十日を一、二日すぎた二十一日か二十二日であったと記憶しているが、待機所で、索敵機の帰投と報告を待ちながら、国原分隊士を中心に、分隊士の漫談調の戦歴などを聞いているとき、きのうマニラのニコルス基地が、敵艦載機の来襲をうけ、地上の飛行機がだいぶやられたらしいとのうわさがつたわった。聞くことは、味方基地が空襲されたことばかりで、気分も滅入りがちになる。だれかが、

「分隊士、警戒機を飛ばすように、上の者に言って下さい」

と、分隊士に注文をつけた。が、分隊士は、あっけらかんとした表情で、

「おれは、兵学校出ではないよ。予科練出なの、そういうことは、おれなどが言ってもむだだ。大日本帝国株式会社の海軍部は、兵学校出でなければ、言うことを聞いてくれないところだよ……」

と、言って、戦闘機搭乗員が頼んだことを、馬耳東風とうけ流してしまった。そんな矢先、見張所から、指揮所に向かって大声で、

「六十度方向、敵艦載機の編隊接近、こちらに向かう」

指揮所からは、

「戦闘配置につけ、急げ。準備できた機は、適宜発進」

叫ぶように号令がかかる。

六十度方向を見ると、まるで蜂の大群でも飛んでいるかのように、小さな黒点の群れが、セブ基地に直進してくる。私は思わず、

「すげえなあ、百五十機はあるかな」

と、嘆息に似た声を発していた。かたわらの大石兵曹が、

「地上にある彗星は、だいじょうぶかね」

と、心配顔であった。

零戦搭乗員は、われ先にも、待機所から飛び出し、零戦に向かって駆けてゆき、エンジンを始動した者から、つぎつぎに急上昇して邀撃態勢をとる。訓練でやっている、一番機も二番機もあったものではない。自分の乗っている機以外は、だれが乗っているかは、まったく

わからないのである。

敵戦爆連合の艦載機は、じょじょに機影をはっきりさせて近づいてくる。その大編隊の戦闘機群は、基地に向かって直進し、艦爆機群は、進路を二百七十度方向に変え、ネグロス島方面に行くかと思わせたが、全機が反転、機首をセブ基地に指向してきた。

邀撃に飛び上がった零戦は、敵機が基地上空に進入するのを阻止しようと、敵戦闘機群に突入してゆく。零戦とグラマンがまんじどもえに入り乱れ、はやくも空戦がはじまっている。グラマンとの空中戦で精いっぱいなのだろう、艦爆の編隊に飛びこんでゆく零戦は一機もなかった。指揮所から、

「地上にいる者は、全員防空壕に退避」と号令がかかる。

見張所から、敵艦載機発見を報告して、まだ五、六分を経過しただけだというのに、敵戦闘機群は、滑走路の真北から、ダグラスとカーチスの艦爆機群は西の上空から、それぞれ進入しようとしている。

「大石、今度は飛行場がやられるかも知れないぞ。なにしろ数が多すぎるわ」

と言いながら、大石をうながして、防空壕の入口まで退避し、飛行場の上空を見まもった。すでに空戦を展開している零戦をしり目に、二、三十機の零戦が、飛行場に進入しつつある敵大編隊の中に突っこみはじめる。飛行場からは、なおも零戦が飛びたち、邀撃に向かっている。零戦の何機かは、艦爆機群をとらえて艦爆群に機首を向けた。

艦爆群は編隊をとき、飛行場、あるいは建物をめがけて急降下をしてくる。零戦がそれを追い、敵が機を引き起こして退避しようとするところを狙い撃つと、二、三機が零戦の餌食

となって火を噴き、つづけざまに、ボホール水道の海面に墜ちていく。つづいてグラマンも墜ちる。

思わず歓声をあげるが、残念なことに、墜とされる零戦もある。（だれだろう、落下傘で飛び降りろ）と、心の中で叫ぶ。

敵艦爆隊は、零戦の間隙をぬって、あとを絶たず、つぎつぎに飛行場めがけて急降下してくる。零戦がこれを追い、グラマンがまた、その零戦を追う。カーチスが火を噴き、飛行場はずれに自爆する。零戦は急上昇反転して、追ってきたグラマンの後部にとりつき、逆にグラマンを追尾し、二十ミリを撃ちこむ。グラマンは真っ逆さまに墜ちてゆく。われわれは、「やったぞ、二機撃墜だ。だれだ、あの機は！」と、口々に叫ぶ。われわれの喜びと同様に、彼も一瞬、気がゆるんだのか、あっという間に、グラマンの一撃をくらい、ボホール水道にその生命を沈めてしまった。

〝衆寡敵せず〟とは、このことであろう。グラマンは、とうとう飛行場にとりついて、邀撃にまにあわずに、列線に、あるいは草むらの中におかれた零戦に機銃掃射を浴びせてきた。列線上の零戦が、あちこちから火を吐いて燃え上がっていた。

基地上空周辺で、死闘をくりひろげること三十分、敵艦載機が去ったあと、零戦は逐次、着陸してくる。幸いに、今度も滑走路に爆弾は命中せず、着陸には支障はなかったが、またまた、機銃陣地のほうに被害が大きかった。

地上におかれた飛行機の被弾の有無を確かめるべく、整備員はおおわらわであり、くわえて邀撃戦を終え、着陸してくる零戦を、安全に誘導しなければならない。われわれも、この点検を手伝うと同時に、機を安全な場所に誘導した。指揮所からは、「第二波攻撃の恐れあり。着陸機には、給油、弾薬搭載を急げ！」の命令が出る。あちこちで、燃えている零戦、彗星の機銃弾が、ダーン、ダーンとはじけるなかで、整備員は、まさに命がけの弾薬補給をして、第二波攻撃に備えた。

上の者は、「第二波攻撃の恐れあり……」と、言っておきながら、ここでも上空警戒機を飛ばすことをしなかった。

飛行場も、いくぶん、平静を取りもどしたと思われた午後三時、

「三十度方向、敵艦載機こちらに向かう」

と、また見張員が叫んだ。見ると、第一波攻撃に劣らぬ戦爆連合の大編隊であった。また、零戦が飛び上がり、大編隊をめがけて上昇していった。私たちは、また退避である。見ていると、第一波攻撃とちがい、遠くから高度を下げ、グラマンF6Fが緩降下で、まともに機首を飛行場に向けて突っこんでくる。しかも単縦陣であり、地上にある飛行機を機銃掃射しようとしている意図がはっきりわかる。

この攻撃は、第一波攻撃にくらべ、グラマンが飛行場にとりつくのが意外に早く、邀撃に飛び上がった零戦は、わずか十数機だけであった。グラマンは、邀撃機の少ないのを知っているかのように、高度五十メートルくらいから、機銃の一斉射を浴びせながら、五メートルくらいまで降下して去ってゆく。そして、いくぶん高度をとったかと思うと、左に旋回し、マクタン島の施設、滑走路に機銃掃射をかけ、北の空へ飛び去っていった。

またまた、列線の飛行機は火を噴き、掩体に隠してあった飛行機までが燃えだし、機銃弾

米海軍艦上戦闘機グラマンＦ６Ｆヘルキャット。零戦の奮闘もむなしく、衆寡敵せず、セブ基地は敵機に蹂躙されて７割以上の機数をうしなった。

が誘爆している。艦爆機群はと見れば、飛行場よりも、建物にたいして爆撃目標をおき、急降下をしていた。防空壕の近くにも爆弾が落下し、防空壕の入口で、空戦と急降下を傍観していた私は、危うく命を落とすところであった。

第一波、第二波攻撃をうけた飛行機の被害は、全滅といっても過言ではなかった。邀撃より帰投した零戦をふくめて、残存機は三十数機となって、二〇一空セブ基地にあった、零戦、彗星あわせて百二十機の七割以上をうしない、また彗星艦爆は、索敵に飛んでいた機をのぞいて十機あまりが撃破され、あるいは炎上してしまい、艦爆隊としての機能を完全にうしなってしまった。

この邀撃戦で、零戦搭乗員も数多くの戦死者を出し、きょうの昼まで冗談を言いあっていた同期の安藤政夫一飛曹も、マクタン島上空で壮烈な戦死を遂げてしまった。

この日の波状攻撃はものすごく、セブ基地はもちろん、基地とは目と鼻の先にあるマクタン島も銃爆撃にさらされ、ここの零戦三十数機が壊滅し、燃料貯蔵タンクも爆破されて、四、五日間、燃えつづけた。その黒煙はもうもうと無風状態のなかで三千メートルも昇った。

翌日から、飛行場列線、掩体には、どこで急造されたのか、ベニヤ板づくりの模擬零戦が数機おかれ、胴体の下には、油の入ったドラム罐をおいて燃えやすいようにしてあった。

二日目の攻撃では、敵がこれを銃撃し、焼かれるとまたどこからともなく、模擬零戦がはこびこまれる。

二日間にわたる敵艦載機の猛襲によって、多くの戦友をなくし、飛行機をうしなった搭乗員宿舎は、しめった灰色の空気につつまれ、雑談をかわす気力さえもなかった。とくにわれわれ艦爆搭乗員にとっては、これだけの被害をこうむりながら、敵機動部隊の一群も発見することができなかったことで、責任の一端を負わされたように、食欲さえでないありさまであった。

挺身特攻隊の猛訓練も、彗星がなくなり、くわえて零戦の特攻隊員も、二日間の戦闘で、数多くの戦死者を出したいまでは、水泡に帰したも同然であった。

セブ基地にあって、戦闘機隊の総指揮をとっていた中島飛行長、挺身特攻隊分隊長として、今日まで寝食を忘れ、訓練にあたった関大尉も、この日ばかりは、

「戦死者、未帰還者、負傷者を調べて報告せよ」と、言っただけであった。

こうして、ダバオからセブへとうつりながら、彗星艦爆隊は、敵機動部隊の一群も発見せず、全機をうしなってしまったのである。敵の波状攻撃と、さかのぼれば、〃あ号〃作戦の敗退が、五〇一空艦爆隊の葬送譜の序曲であった。

そして、二〇一空に編入されたあと、艦爆隊としてはなすこともなく、敵艦載機の猛攻により、彗星艦爆の全機をうしない、旧五〇一空も完全に終焉を告げた。生存搭乗員は四十名たらずになっていた。

奈落の底へ

彗星艦爆の全機をうしなったわれわれ艦爆搭乗員は、陸《おか》に上がった河童《かっぱ》同然となり、なすこともなく、戦闘機搭乗員らと、あのいまわしい二十一、二十二日の二日間にわたる敵艦載機の猛襲をうらみ、レーダー不備を嘆き、はたまた、士官連中の批判をし、指揮系統の乱れなどを非難して、どの士官が邀撃に飛び上がったとか、今度もまたI大尉は飛び上がらなかったとか、臆病風に吹かれたようなI大尉に、非難が集中した。I大尉は戦闘三××飛行隊長だったが、挺身特攻隊の編成で、三〇一飛行長鈴木大尉と、交互に挺身特攻隊の訓練指揮をとっていた。が、飛行機に乗ることもなく、挺身特攻隊の実質的隊長は、分隊長である関大尉であったと記憶している。

邀撃戦に際し、下士官搭乗員に対して、「上がれ」と、号令する士官はいても、みずから飛行機に飛び乗り、邀撃戦に臨む士官搭乗員は意外に少なかった。そんな中にあって、三〇六飛行隊長（名前は失念）はみずから飛び上がり、壮烈な戦死をとげたが、われわれは、彼にたいして惜しみない賞賛をしたものであった。

九月も終わろうとするとき、旧五〇一空搭乗員のうち、艦爆搭乗員だけが、内地にいちじ復帰し、再編をはかることを知らされた。

五〇一空司令坂田大佐をはじめ、上級幹部士官が、新任隊長と二、三名の士官を残しただけで、われわれを置き去りにするようにして、内地に向けて出発してから、すでに二ヵ月あまりを経過していた。

「五〇一空は、保有機数の激減により、攻撃力も極度に低下した七月上旬、解隊されたが、残存機のある限り、二〇一空に編入され、きょうまでがんばってきた……」

と隊長は、五〇一空解隊の経緯を説明し、零戦搭乗員は、二〇一空にそのまま居残ることをつたえた。（あ号作戦の敗退を契機に、第一航空艦隊麾下の各航空隊は、七月十日以降、大々的に統廃合され、解隊は五〇一空だけではない）

われわれ艦爆搭乗員の内地帰還が確定的になったとき、隊長が、

「艦爆搭乗員は、艦爆隊再編のため、いちじ内地へ帰る。輸送機の到着次第、マニラに向けて出発する。そのつもりで、各自、手荷物等を整理しておけ」

と、われわれに命令をした。

一瞬、耳を疑ったが、（たとえ、一日でも、生きて日本へ帰れる）と思ったら、母親の顔が、兄が姉が喜ぶ顔が、フッと浮かんできた。名状しがたい歓喜が、全身をつき抜けた。故国のことなど忘れたようであったが、望郷の想いが、心の片隅にいかに強くこびりついていたかを、あらためて思いしらされた。

零戦搭乗員に、気がねしながら荷物をまとめ、帰国準備をしているとき、零戦搭乗員は、われわれの帰国を心から喜んでくれた。が、とくに五〇一空の隊員であった零戦搭乗員の顔

と言葉には一抹のさびしさがうかがわれ、（おれたちはここで死ぬのか）というあきらめに似たものがあるのはむりもなかった。

命令とはいえ、なんとなくうしろめたさのようなものを感じ、言葉や身体で、帰国の嬉しさを陽気に表現することはできなかったが、（生きて内地へ帰れるんだ）という湧きおこるような胸のうちの喜びは、押さえることはできなかった。

もう来るか、来るかと思いながら待っていた輸送機は、日が没してもこなかった。考えてみれば、日没そうそうに来るはずがなかった。このころの輸送機は、いつ、どこから来るかわからない敵艦載機の攻撃を警戒し、夜から夜明けにかけてしか飛ばなかったのである。そして、いまひとつは、八月ごろから、だれ言うともなく、

「敵機は、夜は絶対に飛ばない。やつらには、夜間飛行のできる搭乗員がいなくなったんだ。夜の爆音は、味方機と思って間違いない」

という風評が流れ、それをわれわれは信じていた。事実、八月からは、大型、小型機をとわず、セブ基地では夜間攻撃をかけられたことはなかった。

輸送機の到着をあきらめて、眠りにつこうとするが、寝つかれない。内地に帰ったからといって、肉親と顔を合わせる機会などさらさらないであろうが、あれやこれやと頭に浮かぶのは肉親のことだけである。いろいろなことを思い浮かべているとき、爆音が近づき、やがて輸送機が着陸するのを、聞き耳を立てて待っていた。

午後九時になろうとするとき、本部連絡兵から、「内地に帰る者は、明朝〇四〇〇出発するそうです……」との伝言があり、今度は喜びで、眠ろうとしても眠れない一夜をすごした。

翌早朝、基地に別れを告げ、士官、下士官兵をふくめて四十名たらずが輸送機に便乗したが、見送りの人影は一つもなかった。

マニラのニコルス飛行場に着陸、ここでまた、内地行きの便を待つことになり、普通なら仮入隊者扱いされるところであろうが、二〇一空の戦闘機隊の宿舎に寝泊まりすることとなった。数日をすぎたころ、内地行きの飛行機が到着したことを告げられた。

全員、心はすでに日本にあり、身体だけがここにあるような気持で、飛行場で待機しているとき、いつになく固い表情で、隊長があらわれた。

「全員そろっているか。じつはまことに言いにくいが、みんなそろって内地に帰れると思ってここまで来たが、名前を呼ばれた者は、ここに残ってもらいたい。ここには彗星があっても、搭乗員がたりないそうだ。せっかくここまで来たのであるから、全員をつれて、一度は内地へ帰らせてやりたいと思ったが、これは上からの命令であり、人選もおれの意志ではないことをわかってもらいたい」

一瞬、シーンとなる。

（おれの名前を呼ばないでくれ）と、祈るような気持になったのは、おそらく、私ひとりではなかったろう。

しかし、それはむだな祈りであった。私は残される十数名のうちの、一番真っ先に名前を呼ばれてしまった。隊長は、名前を呼び終わったあと、

「ここに残ってもらう者は、戦地経験も豊かであり、技量も優秀な者が選ばれたと思ってくれ。そしてこれから、旧五〇一空の艦爆隊はこうであったという意気を示してくれることを

願っている……」

内地帰還を夢みて、有頂天になっているとき、不意に、うしろからドカーンと一発くらって、奈落の底へつき落とされたような気がした。悪いくせが頭を持ち上げた。（ようし、隊長につっかかってやれ）と思うと、我慢ができなかった。ましてや、内地に帰れるか帰れないのかの瀬戸際である。

「隊長、戦地経験ゆたかだとか、技量云々とか言われましたが、それなら、私なんかよりもすべての点ですぐれ、りっぱな人が、内地へ帰る者の中に、大勢いるではないですか。五〇一空では、私は新参者ですから、おだてるのもいい加減にしてください」

私は、やけくそであった。ほかの者は、あきらめたか、口出しひとつしないのにも、余計に腹がたった。（当時、私は一等飛行兵曹であり、私より階級の下の者もかなりいたが、五〇一空に赴任したのは、五〇二空より転勤したわれわれが最後であり、その後の入隊者はなかった）

隊長は、やりきれない思いを満面にうかべ、

「残る者を決めたのは、おれではないんだ。上の人が決めたことであり、上からの命令なんだ……」と逃げた。

こうなっては、もうどうにもならなかった。（幾日か、楽しい夢を見ていたんだと思えばいいや）と、自分に言い聞かせ、内地帰還をあきらめたのだった。

予科練時代、おなじ班で、おなじかまの飯をくい、さらに飛練、錬成員と、一貫して苦楽をともにしてきた竹尾要、山野登の同期の戦友は、私の顔を見るのがつらそうに、また申しわけなさそうに、

「小澤、おれたちもまた、すぐに戦地へもどってくるよ。それまで元気でいろよ。そして、お前も内地へ帰れる機会があったら、早く帰ってきてくれ……」

と、私にたいして、いたわりとも慰めごとともつかないことをいうが、私にとってはやけくその八つ当たりをするには、同期の戦友が最適だった。(同期生同士のいざこざは、その場かぎりで、あとにしこりが残らない)

「いまになって、くだらぬことをつべこべ言うな。さっさと帰って、家に帰ったら、おふくろの乳でも、たらふく飲んだらいいだろう。おれが死んだのを耳にしたら、南の空に向かって手を合わせてくれればいいよ……」

しばしのやりとりのあと、真っ赤に燃えた夕陽がマニラ湾に沈むころ、内地帰還組の連中は、輸送機に乗りこみ、夕陽を浴びて飛び去っていった。その機影を、見えなくなるまで見おくったが、そのあとは、かえってさっぱりした気分になった。

残されたわれわれは、二〇一空の搭乗員と寝起きしていたが、これからどこへ行くのかも知らされず、多少、不安ではあった。

「おれたちの行くところは、今度はどこかな」

「靖国神社へ直行便さ」

「靖国神社行きは、わかっているが、どこの航空隊に行くのか、それを知りたいよ」

「あわてて死に場所をさがすことはないさ。いずれ命令が出るだろうから、それまでゆっくり休養するさ」

「ところで、おれたちの飛行記録簿と考課表はどうしたんだろう」

と、言いだす者がいて、内地に持って帰られてしまったことに気がついた。

「あの馬鹿野郎ども、内地へ帰ることで頭がいっぱいで、おれたちの考課表のことなど、すっかり忘れて持って帰ってしまったな」

われわれの飛行記録と考課表は、この時点で完全にうしなわれてしまったのである。(考課表は、入隊以来の成績とか、技量の優劣を記入したり、賞罰も記載され、直属上官のみがこれを見たり、記載する。転勤時には、直属上官がこれを密封し、本人にわたすが、これを開封することはできず、転勤先の直属上官にわたすようになっていた)

有馬少将の自爆

われわれが戦地残留を命じられ、配属航空隊がきまらぬままに、ニコルス基地で、二〇一空の派遣搭乗員の宿舎で寄食しているとき、台湾方面は風雲急を告げており、ニコルス基地からも、ぞくぞくと、台湾に向けて出撃していった。そして、二〇一空の派遣搭乗員も、飛行隊長鈴木宇三郎大尉に率いられ、台湾へ出撃していった。

〝捷二号作戦〟が発動され、北は北海道から南は沖縄にいたるまで、各航空隊の精鋭搭乗員が選出され、攻撃隊を編成して台湾に向かったのである。

艦爆隊について言えば、茂原基地から北海道に進出し、北方の護りについていた五〇二空(のちに七〇一空)は、木田司令を長とし、江間保少佐(私が茂原基地において錬成員当時の隊長)が飛行長となり、艦爆攻撃隊の第一線の指揮官として、北海道から台湾に向かう途次、内地にある各艦爆基地で、精鋭搭乗員を選出した。そして、南方戦線ではすでに無用の長物と化し、〝九九棺桶〟とまでいわれた九九艦爆まで狩り集め、混成部隊による攻撃隊を編成して、江間飛行長機を先頭に、長駆、台湾まで駆けつけたのである。

そして、十月十一日から十四日にかけ、戦史に残る台湾沖航空戦がくりひろげられ、味方機四百五十余機をうしないながらも、大本営の『敵機動艦隊の敗戦部隊は、台湾南方方面に遁走中なり。よって、これを捕捉撃滅せよ』との電報を読み聞かされて、戦勝気分に酔っていた十五日午前、ニコルス基地より発進した索敵機が、「ルソン島沖に敵機動部隊発見……」の第一報を入れてきた。

陸攻隊をはじめ、艦爆隊、零戦隊、その他の攻撃隊に出撃命令が下され、基地員全員が、敵機動部隊殲滅の好機到来とばかり、その意気は天をつくものがあった。スコールが東方に去ったとはいえ、まだ暗雲は低くたれこめ、敵の攻撃から逃れるには絶好の出撃準備であった。

この出撃に当たって二十六航空戦隊司令官有馬少将は、みずから指揮官機に搭乗、陸攻攻撃隊十数機をともない、クラーク基地に飛び、ただちに攻撃隊を編成し、直掩戦闘機七、八十機を率いて出撃していった。

大石兵曹が、どこから聞きこんだか、

「小澤兵曹、司令官は帰ってこないつもりで出撃したようだぜ」と言う。

「どこで聞いてきたんだ」

「指揮所近くにいる搭乗員は、司令官は死ぬ覚悟で出撃されたと言っていますよ」

「当たり前だろう。司令官だって、攻撃機に乗って出撃すれば死ぬ覚悟でいなけりゃあ」

「違うんだよ、司令官は出撃にあたって、少将の階級章をもぎとり、双眼鏡に有馬と書いてある文字も削りとっていかれたそうだ」

大石に言われてみると、確かに、きょうの司令官のあのやせ型の顔には、いつも絶やしたことのない微笑と柔和な感じはなかったし、また司令官みずからが、攻撃隊の指揮官機に搭乗し、出撃すること自体が異例であった。

攻撃隊が発進する場合、各飛行隊長の大尉級、または中尉が指揮官機となる。航空隊をあげて全機出撃というような場合は、飛行長が搭乗して全軍の指揮をとることもあるが、通常の出撃の場合は、飛行長以上は、指揮所で司令とともに各飛行隊長に命令を出すだけで、搭乗しないのが通例である。

有馬正文少将。下士官兵に対しいたわりの心が滲みでていた。

厳密にいえば、司令官みずからが、軍紀をおかして出撃したことになるのだが、司令官には軍紀を破ってまで死を覚悟して出撃する理由があってのことであろう。

はたせるかな、攻撃隊が帰投しても、司令官搭乗の指揮官機は帰投しなかった。

直掩戦闘機の搭乗員の語るところによれば、スコールの中に敵機動部隊を発見するや、敵艦艇群の弾幕をぬって、さらにふかくスコールの中に逃げこもうとする空母フランクリンをめがけて、体当たりを敢行し、壮烈な自爆を遂げたとのことであった。

ダバオ基地で、グアムに出撃するわれわれに向かい、
「この有馬に、君たちの生命をあずけてくれ……」
と言われたことを、ふと思いだし、やはり司令官は、われわれに言ったとおなじように、同乗する攻撃隊員に、
「この有馬に、君たちの生命をあずけてくれ。そして、空母に体当たりを頼む……」
といって、壮烈な死を、みずから選んでルソン島沖に散華したことと思った。

われわれにとっては、手のとどかないような人だったが、司令官の死は、われわれになんとなく、(身近な人を亡くしてしまった)という感をあたえた。

どの本であったか忘れてしまったが、『有馬司令官がこう(体当たり)しなければだめだということを、身をもって示し、それが神風特別攻撃隊誕生のさきがけであった……』ということを読んだ記憶がある。

当時、私は一下士官であったが、司令官の体当たりを聞いたとき、(責任をとったな)と、直感したひとりである。司令官は、特攻のさきがけなどということは、ゆめゆめ考えずに自爆したのではないだろうか。

十月十八日夜、マバラカット基地で、大西長官の発案で、神風特別攻撃隊が編成されたが、もしここに、有馬司令官が生存していて、同席したと仮定するならば、司令官は、自分の身を犠牲にしてでも、この特攻隊編成を阻止したのではなかろうか。

有馬正文司令官は、武人であるまえに人間性を重んじた人ではなかったろうか。

飛行機は戦ってというよりも、地上において損失したものが圧倒的に多く、フィリピンの制空権も敵機に占められようとし、二十六航空戦隊の終焉も間近に迫り、ひいては第一航空艦隊の終焉をも悟って、みずからの死をもって責任をとったのではないかと思う。

大本営発表への疑問

有馬司令官が自爆した翌々日の十七日、「彗星艦爆に搭乗し、クラークのマバラカット基地に進出せよ」との命令をうけたが、突然、マバラカット基地と言われても、その基地がどこにあるのかもわからなかった。

「場所はどこでありますか」と聞くと、

「貴様たち、場所もわからんのか、北へ飛んで行けばわかるっ」というその顔には、（このバカ者らが）と、侮蔑の言葉が裏にあることを感じた。『余計なことを聞くな、言うな』の典型的な例であろう。

マバラカット基地に進出を命じられたのは、残留を命じられた旧五〇一空隊員だけであり、茂原基地から五〇一空に赴任するときと同様、私が引率する立場におかれてしまった。思案にあまった私は、待機所に待機する搭乗員たちに向かって、

「マバラカット基地は、どこにありますか」と聞くと、

「ここから六十マイル北で、飛び上がって、針路を零度に向ければ、おれたちが勝手にマニラ富士と呼んでいる富士山に似た山があるよ。そこをめがけて飛んでゆけば、マニラ富士の東側に見えるのがマバラカットだ。そこには、飛行場がいくつもあるから、ぼんやりしていると間違えるぞ。気をつけて行けよ」

と、親切に教えてくれた。チャートを見ると、山はあっても、飛行場のしるしはなかった。

内地帰還をあきらめ、ひさしぶりに、自分の乗る飛行機をもらって機に乗りこんだときは、(とうとう棺桶をもらったな。この彗星艦爆と死ねれば本望だ)と、かえってすがすがしさを覚えた。

離陸をし、北に進路を向けながら高度をとると、なるほど日本の富士山ほど高くはないが、二千メートルほどの富士山に似た山が、くっきりと浮かび上がっていた。

クラークのマバラカット基地は、かつて米軍が建設し、クラーク航空要塞と名づけられ、マニラ鉄道とバンバン川をはさんで、マバラカット東、西飛行場、さらにクラーク、北、中、西等の飛行場が散在していた。

マバラカット基地に着陸してみると、セブ基地にいるはずの中島飛行長が、中佐に昇進してこの指揮所におり、またセブ基地で顔なじみの零戦搭乗員が大勢、来ていたのには心強さを感じ、はじめてこの基地へ来たという感じはしなかった。一部の搭乗員をセブへ残し、みんながここへ来たのは十月そうそうであった。

宿舎を教えられ、宿舎に歩を進めていると、大きなマンゴーの木の木陰を利用して休んでいた連中の中から、

「こらッ、貴様たちは、いままで、どこをホッつき歩いていたんだ」

と一喝された。ふり返って見ると、セブ基地にいるはずの関大尉であった。怒鳴ったとい
っても、怒っている顔ではない。『やっと来たか』という親しみのある顔であった。

「隊長、内地帰りを返上させられ、マニラからここへ島流しにされて、ただいま到着しまし
た」と敬礼をした。

「なんだと、島流しだって、どうしてだ」

「どうも、こうもないですよ。内地に帰る予定で、マニラまで行ったら、約半数に近いわれ
われには、マニラで残留命令が出て、揚句の果ては、マバラカットに行けの命令で、ここへ
来ました」

関大尉は、笑いながら、言った。

「バカ者、そんなことはとっくにわかっていたことよ。早く宿舎へ荷物をおいてこい」

宿舎へ荷物をおき、待機所に行くと、先任下士官の佐藤上飛曹（甲八期生）が、

「お前たち、内地へ帰ったんじゃあなかったのか」

と、艦爆八機の編隊で飛んできたわれわれをいぶかっている。

私は、関大尉に報告したのと、おなじことを説明した。すると、佐藤上飛曹は、

「島流しか、まあそんなにガッカリするなよ。また、いっしょにやろうではないか」

「よろしく頼みます」

佐藤上飛曹の予科練入隊は、十六年四月であり、私の入隊は十六年五月で、入隊の時期は
一ヵ月だけしかずれていないが、甲飛予科練は、教育期間が乙飛予科練より一年も短く、し

たがって、佐藤兵曹は、乙飛予科練出の私より一年も早く実施部隊に配属されていたのである。

待機所で、雑談をしていると、関大尉が来て、

「小澤兵曹、そこで何をしているんだ。ペアをつれて、こっちへきて仲間に入れ」

「艦爆隊の隊長に、まだ到着の報告をしてありません。隊長に報告してから行きます」と私が言うと、

「そんなことは、おれから隊長（艦爆隊隊長天野大尉）に断わっておくから、こっちへこい」と言う。（仲間に入れとは、いったいなんだろう）と、不思議に思いながら、ほかの連中を艦爆隊長のところに行かせると、大石兵曹をうながし、関大尉の後にしたがった。

指揮所の裏手から宿舎に通じるあいだに、直径七、八十センチもある大木があり、格好な木陰をつくっていた。その木陰に、車座をつくってすわりこんでいる一団があった。関大尉から、

「そこにすわれ」と、目で合図されたので、そこの一団のうしろにすわった。一団をキョロキョロ見まわすと、国原少尉らの艦爆組がすわっていた。場所をかえて、私は国原少尉のうしろにすわった。

関大尉は、車座になった真ん中にはいり、攻撃方法の説明をはじめた。それは、かつてわれわれが、セブ基地で訓練をしたときの、挺身特別攻撃隊の攻撃方法と同じであった。私はとなりにすわっている搭乗員に、

「これは挺身特攻隊か」と聞くと、

「そうです」と、ぶっきらぼうな返事をし、『なにをボケーッとしているのだ』と言いたげな顔つきであった。

セブ基地で、尻切れトンボに終わったと思っていた挺身特攻隊は、マバラカット基地で息を吹き返していたのだ。

そして関大尉は、台湾沖航空戦で戦死した戦闘三〇一飛行隊長鈴木宇三郎大尉の後任として、三〇一飛行隊長となっていたのである。ここでも例の飛行隊長I大尉は、司令、飛行長、副長の腰巾着のように、そばへへばりつき、みずから飛行機に乗って陣頭指揮をとることはしなかった。

セブ基地で挺身特攻隊を編成したときにくらべ、機数も減り、零戦二十機たらず、二個中隊の攻撃隊の編成であった。

艦爆隊からこの戦列にくわわっているのは、国原少尉、大西飛曹長、浅尾兵曹機であり、私の機をくわえて四機だった。

彗星艦爆隊は、攻撃一〇五飛行隊に属しており、われわれがマニラから乗ってきた機をいれて、十数機の陣容となり、かろうじて艦爆隊の面目を保ったようなものであった。

一応の説明を終わった関大尉は、

「ほかに意見のある者は、どしどし言ってくれ。とくに艦爆搭乗員は、なにか言うことはないか」

セブ基地では、意見をもとめるような関大尉ではなかったが、たとえ少尉であっても、〝艦爆の神様〟とか、〝艦爆隊の至宝〟と言われている国原少尉、大西飛曹長がいたので隊長としても、彼ら二人には一目おいていたようだった。

隊長の案と、攻撃方法について、異議を差しはさむ者は、だれひとりとしていなかった。

全員が納得したのをたしかめたのち、仮想敵艦をコレヒドール島（マニラ湾の入口にある小島で、米軍が構築した有名なコレヒドール要塞があった島）の西側にある沈没船と定め、コレヒドール島めがけ、マバラカットに着いたその日の午後から、零戦隊の先頭をきって、爆撃訓練に飛びたち、急降下爆撃の訓練を行なった。

訓練を終わり、宿舎にもどると、マニラからいっしょに飛んできた連中は、所在なさげに、アンペラを敷いた床の上でゴロゴロしていた。

すでに冷たくなってしまった遅い昼食をすませ、午後の三時から実施される二回目の降爆訓練にそなえて、待機所で待機中、ここもまた敵の戦爆連合の攻撃をうけた。そのため訓練予定者の零戦搭乗員も、邀撃戦に飛び上がり、しかも戦死者もあって、また、地上の飛行機も被害をうけたので、訓練は取りやめとなってしまった。

どこの飛行場でも、私の見たかぎりでは、滑走路に爆弾が命中していない。それは、零戦の邀撃空戦術がすぐれているのか、敵があわてているのかわからないが、いずれにしろ、滑走路に爆弾が命中しなかったのは幸いであった。

だが、数の上で圧倒的に多い敵機は、零戦の間隙をぬって何機かは飛行場にとりつき、列線上にならんでいる飛行機に機銃掃射の雨を降らせては、マニラ富士の向こう側に機影を没していった。

空中戦も終わって、敵機が去り、零戦が着陸してくる。そんな中を、われわれ彗星搭乗員は、なけなしの彗星は大丈夫かと、整備兵とともに念入りに機体を調べるのだが、二機に数発が被弾していて、飛行不能になっていた。

上層部からは、なんの説明もないが、下士官搭乗員の間では、台湾沖航空戦の大勝と、敵空母撃沈の戦果に疑問を抱きはじめている者が多くなり、夕食のときは、もっぱら、その話題でもちきりであった。

「台湾沖で、やっつけたと思っている空母が、まだ生きていて、遁走でなく、今度はこっちをやろうとして、南に下って来ているのではないか」

「いくら敵さんだって、大本営の発表どおりにやられていれば、このあたりに艦載機は来ないはずだぜ」

「そうかも知れん。案外、敵の空母は、やられていないかも知れんぞ」

と、話しあっている私たちの疑問を打ち消すように、宿舎に分隊士がきて、

「大本営からの電報を伝える。よく聞け、『敵敗残艦隊は、台湾南方海域に向かって遁走しつつあり……』よって、いつ出撃しても、心残りのないようにしておけ」

と、私たちがきのう、マニラで聞かされたこととおなじことを申しわたされ、台湾沖航空戦の戦果を信じないわけにはいかなかった。

しかし、動物的な勘というか、戦歴による勘か、古参の下士官搭乗員が野次馬的根性をまじえて見る戦況は、案外に的を射ていることが多かった。

事実、台湾沖航空戦では、大本営が戦果を過大発表したことが後日、わかった。それとは逆に、味方機の損失は過小発表されていた。

敷島の大和心を……

十八日も、午前中は関大尉を真ん中にして、車座になってすわり、隊長から、きのうとおなじく、攻撃要領、攻撃終了後、あるいは敵戦闘機と遭遇した場合のことなど、こまかい指示と注意をうけた。それが終わったあと、隊長は、緊張した雰囲気をやわらげようとするかのように、みずから冗談を言ったり、内地のことを話したりした。

「おれをチョンガー（独身）と思うか、ワイフがあると思うか、みんなどう思う」

「隊長の年はいくつですか」

「おれか、二十五（当時は数え年）よ」

「それじゃあ、チョンガーですよ」

「ところが、どっこい、美人のワイフが、ちゃあんとあるんだ……」

われわれは、あまりまともには聞かなかったが、奥さんが鎌倉にいることも話したので、（これはほんとうかな）と思いなおす始末だった。

「おれの名前のツラオというのは、おれの親爺さんが、楠正行《まさつら》の一字をとって、おれがりっぱに国に御奉公できるようにと考えてつけてくれたんだ」とも言って、セブ基地で聞かされた〝ツラオ〟という名前の講釈を、ここへ来て、また聞かされてしまった。

この日の隊長は、よくしゃべり、そのためか、士官、下士官搭乗員は、さながら、二筋の川が合流し、溶け合った水が一本の川の水となって流れるようにすがすがしく、国原少尉などの漫談調の武勇談なども飛び出したりした。

翌十月十九日、挺身特別攻撃隊は、幻の特攻隊として消えた。第一航空艦隊司令長官として着任した大西中将が、マバラカット基地で神風特別攻撃隊の編成を提案（十月十八日夕刻）し、新たに神風特別攻撃隊が編成されたからである。各攻撃隊に名称が冠せられ、関大尉の指揮下にあった神風特攻隊は、敷島隊、大和隊、朝日隊、山桜隊の名前をそのままうけついだ。

〝神風特別攻撃隊〟の名称は、大西長官が命名したものだろうが、各攻撃隊単位の名称は、それぞれの指揮官の意見で、飛行長、あるいは司令が命名したと思われる。

思えば、関大尉の、その日の陽気なふるまい、身の上ばなし、攻撃隊の名称提案などを考えあわせると、目に見えない〝死〟という運命の糸にあやつられていたのであろうか。

関行男大尉。著者は大尉のもと挺身特攻隊員として訓練した。

ここで、関大尉の二〇一空赴任の時期に触れてみたい。というのは、かつて私は『海軍急降下爆撃隊』の中に、私の手記を載せてもらったが、そのとき、「関大尉らの士官搭乗員が、八月上旬、セブ基地に赴任された……」と記述したので、これを読まれた二、三の方々から質問をうけた。

それらは、「関大尉の武官経歴書によれば、関大尉は九月に台南空から二〇一空に転勤になっている」というものや、「防衛庁戦史室資料によれば、関大尉がマバラカット基地に進出（二〇一空へ赴任）したのは九月になっている」というものであった。

当時（とくに十九年後半以降）は、士官といっても、大尉以下の人事異動については、人事部の異動発令を待たず、ある程度、現地指揮官の裁量によって人事異動を発令し、その後、人事部に異動着任を報告して、報告をうけた時点で、あらためて人事部が異動を発令する形式をとったのではないかと思われる。（現実に、転勤の途次、中継基地に降りたところ、かつての教官が飛行長になっていて、その基地に転勤になってしまった人もいる）

したがって、現地指揮官から、人事異動の報告が遅れれば遅れるほど、現実に赴任した期日と、記録に残された期日に大きなへだたりが生じても不自然ではないと思われるし、また、二〇一空の零戦保有機数三百数十機（稼動機数二百機あまり）ちかい航空戦力に増強されたのが、十九年七月上旬から八月上旬にかけてであって、当然、指揮官機となるべき士官を、急遽、増員せざるを得ない状況にあったのである。

九月下旬、セブ基地にあった零戦と、対岸のマクタン島にあった零戦をあわせて百二十余機の七割以上をうしない、マバラカット基地、ニコルス基地にあった二〇一空傘下の零戦をあわせても、保有機数はわずかに数十機となった。搭乗員は数多くいても、飛行機がないという現状であってみれば、関大尉の九月下旬赴任は考えられないことである。

個人的な問題にふれれば、われわれがマバラカット基地に着いたとき、われわれを認めて、『貴様たちは、いままでどこを……』などと、機種の違う士官に怒鳴られる理由もないし、また、顔も見知らぬはずである。

なお、これは後述するが、大野芳氏の著書によれば、「関大尉は赴任したばかりで、零戦の搭乗経験に乏しく……」とあるが、零戦の搭乗経験の乏しい人が、空戦術プラス爆撃術までを織り混ぜた高度の技量を要求される挺身特別攻撃隊の隊長に、なぜ選ばれたのであろうか。また、関大尉らは、九月二十一日、二十二日の両日、セブ基地が徹底的にたたかれ、零戦保有機数が三十数機に激減して壊滅状態に瀕したとき、一部搭乗員をセブ基地に残留させてマバラカットに来たのである。そして、二〇一空のほとんどが、九月末から十月一日か二日ごろまでに、山本司令はじめ、飛行長らとともに、マバラカットに転勤したのである。

マバラカットの惨劇

昼食も終わり、マニラ湾入口の仮想敵攻撃訓練についてのこまかい指示をうけ、打ち合わせもすませ、午後二時、出発に備えているとき、またしても、きのうにつづき、見張所より、

「敵艦載機こちらに向かう」

の報に、零戦搭乗員は、われさきにと、邀撃に飛び上がっていった。

いままで円陣をくみ、関大尉の話を聞いていた零戦搭乗員も、隊長の指示が出る前に、

「それッ、行くぞ、隊長、出発します」

と言いざま、滑走路を横ぎり、列線にある零戦をめざして駆け出していった。

南東の空に目をやると、すごい数の戦爆連合の艦載機群である。百五十機から二百機ぐらいであろう。マニラの基地にいたときも、二、三回の敵機来襲はあったが、きょうほどの数

ではなかった。

「ようし、戦闘機は上がれ、艦爆搭乗員は退避せよ」

の隊長命令が出たときには、そこにいる零戦搭乗員は、わずか三、四名であり、彼らも自分の飛行機をめざして駆けていった。私はどこかに身を隠そうと思ったが、このマバラカットにはきのう来たばかりで、どこに防空壕があるのかもわからなかった。そこで、きのうとおなじ宿舎の横にある掩体壕に退避しようとした。

上空では、ダッダッダッと、撃ち合いの空中戦がはじまっている。私はひとつのたこ壺を見つけると、

「大石、ここに飛びこめ」

と、大石を呼び、ひとつのたこ壺の中に、二人で飛びこんで空中戦を見まもった。

「やった」

「おっ、またやった」

歓声をあげているとき、邀撃に飛び上がろうと離陸をはじめた零戦をめがけて、グラマンが、後上方より銃撃を浴びせる。零戦は、火を噴いたまま上昇をつづけるが、つづく一撃で、力尽きたように墜落していった。

上空で、敵味方いり乱れての激しい空中戦が戦わされているとき、敵急降下爆撃機の大編隊は、小隊ごとに単縦陣隊形をとり、それぞれ飛行場と宿舎に照準をあわせ、急降下姿勢にはいっている。

全員が、防空壕、またはたこ壺に身を沈め、地上には人影ひとつ見当たらないとき、たっ

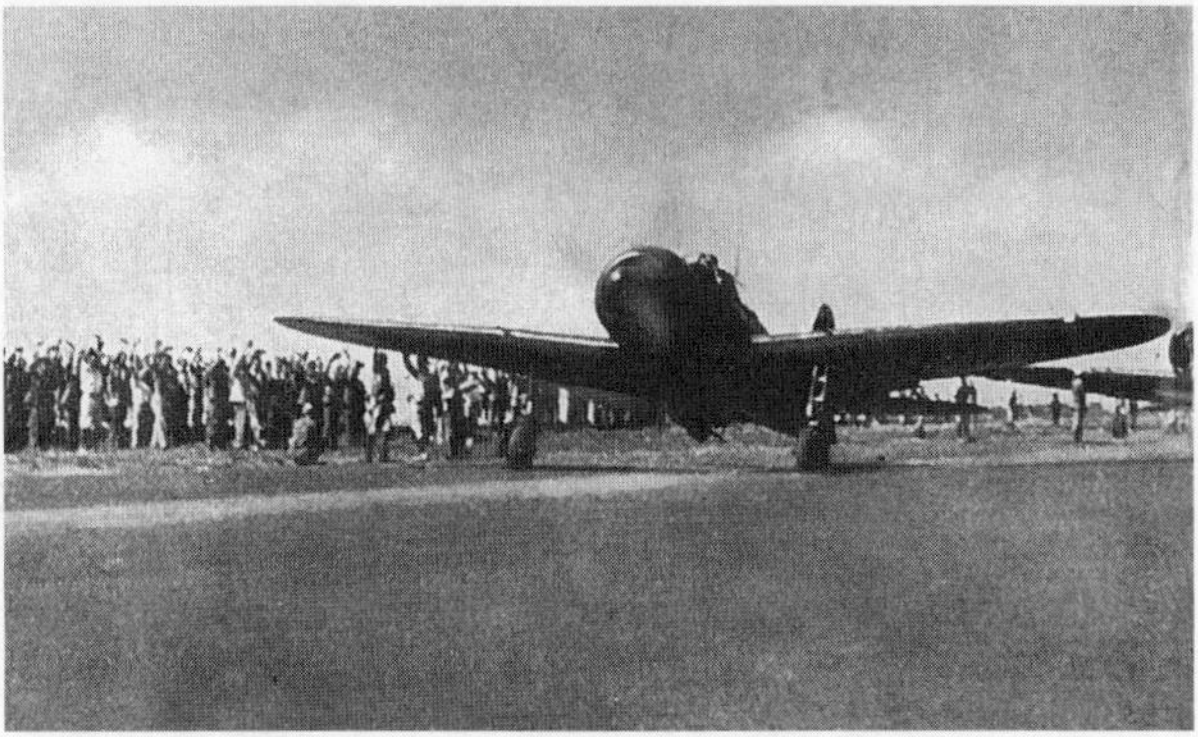

帽振れに見送られてフィリピン基地から特攻出撃に向かう零戦で、胴体下に250キロ爆弾をつけている。著者はレイテ湾攻撃の一番乗りとなった。

たひとり、撮影機を肩にかけるようにして、この空中戦と急降下の模様をカメラにおさめようとファインダーをのぞいて、カメラを回してつづけているカメラマンがいたのにはおどろいたが、どこからか、「報道班員、退避しろ」という声が飛んできた。

零戦が、敵艦爆隊の中に突っこめないのを知ってか、敵ながらまことにみごとな急降下ぶりである。そのうえ、飛行間隔も整然とした統制のとれたもので、セブ基地を襲った艦爆隊とは、雲泥の差があるように見うけられた。

爆弾が機から離れ、ズームレンズで見るように、グーンとアップされ、黒いかたまりは、無気味な音をたてながら落下し、大音響とともに炸裂する。

私は危険を感じ、

「大石、ここでは危ないぞ、ほかへ退避しよう」

と、つぎの小隊が編隊をとき、単縦陣となって急降下姿勢にうつるまでの何秒かの間を利して、たこ壺から飛びだし、宿舎をはさんで向こう側にある林をめがけて駆けだした。

宿舎を突っきり、林の中に退避しようとしたが、きのうの掩体に飛びこんで、上空をうかがった。敵機はすでに急降下姿勢にはいっており、私だけを狙うかのように、三、四機はおなじ軸線をもって急降下していた。

思わず、私は掩体壕の中に身を伏せた。瞬間、地ひびきとともに、耳をつんざく爆弾の炸裂である。二つ、三つ、四つと、爆弾の炸裂するのを数え、いま急降下した小隊が爆撃を終わったのを知り、身を起こして上空を見ると、後続の小隊は、すでに単縦陣隊形をとり、爆撃姿勢の急降下にはいる寸前である。

宿舎から二十メートルと離れていない掩体壕は、危険このうえもない。私は掩体壕から飛び出し、脱兎のごとくという形容そのままに、三、四十メートル離れたところを流れる小さな川に飛びこみ、身をすくめた。

その瞬間、私の前で身をすくめていた兵は、近くに落ちた爆弾の破片で、顔半分をふっとばされ、顔からパッと血しぶきをあげた。即死の状態だった。私の顔にも、飛行服にも、返り血がパーッと飛び散り、飛行服はどす黒く染まった。

われわれの宿舎も吹っとび、燃えはじめていた。飛行場にある飛行機も銃撃で、何機かがあっちこっちで燃えている。

急降下爆撃隊は去っていったが、上空では、零戦とグラマン戦闘機の空中戦がつづけられていた。が、零戦をふり払うようにして、グラマンは、マニラ富士の稜線をぬうようにして飛び去っていった。

この日の敵襲は、かつて私が見たこともないほど強烈なもので、また敵とはいえ、じつによく統制のとれている戦爆連合の飛行隊だった。この邀撃戦で、多くの戦友と飛行機をうしない、同期の小川武夫一飛曹をはじめ、数名の同期生が、先輩、後輩とともに、壮烈な戦死をとげてしまった。

二、三十分の攻防でありながら、このあまりの惨状に、敵愾心よりも、むしろ、（どうして、こうもやられてばかりいるんだ）と思うと、くやし涙が出るばかりで、話す気力さえうしない、返り血を浴びた飛行服さえ取りかえる気持をなくしてしまったほどであった。

きのう空襲され、きょうも敵襲を予想していながら、ここもまたセブ基地とおなじく、上空警戒機を飛ばしていなかった。というより、飛ばすだけの飛行機の余裕がなかったのかも知れないが、攻撃待機の機を、五機でも十機でも、上空警戒に配備すべきではなかったろうか。セブ基地にしろ、ここマバラカットにしろ、われわれからみれば、焼かれるべくして焼いてしまったようなものであった。

宿舎を焼かれてしまった私は、いま身につけているもの以外は、全部、灰になってしまった。飛練を卒業したとき、家からもらった五字忠吉の名刀も、刀身だけが残ったが、すっかりなまってしまい、鈍力となってしまったのは、いまでも惜しい気がする。

敵の攻撃も跡絶え、空中戦も終わって、邀撃機は逐次、着陸してくる。その中には、（よく飛べたものだ）と思うほどの穴を胴体にあけて着陸した機もある。また地上からでも、はっきりと、搭乗員が負傷して操縦をしているのがわかるほど、ふらふらと機をあやつりながら着陸する機もあった。

邀撃戦も一段落したとき、

「搭乗員総員指揮所前に集合」

の号令がかかり、全員、仮指揮所前（正規の指揮所は爆撃で吹き飛ばされてしまった）に整列すると、玉井副長が、

「ただいま、スルアン島スルアン岬の見張所より入った緊急電を知らせる」

と、前おきしてから、

「敵艦隊は、レイテ湾に進入しつつあり。われ艦砲射撃をうけ、その一部は同島に上陸しつつあり、暗号書を処分し、これにて連絡を断つ……。以上のとおりである」

と電文を読み聞かせ、さらに語をつづけた。

「これより、レイテ湾に進入しつつある敵艦隊にたいして、攻撃隊を発進させる」（この電報は十月十七日に発信されたものであるらしい。それを十八日に読み聞かせたのである）

売り言葉に買い言葉

攻撃隊の編成がなされ、指名された搭乗員が待機するなかで、邀撃戦を終わったばかりの戦闘機に、弾薬、燃料の補給が急ピッチですすめられている。挺身特攻隊と同様に、二十数機の零戦に、二十五番爆弾を搭載、三機の彗星艦爆には、五十番を搭載して、彗星艦爆の一隊は、爆装零戦の先頭にたち、爆装零戦隊は、それにしたがうという出撃態勢がととのった。

（このとき、挺身特別攻撃隊が出撃しなかったのは、敵機動部隊がいなかったためである。挺身特

攻隊は機動部隊攻撃を主目的にしていた）

爆装した零戦攻撃隊を誘導する指揮官は、攻撃一〇五飛行隊長天野大尉（艦爆隊）だったと記憶している。攻撃隊の零戦全機が離陸し、飛行場上空で編隊を組みながら、彗星艦爆隊を待っている。指揮官機、つづいて須長兵曹機が離陸、その後、試運転に時間をくった同期生のF兵曹が離陸した。

私といっしょに、飛行場で、彼らを見送っていた大石兵曹は、突然、

「あッ、あぶない。須長、アップ（上昇角度）をとりすぎている」

と、絶叫に似た声をあげた。そして、須長兵曹に呼びかけるように、

「もっと機首を下げろッ、ストール（失速）にはいるぞ」

と、言い終わらぬうち、須長機は、ガクンと機首が下を向いたと思った瞬間、高度三百五十メートルから、まっさかさまに墜落し、搭載していた五十番爆弾が、墜落の衝撃によって爆発、滑走路をはずれた七百メートルの地点で、木端微塵となってしまった。

須長兵曹機につづいて離陸したのは、同期のF兵曹であったが、離陸したと思ったら、飛行場上空を一周し、エンジン不調を理由に着陸した。そして、急いで別の機に乗りかえ、上空で編隊を組んで、待機中の零戦の編隊にくわわって、天野隊長機の後尾に寄り添うようにして飛びたっていった。須長兵曹機に代わる艦爆は出撃せず、彗星艦爆の出撃は、二機にとどまってしまった。

攻撃隊の機影も見えなくなり、爆音も聞こえなくなったころ、一機の彗星が着陸した。マニラから増援された彗星でもあるのかと期待をこめて行ってみると、さきほど飛びたっ

たばかりのF兵曹であった。

「どうしたんだ、この飛行機もだめか」

「どうも調子がよくないんだ」

私は、F兵曹に、

「指揮所へ行って報告し、なおり次第、連中のあとを追って合流しろよ」

とうながしたが、彼は、

「そう簡単になおるかな……」

と、気のりのしないようすである。私は同期生のよしみであると思い、

「なおらなければ、べつの飛行機で後を追えよ」

と、F兵曹にハッパをかけた。

私は、彼の言葉のはしばしに、なにか煮えきらぬものを感じた。おそらく須長兵曹機の墜落が、彼の攻撃精神を鈍らせていたのであろう。

整備員は点検を終わり、異常のないことを告げた。が、彼は、

「上空に行くと、調子が狂うのだ」

という。私は、Fが同期生であるだけに、ひとごとながらイライラしてくる感情をおさえきれず、

「Fよ、整備兵を信頼して、飛行機をだましだまし扱って飛んでみろよ」

と言うと、彼は、語気もあらく、

「そんなに行け行けと言うなら、貴様が行けばいいだろう」

と、私にくってかかってきた。こうなれば、たとえ同期生であれ、売り言葉に買い言葉のたとえどおり、

「なんだって、この野郎、てめえ、飛行機に乗んのがこわいのか。艦爆は、隊長の一機きりしか行っていないじゃあないか。よしッ、隊長の許可が出たら、おれが行ってやる」

と、たんかをきってしまった。

（しまった、大石に相談しなかった）と思ったが、もう遅かった。大石を見つけ、いままでのいきさつを話し、

「行くか」と聞くと、

「行きましょう。きょうのいのちも、明日までのいのちも、たいした差はないだろうからね」

特攻の創始者、大西中将。終戦時、責めを負い割腹をとげた。

私は、大石と二人で、関隊長のところへ行った。

「隊長、いま引き返してきたF兵曹の代わりに、私たちを行かせていただけますか」

「お前ら行くか」

「はいッ、彗星は一機、行っただけですから」

「よしッ、副長に報告して、行けるようにしてやる。すぐ準備しろ」

と言われ、いつも挺身特攻隊員が、話の場にしている大きなマンゴーの木の下で、隊長の来るの

を待ちながら、

「国原少尉、レイテ湾の攻撃に行って来ます。なにしろ、彗星は隊長の一機だけですから」

「そうか、気をつけて行けよ。おれがセブで話したように、敵さんい食いつかれたら、七ミリ七の機銃なんかを撃つよりも、赤い信号弾を、敵さん目がけてぶちこんでみろ。目の前で、でっかい赤い火の玉がバーンとはねたのを見て、敵さんはあわてて逃げるからな」

「分隊士の言うことは、どこまでが本気で、どこまでが冗談だかわからないからな」

などと、話をしていると、隊長が来て、

「ただちに出発せよ」と言って、すぐに指揮所へ引き返していった。

指揮所へ行き、玉井副長に（このときは、山本司令と中島飛行長は、零戦隊の出撃を見送ったあと、すぐに、マニラにいる大西長官に呼ばれ、マニラのニコルス基地に向かっていた）報告を終わると、副長から、

「すでに発進している攻撃隊にも言ってあるが、レイテ湾内の敵艦を攻撃後、セブ基地へ帰投し、燃料、爆弾を搭載して夜間になるであろうが、マバラカットへ帰投しながら、レイテ湾内の敵艦を再度攻撃せよ。なお、空母より発進した飛行機に見せかけるため、東方海上より進入し、攻撃後の退避もなるべく敵艦の目に触れるように心がけ、東方洋上に針路をとれ……」

と、その他、細かい指示をうけ、レイテ湾めざして単機、発進した。

われわれが滑走路を横切り、飛行機に向かっているとき、海軍報道班員の腕章をしたカメラマンが、うしろ姿を撮影しているのに気づいた。そこで、前から撮ってもらおうと思って

振り返ったが、そのときには、撮影機の回転はとまっていた。残念だと思ったが、後の祭りであった。

このカメラマンは、きのう、きょうと敵艦載機の空襲があったとき、ただひとり飛行場の一角で撮影機をかまえ、急降下してくる敵機を撮り、また、空中戦を撮影していて、たこ壺に身をひそめていたわれわれを唖然とさせた。

発進にさいして、副長から、

「メインスパー（主翼の主桁）が損傷しているので、あまり高速で急降下したり、急激な引き起こしに充分注意せよ」

と、注意をうけたのがいちばん気にかかったが、（すべてを大石にまかせよう）と、心を決めると、すっかり気分も落ちついた。

われわれが、マニラから乗ってきた八機の彗星は、二日間の敵機来襲で、すでに損傷してしまい、全機の修理を終えるにはかなりの日数を必要とされていた。こうして、彗星艦爆は戦わずして、稼動機は三機となってしまっていた。

午後三時半に離陸、第二集合地点のコレヒドール上空に到着したときには、さきに発進した攻撃隊の機影はすでになかった。

彗星の優速（零戦より速力があった）を利用して、追いつこうと思い、大石兵曹にハッパをかけ、零戦隊の後を追うように、コレヒドール島を基点に東に針路をとり、ルソン島上空を西から東に真一文字に突っ切り、ルソン島東方洋上に出ると南に針路をかえ、単機、レイテ湾をめざして飛んだ。

レイテ湾一番乗り

マバラカット基地から、レイテ湾までは、直進すれば約三百五十マイル、飛行時間にして、二時間とはかからない距離であったが、命令どおり、針路をルソン島東方洋上にとり、敵機を警戒し、また、すでに発進している零戦隊に合流することを期待して飛びつづける。

「大石、エンジンの調子はどうだい」

「きわめて良好、この飛行機が悪いというようでは、やっこさんたちの乗る飛行機は、海軍じゅう探したって見つからないね。やっこさん、あがってしまい、可変ピッチ（プロペラの角度を変える装置）の切りかえを忘れたんだと思うよ」

「まあ、そのことは忘れよう。前方の見張りを頼む、高度五千五百にしてくれ。もうすこし飛んだら、針路を南東へ変えて、サマール島の東方洋上に出るようにしてくれ」

「了解、了解。ところで、出発のとき、副長はメインスパーに損傷があるから、速度を出しすぎた急降下はするなというし、また、頼むから命中するところまで突っこんでくれと言ったが、副長の言葉は、自爆してくれという謎かね」

「冗談いうない。自爆しろという謎なら、帰りがけに、レイテ湾内の艦船にたいして、再度攻撃しろなんて言うものか」

周囲を見張りつつ、機を上昇させながら飛びつづける。

「小澤さん、寒くて寒くてガタガタふるえるようだ。酸素マスクをかけるから、ボンベのコックをひらいてくれ」

たしかに大石は、寒さに耐えられないといった口ぶりであった。私も酸素マスクをしたが、酸素を吸ったり、また止めたりして飛んだ。

高度をとるにしたがい、気温は低下する。一千メートルで六度下がるとされており、高度五千五百メートルでは、海面の温度より三十三度下がることになって、暑い南方とはいえ夕刻ともなれば、五千五百メートルの上空では、零度ちかくの気温である。

ちなみに、私自身の体力に応じての酸素マスクの使用についていえば、まず寒さが身にしみる。大石の言ではないが、ふるえるような寒さをおぼえ、つぎに来るのは、酒を飲みすぎたように呂律がまわらなくなり、眠気をもよおしてくる。眠気をもよおしてきたら、二、三秒のうちに酸素吸入をしないと、諸動作が鈍くなり、それは死につながる危険がある。

針路を南東方向にとり、サマール島東方洋上に向かう。太陽も西の空にかたむきかけ、洋上に目をやると、反射する光で目がまぶしい。目的海域まであとわずかであるが、不思議に恐怖感もなければ、緊張感もない。

セブ基地にいたとき、二ヵ月余も飛びなれた海域に向かっているためであろうか、勝手知ったる自分の家の庭先へ帰るような錯覚さえ感じる。

中島飛行長のよく言われる『訓練のつもりでやれ。見張り八分、航法二分。犬死にをするな』等々が頭に浮かんでは消える。

「大石、レイテ湾はもう近いぞ。この付近に案外、機動部隊でもいるかも知れないぞ。前方の見張りを頼むぞ」

「空母がいたら、そっちをやりますか」

「当たり前よ。雑魚などやるより、空母のほうがうんとやりがいがあるし、死んだ戦友の仇討ちにもなるからな」

そろそろ、レイテ湾に針路を向ける時間である。ここまで飛んできても、さきに発進した攻撃隊を、私の視界にとらえることはできなかった。戦闘海域にはいると、おのずと口調があらたまり、同年兵の域を超える。

「大石兵曹、針路二百八十度、レイテ湾に向けて、針路をとれ」

「了解、針路二百八十度にします」

機はじょじょに旋回し、二百八十度をさす。

「ヨーソーロ（直進）」

コンパスは、ピタリと二百八十度をさして飛んでいる。自分の家の庭先に帰るような軽い気分も吹っ飛び、全身に緊張感がみなぎり、のどが乾いてくる。黙ってはいられない衝動にかられ、なにか話しかけ、孤独感から脱けだそうとする。

「大石、おれたちが陸軍機、海軍機をふくめて、レイテ湾の敵艦攻撃の一番乗りのはずだから頼むぞ」

「わかっております。でも、零戦隊がもう攻撃しているでしょう」

「あとから行ったって、おなじ攻撃隊だ。ところで、スルアン島上空より進入する。スルアン島が見えたら、知らせてくれ」

「了解」

針路二百八十度で十五分も飛んだころ、大石兵曹が、陸地が見えはじめてきたことを告げてきた。酸素マスクが邪魔になり、高度を五千メートルに下げさせ、マスクを取りはずしてしまった。

大石兵曹の声が、

「左前下方、スルアン島です」

と、伝声管を通して伝わってくる。

「了解、敵発見のときは、高度五千で接敵進入する。投下高度五百、メインスパーがやられているそうだから、引き起こしに注意してくれ」

「了解」

玉井副長から、スルアン岬見張所からの最後の電報『これにて連絡を絶つ……』を読み聞かせられたことを思いだし、機から身をのり出すようにして、眼下のスルアン島を望見したが、五千メートルの上空から見るスルアン島は、なんの異変も感じられなかった。

わが機は、とうとう、レイテ湾上空に進入した。文字どおり、目を皿のようにして、レイテ湾内を見まわすが、敵艦らしいものはいない。さらに、たそがれそめた湾内上空を飛ぶが、見つかりもしない。

「大石、艦は見えるか」

「全然いない、逃げたのかね」

「そんなはずはない、とにかくさがそう」

陽が沈み、夕闇がそろそろ湾内をつつもうとするレイテ湾上空を、南に西にと機首をひる

がえして、敵艦を求めて飛んだ。大石が、

「いた、いた、右前下方、輸送船らしきもの三隻です」

風防をあけて、身をのりだすようにして、右主翼下方に眼をやると、油槽船であった。停泊しているのか、この三隻の艦の航跡がない。

「副長が読んで聞かせてくれた電文と、だいぶ違うぞ。ほかにでっかいのがいると思う。もうすこしさがす。そのまま、レイテ島の陸岸沿いに飛んでくれ」

いったん見つけた油槽船を見すごし、陸岸沿いにさがしたが、とうとう別の艦艇はみつからなかった。

「大石兵曹、攻撃目標は、さっき発見した油槽船にする。準備はいいか、弾倉をひらけ」

「了解、ただいまより接敵しまーす」

単機突入である。いっそう、この身の引き締まるのをおぼえた。

瞬間、さきに散っていった戦友の顔が、また空中戦で、火を吐きながら散った光景が、頭の中を駆けぬけた。対空砲火はまだない。接敵中の、ふたりの沈黙の時間が長く感じられる。

「敵の位置は確認できるか」

「左三十度前方だ。まもなく進入しまーす」

「弾倉はあけたか」

「くどいな、あけてあるよ。進入する」

といいざま、機を左へかたむけ、機首を一気に下へ向けて急降下にはいった。

「四千、三千、一千……用意テッ」

爆弾投下後、急激な引き起こしができないため、機首を引き起こしながら、投下した爆弾の爆風で、機の尾部が持ち上げられるようにあおられる。高度百メートルで、敵の射程圏外に離脱し、旋回をする。右後方を見ると、火の手が上がっている。

「やったぞ、大石」

大石兵曹は、無言のまま蛇航変針をしたり、旋回をしたりしながら、じょじょに高度をとっている。私はじーっと艦を見つめるが、大きくなるはずの火は大きくならず、ちょうどぼやのような炎であり、大きくなったり、小さくなったりをくりかえしていた。ようすを見つめるが、沈没しそうにはない。舷側付近の至近弾であろうが、直撃しなかったことを物語っている。

（油槽船に五十番が直撃すれば、沈没は間違いなく、命中箇所によっては、轟沈もできる威力がある。のちに聞いたことであるが、わが機が攻撃したのは油槽艦であったらしい。油槽艦は油槽船とちがい、最新の防御設備をほどこし、爆弾が命中しても船倉内の酸素を遮断してしまい、未然に火災を防止するように設計されていた）

大石が爆弾を投下した後、ひと言もことばを発しなかったのは、停泊同様の艦にたいして、爆弾が直撃しなかった悔いと不満からである。長いあいだペアを組んでいるから、彼の気持は痛いほどよくわかった。

「ただいまより、セブ基地に帰投する。針路九十度、東方洋上に出る。高度四千五百にしてくれ」

「了解、針路九十度にする」

大石から、はじめて答えが返ってきた。

セブ基地の沈黙

高度をとりながら、ふたたびスルアン島上空を通過、東方洋上に三十マイルほど飛び、南下してさらに変針、ミンダナオ島北部の洋上から、ボホール島上空に到着し、ここから高度を下げさせ、まもなくボホール水道上空に出ようとするとき、大石兵曹が、

「右前方上空、敵戦闘機」

と言うやいなや、機首を下げ、急降下で避退姿勢にはいった。

右前方を見ると、距離千メートルたらずの上空を、黒いかたまりの六機編隊が、わが機と反航して、東方に去っていった。その編隊に合流しようと、単機の敵戦闘機二機が編隊を追っている。

「敵編隊は上空通過、高度をもう少し上げてくれ」

と、大石兵曹に指示し、さらに、

「七機や八機だけということはないぞ。まだいるはずだ、前方に注意」とつけくわえた。

その直後、はたして、大石兵曹は、敵機発見を知らせてきた。見ると、こんどは十数機の編隊が、さっきの編隊と同様に東の海に向かっている。

敵の編隊高度は二千、わが機は千八百であり、ほとんど高度差はなかった。これが、逆の高度差であったなら、さきに発見され、一撃で撃ち墜とされていただろう。

私は、五、六秒後に高度を上げよと指示しておきながら、今度は高度を下げさせ、七・七

ミリ旋回機銃をかまえ、なにも知らぬげに、わが機の上空を通過しようとする敵編隊に銃口を向けていた。

幸いに、敵編隊は、われわれの機にはまったく気づかずに去っていった。

大石と私の命を救ったのは、夕闇と高度差であった。私の機は、敵機より低い位置にあり、しかも東に位置し、暮れなずんだ地上のうす闇に溶けこんで、敵機からの視認が困難であり、逆に、私の機の位置からは、敵機発見は容易な立場におかれていたのであった。

ほっと一安心し、ボホール水道上空を大きく一旋回して、高度を下げながら、マクタン島上空に進入、セブ基地を見下ろすと、飛行機がやられたのだろうか、ひと筋、ふた筋と、炎の中から黒煙がもうもうと上がっていた。

「セブがやられたらしいぞ。着陸できるかどうか、充分に注意してくれ」

「着陸誘導コースをまわれば、指揮所から指示があるでしょう」

と、大石兵曹は、言いながら、マクタン島上空から北に向かって高度を下げ、誘導コースにはいろうとしたとき、セブ基地防備隊の高角砲陣地と機銃陣地から、わが機めがけて、対空砲火の一斉射撃である。高角砲弾は、機の二、三百メートル後方で炸裂し、黒い煙のかたまりが点々としている。機銃の曳光弾は、赤紫の尾をひきながら、ヒューヒューと機をかすめる。

防御陣地には、聞こえるすべもないが、思わず、風防をあけて、

「このバカヤロー、おれは味方機だ」

と怒鳴った。

「大石、味方陣地より対空砲火、全速退避だ」

大石兵曹はスロットルを全開にし、垂直旋回で、基地北方より西の方へ退避した。高度を三百五十に下げ、基地の西方上空から大きく迂回して、基地とマクタン島の間を飛び、味方識別信号を送った。基地は了解し、着陸せよの信号が返ってきた。とっぷりと暮れた基地に、着陸誘導灯のカンテラがともされ、やっと着陸することができた。

指揮所に行って、マバラカット基地を発進してからの経過と、零戦攻撃隊と合流できず、単機でレイテ湾内の油槽船を攻撃したこと、さらにレイテ湾内のどこをさがしても、三隻の油槽船以外、まったく敵の艦影を認めなかったことを報告した。つづいて、セブ基地に着陸後、燃料、爆弾を搭載し、帰途、レイテ湾内の敵艦船に再度攻撃をくわえることという出発前の玉井副長からの命令を報告した。

セブ基地の飛行隊長からは、

「ご苦労、マバラカット基地には帰投しなくてよい。零戦の連中も、帰投した者は、ここにとどまってもらう。マバラカット基地には、その件について電報を打っておくから、心配するな」

という指示であり、大石兵曹と私は、セブ基地に逆もどりしてしまった。私は指揮所を去ろうとしたが、さきに発進した戦闘機隊のことが気にかかり、

「隊長、私よりさきにマバラカット基地を発進した彗星一機と、零戦で編成した攻撃隊は、まだ帰投していないですか」

と聞くと、隊長からは、ぶっきらぼうに、

「まだ帰投していない」

と、ただそれだけの返事が返ってきた。

指揮所を去り、指揮所横の待機所にすわりこんで、いくぶん冷静さをとりもどすと、零戦隊のことがまた心配になり、（零戦隊の連中は、途中で、敵機とでもぶつかってやられたかな）と、一瞬、いやな予感が胸をかすめた。

ましてや、指揮官機（誘導機兼務）が艦爆の隊長であるかぎり、航路を間違えることは、万に一つも考えられない。

「大石、戦闘機隊は、敵と遭遇したかも知れないぞ……」

「おれも、いま、ふーッとそんなことを考えていたんだ。いくら沖を飛んだからといっても、時間を食いすぎているものな……」

隊長から、宿舎に帰って休めと言われても、とてもその気にはなれず、待機所で腰を下ろして、しばらく待つことにした。

搭乗員の大半は、宿舎に引きあげているのであろうか、待機所には七、八名の搭乗員がいるだけだった。が、われわれがセブ基地にいたときの、顔見知りの搭乗員ではなかった。おそらく、マバラカット基地から、入れかわりにセブ基地にやってきた連中であろうと思われた。

待機所で所在なく待つこと二十分ぐらい、飛行場も上空がすっぽりと闇につつまれたとき、基地の東方から爆音が聞こえてきた。見張所からは、闇の静寂を裂くようにして、零戦であることが、大声で知らされた。が、たった一機である。（やっぱり、敵機と遭遇したな）と直感した。

さっき消されたカンテラに火をつけるのを、大急ぎで手伝うため、火ダネを持って駆ける私に、さきほどまで、話ひとつしなかった搭乗員が、

「よくカンテラの位置がわかりますね」

と、（さっき、この基地に来たばかりなのに）という皮肉をこめた口ぶりでいった。

「当たり前よ、約半月前まで、ここにいたんだ」

「そうですか、失礼しました」

と言って、搭乗員は、カンテラに火をつけるために走っていった。

カンテラに点灯を終わるころ、東から北からと、それぞれの方角から爆音が聞こえはじめ、一機、また一機とバラバラに帰投してきたが、基地に着陸したのは十機だけであった。その後、どれだけ待ったろう、帰投する機はなかった。

彗星に搭乗した指揮官の天野大尉機は、ついに帰投しなかった。大石と私の予感どおり、レイテ湾の上空に到達する前に、私が飛んだコースより東方沖合いの洋上から西に向かったとき、敵戦闘機三十数機と遭遇し、空中戦となったのである。

彗星艦爆の天野隊長機は空中戦を避け、急降下で退避し、グラマンがこれを追尾しているのを見たというが、空中戦のため、その後のことは確認できなかったとのことである。この空中戦で、指揮官機をはじめ、十数名の若い生命は、敵機とともに南の海に散ってしまったのである。

いまだに還らぬ十数機の帰投を断念し、報告を終わった戦闘機搭乗員の顔には、心身とも

に疲れ果てたようすがありありとわかり、見るもいたましいくらいであった。とくに昼間の空中戦とくらべ、薄暮の空中戦においては、神経の消耗度ははかり知れないものがあったろう。

宿舎に向かう途中、どこからともなく花の甘い香りがあたりにただよってきた。いつも嗅ぎなれた花の香りを胸いっぱいに吸いこむと、なんとなく住みなれた古巣へ帰ってきたようで、いくぶん心の落ちつきをとりもどすことができた。

宿舎に行くと、寝ている者あり、トランプにうち興ずる者あり、本を読んでいる者ありで、いつものセブ基地とすこしも変わらず、なおさらに心の安らぎをおぼえた。しかし、搭乗員の数は、おどろくほど少なくなっていた。

私は、いっしょに二階の宿舎に上がってきた戦闘機隊の連中をさしおいて、

「また、もどって来ました。よろしくお願いしまーす」

とあいさつした。少ない人数の中から、二、三名の同期生がこころよく迎えてくれたことで、心強さを感じた。もとの古巣へ帰った心安さもあり、同期の戦友の横にすわりながら、先任搭乗員がどこにいるのかもわからないので、

「先任、よろしくお願いしまーす」

と声をかけると、宿舎の隅から、

「おうっ、わかった。お前、内地へ帰ったのではなかったのか」

「ところが、どっこい……」と、マニラ以来のいきさつをここでも説明した。

「そうか、それはご苦労さまでした。ところで、飯はどうした」

「まだですよ。昼間から、敵さんの飛行機に追いまわされ、あっちこっちのたこ壺を駆けずりまわって、そのあと、すぐ出撃してきましたから」

「そうか、おーい、若い者、人員を聞いて、みんなに食事の用意をしてやれ」

言われて、はじめて自分が空腹であることを感じた。

夕食の準備ができるまで、同期の二木弘らと雑談中、たまたま話が台湾方面の航空戦にふれたとき、私が、

「ところで、マニラから応援のため、台湾に出撃した鈴木飛行隊長の隊は、ほとんど戦死したらしいぞ……」というと、

「ほんとうか、それではあいつも、それから、あれとあれもやられたかな」

と、指をおってかぞえ、不安げな表情で、

「お前、それはだれから聞いた話だ」

「だれからということはないが、おれたちはマニラにいるとき、二〇一空の連中と同じ宿舎で寝起きしていて、十七日にマバラカットへ行けと言われて行ったんだ。そして、きょうはこのセブよ」

「ほかの艦爆の連中は、マバラカット基地にいるのか」

「いや、ごく一部の者が、マニラに置き去りをくらっただけよ。大半のものは内地に帰った」

「おい、飯の用意ができたぞ、ゆっくり食ってくれ。話はまたあとでしよう」

用意のできた食事をみると、思わず、腹の虫がグーッと鳴った。

「搭乗員の食事は海軍航空隊随一」と折り紙がつけられているセブ基地の食事は、マニラやマバラカット基地の食事とはまったくくらべものにならず、あらためて、セブ基地の食事のうまさを知った。（当時、セブ基地の食事のうまさと献立は有名で、他の航空隊の垂涎の的であり、海軍の士官食以上のものであったようである）

零戦隊の搭乗員は、つい一時間あまり前の空中戦の興奮がさめやらないのか、はたまた、多くの戦友をうしなったむなしさからか、声ひとつ出さず、ただ黙々と食事を終わり、床についてしまった。

動悸はやまず

一夜明けた十九日、私は当然のことながら、広範囲、あるいは長距離索敵か、爆弾を搭載した索敵攻撃（索敵中に、敵を発見したときは、基地に敵発見を打電し、ただちに攻撃する）命令を予想して宿舎で待機していた。

零戦隊の連中も、一夜明けてみると、昨夜とは、うって変わって生気をとりもどし、きのうの悪夢のような空中戦を忘れたかのような明るい顔で、朝食をパクついていた。

だが、宿舎でいくら待っても、呼び出しもなければ、飛行計画も知らされなかった。きのう、あれだけ敵艦載機に叩かれていながら、なんの命令も出ないし、上空哨戒機も飛んでいない。大石と待機所で待機すべく、飛行場に向かった。

きのうはうす暗くて、飛行機の数も確認できなかったが、いま見るセブ基地の飛行機は、情けないほど機数が減っていた。きのうマバラカットから帰投した十機をくわえても、二十機にたりない機数であった。おそらく即戦力として飛べる機は、十五機そこそこであったろう。

飛行場へ来てみて、上空哨戒機も飛ばなければ、索敵の命令も出ない状況をはじめて知った。

フィリピン全域はもちろん、その東方の太平洋、西側の南シナ海をまもる第二十六航戦のうち、もっとも戦力を有し、実働機数三百機を擁して、フィリピンの主要基地であるマニラ、クラーク飛行基地、セブ、ダバオ等に分散、配備されていた二〇一空の戦力も、ことごとく激減の一途をたどっていた。ここセブ基地でも、上空哨戒機を飛ばすに飛ばせられない状態だったのである。

待機所で待機しているとき、索敵飛行のないことを知らされたので、(ありがたい、きょうはゆっくり休みながら、日用品の支給をうけよう)と思いつき、大石と二人で、日用品の支給をたっぷりうけてきて、余分なものは、何人かの人に分けてやった。

午後は、セブ基地に残っていた同期の連中とか植村少尉らと、マバラカットに転進した関大尉のこととか、マニラから台湾に出撃した鈴木大尉の率いる戦闘機隊の消息などを語りあい、有意義な休養日の一日をすごした。

植村少尉らの語るところによれば、敵は、十七日にスルアン島(サマール島の南にあり、レイテ湾の入口にある小さな島)に猛烈な艦砲射撃をくわえ、十七日夕刻には、敵の一部がスルアン島に上陸、敵艦隊はレイテ湾に進入するとみせかけ、夜陰に乗じて反転、はるか東方洋上に退避し、わが方の攻撃圏外に逃れ去ったとのことである。

マバラカット基地で、玉井副長から読み聞かされたスルアン島守備隊の『これにて連絡を絶つ……』の最後の電信は、十七日の夕刻にでも発せられたものであろうことが想像できた。一日をのんびりとすごしてしまったが、夕食をすませたあと、明二十日の飛行計画に、私の彗星が索敵飛行をする予定が知らされ、大石ともども、みんなよりひと足さきに早寝をしてしまった。

マニラで内地帰還の夢を捨ててからは、多くの戦死者を見るにつけ、私自身も、生きる望みを失ったあきらめからか、図々しくかまえるようになり、その晩もなんの屈託もなく眠りこけてしまった。

二十日の払暁、まだ夜も明けきらないうちに、本部の不寝当直兵が起こしにきた。いそいで飛行場に駆けつける。命令は、レイテ湾内の偵察をかね、サマール島北東洋上の扇形索敵であった。

フィリピン東方洋上の索敵は、マニラ、マバラカット、レガスピー、セブ、ダバオの各基地から発進していたが、とくに敵発見の要となるのは、セブ基地の索敵機であった。

暁暗をけってセブ基地を離陸し、やっと明けはじめたレイテ湾内を見わたすが、鏡のように静かな海面は、昇りはじめた太陽の光をうけて、きらきらと光っているだけであった。

まもなくサマール島上空にさしかかろうとするとき、右下方の静かな海面に、長く尾を曳く波しぶきを認めた。(敵の艦隊だ)と直感的に思い、反射的に、敵機を警戒すべく上空を見まわした。幸い、敵機の飛んでいる様子はない。あらためて下の海に目を凝らすと、航跡の波しぶきが、いく条も認められた。

「大石、右下方を見てみろ。敵の艦隊だ」

「ほんとうだ、そのあとにもつづいているぜ」

はじめて、敵の艦隊の堂々たる航行ぶりを見た私の胸は、早鐘を打つように鳴った。敵の艦隊は二群に分かれ、レイテ湾を西進している。気のせいか、胸の動悸はまだやまず、ドキドキしている。（落ちつけ、冷静になれ、いつもの訓練のつもりで）と、自分に言い聞かせ、さらに後続の艦艇はないかと、はるか東方海上を望むが、後続の艦艇も、機動部隊も認められなかった。

「大石、対空砲火に気をつけろ。上空の見張りも頼むぞ」

と、言いおいて、私は暗号電報の乱数表をくりはじめ、

「敵艦隊を発見、位置スルアン島西方三十マイル。レイテ湾を西進しつつあり。戦闘艦（戦艦、巡洋艦、駆逐艦）多数あるも空母は認めず、引きつづき索敵を続行す」との電文をつくり、セブ基地に発した。

予想した敵艦からの対空砲火は不思議になく、一発も撃ち上げてはこなかった。サマール島内陸部の上空に進入、その上空を突っ切り、まもなくサマール島北東部の洋上にたっしようとするころ、

「××号機帰投せよ。××号機帰投せよ」の無電が飛びこんできた。私は、基地に了解電を発し、

「大石、基地に帰れとの命令だ。ただいまより引き返す」

「なにかの間違いではないのか。呼び出し記号の聞き違いとか、暗号解読を間違ったとか」

「おれがそんな耳を持っていると思うか。それと、セブ基地を飛び出したのは、おれたちだけだぜ」

「基地に帰ったら、爆弾を積んで、さっき見つけた艦隊の攻撃かな」

「たぶん、そうだろう」

機を旋回、基地をめざして、巡航速以上の速度で基地に帰投した。帰投した後、指揮所に報告し、待機所で雑談していると、ダバオ基地を発進した索敵機が、ダバオ東方洋上を北進中の敵の大船団を発見したという。その数は、百五十隻を超えるとのことである。

攻撃力のある飛行機は、セブ基地では、私の彗星艦爆一機だけであり、残る十数機は零戦であった。私は、たとえ一機だけでも、零戦の何機かが直掩機となって、攻撃命令の出るのを覚悟していたが、とうとう、攻撃命令は出ずじまいであった。

この数時間後に、レイテ湾に侵攻した敵艦隊は、レイテ島に熾烈な艦砲射撃を展開し、とくにレイテ島の要衝タクロバンに完膚なきまでの砲撃をくわえ、さらにその後、ダバオ基地を発進した索敵機が発見した、後続の輸送船団の上陸部隊は、タクロバンをめざして上陸作戦を開始したのである。

これだけの敵大艦艇群を目の前にしながら、フィリピン全土の味方航空戦力は、ここ数日来の敵機動部隊の猛攻によって、北はクラーク航空基地群をはじめ、南はダバオ基地にいたるまで、ほとんど壊滅状態となり、一式陸攻隊、天山艦攻隊を擁し、もっとも攻撃力を期待された七六一空（ザンボアンガ所在）も稼動機は数機となり、各基地の飛行機をあわせても、百機に満たないものとなっていた。

魚雷、爆弾を搭載する陸攻、艦爆は皆無に等しく、残存機の大半は零戦であり、敵艦船にたいしての攻撃能力は無に等しかったといっても過言ではなく、破壊力のある飛行機の補充を待つ以外に道はなかったのである。と、同時に、これがフィリピン全域の防備に当たった第二十六航空戦隊の終焉の序曲であった。

第五章　われレイテに死すとも

迷いに迷った特攻志願

昭和十九年十月下旬、フィリピンのマバラカット、セブの両基地では、二〇一海軍航空隊が、日本陸海軍の先陣をうけたまわって、「神風特別攻撃隊」の編成をはじめていた。

夕闇せまる二十日の午後六時すぎ、マバラカットから八機の零戦が飛来した。飛行長中島正中佐と二〇一空の搭乗員である。到着早々、飛行長は指揮所へ歩を進めながら、みずから搭乗員総員集合をかけた。セブ基地の全搭乗員が指揮所前に整列を終わると、飛行長は硬い表情で語りはじめた。

「これからは、一機が一艦を沈める体当たり戦法をとらなければ、活路を見出せない。すでにマバラカット基地では、飛行機もろとも敵艦に体当たりする特別攻撃隊が編成された。いま、私といっしょにここに来た搭乗員は、マバラカット基地で、必死必殺の体当たり攻撃をする特別攻撃隊員に志願した者たちである……」

飛行長は、さらに話をすすめる。

「下士官、兵搭乗員で、私の説明した特別攻撃隊に志願する者は、午後の九時までに、自分の階級と氏名を書いた紙を封筒に入れ、また志願しない者も、白紙だけを封筒に入れ、先任下士官に提出してもらいたい。先任下士官は、それを私のところまで持ってきてくれ……。なお、君たちが志願したか、しなかったかは、私以外に知る者はいない。私は、ひとりで開封し、このことは、他の士官にたいしても、絶対に他言することはない。生きて還ることのできない特別攻撃隊である。志願する、しないは、それぞれの自由意志にまかせる。志願しなかったからといって、変な目ではみない。そして、特別攻撃隊員は志願者が多ければその中から、私が選ぶ。

零戦に二十五番爆弾を搭載して体当たりする特別攻撃隊の出撃は、あすから開始される予定である。本日は全員宿舎にもどり、じゅうぶんに家族のことなども考え、自分の意志で決めてもらいたい。くれぐれも言う、この特別攻撃隊は、飛行機もろともの体当たりである。絶対に生きては還れぬものであるということを。解散」

いつもなら、宿舎にもどれば、階級の上下も、古参、新参の区別もなく騒々しいのが搭乗員宿舎のつねであるが、この夜ばかりは、だれひとりとして声を発する者もない。いままでの搭乗員宿舎とは、うって変わった重苦しいような静かなひとときであった。

私にしてみても、マニラの基地で内地帰還組と別れ、その後、マバラカット基地行きを命じられたときは、棺桶をもらったとか、これで靖国神社直行便さ、などとヤケ気味な軽口をたたき、いつも死と背中合わせである自分の生還を期している気は、毛頭ないつもりでいた。だが、いざ特別攻撃隊志願、イコール〝死〟という答えがはっきり出てしまうと、やはり私は、特攻志願を迷った。

昭和19年10月25日、神風特攻隊敷島隊の出撃。杖をついているのが山本栄司令。著者も特攻を志願したが、あきらめに似た心境からだったという。

〈生きられるものなら生きつづけたい〉と思う心と、〈この厳しい戦地で生き永らえられるだろうか〉という疑問が頭をかすめる。そして、咳ひとつ、声ひとつ出ない搭乗員宿舎の静寂が、無気味なものに感じられた。その中で、私はいろいろ自問自答する。さらに故郷のこと、母親、兄、姉、幼友だちの顔が交錯するように浮かび、頭の中を駆けめぐった。はては、子どものころ、学校で教えられた肉弾三勇士のことまでが浮かんできた。

迷いに迷った揚句〈生きていたいが、この先、幾日、生きられるだろう。特攻隊を志願する、しないにかかわらず、とうてい生きては帰れないだろう。それなら、敵空母を道づれにいさぎよく死んでやるか〉と自分に言い聞かせ、〈志願してしまえ〉と、心に決めてしまった。

だが、私はひとりで乗る戦闘機乗りではない。ペアの大石兵曹がいる。彼に相談しなければならない立場である。このセブに逆もどりしてしまったのも、考えてみれば、私が同期生の面子にこだわり、言い争いの結果、大石に巻き添えを食わしたようなものであった。

（これだけは大石に相談しよう）と思い、かたわらの大石を見ると、彼は、私と同じように仰向けになって寝そべり、眼をつむり、なにかを考え、思いつめているようであった。

「大石、お前はどうする。志願するか、それとも、やめとくか」

「小澤兵曹は、どうするんだ」

「だから、お前に聞いているんだ。おれは大石の思うとおりでいいよ」

「おれも、小澤兵曹の思うとおりでいいよ」

と、大石兵曹も案外、淡々としていた。

「特攻隊を志願しないからといって、生きて帰れる望みはあるかな」

「まず、ないだろうな。だいたい、マニラで置き去りをくらったのが、おれたちの運命のわかれ道だったのさ」

「じゃあ志願して、敵の空母と心中するか」

「いいよ、小澤さんさえその気なら」

「いいのか志願しても」

と私は、大石にくりかえし念を押した。大石は、仰向けになったままで、

「いいですよ」

とだけ答え、また眼を閉じてしまった。

ふたりの意志が、志願に踏み切ったことで、私と大石は、お互いに、
彗星偵察員　一飛曹　小澤孝公

彗星操縦員　二飛曹　大石定雄（名前の字は、はっきりした記憶がない）

と、署名したことを確認し合い、それぞれ封筒に入れ、先任搭乗員に手わたした。

私の志願の動機は、功名心とか見栄からではなく、（生きて帰れることはない）と思いこんでしまったあきらめにも似た心境から出たものであったかも知れない。

だが、志願してしまった後は、なんとなく重苦しいモヤモヤしたものが頭から抜け出したように、さっぱりした気分になれたのは不思議であった。

全員が封筒を先任搭乗員に出し終えたのは、締め切り時間の一時間あまり前であった。飛行長に提出を終わって帰ってきた先任搭乗員は、

「いまさらなにを考え、なにをくよくよしても仕方ない。腹が減っては戦さはできぬ、というではないか。早く飯の準備をしろ。飛行長にじかにお願いして、酒も配給していただいたからな……」

先任搭乗員の一言で、全員が生気を取りもどしたようにというより、〝我〟に返った。

その夜は酒宴がひらかれ、みんななにかを忘れようとするかのように飲んだが、いつもの酒盛りとちがった雰囲気は、どうしようもなかった。が、私はその夜は酒のせいか、不思議なくらいグッスリと眠ることができた。

明けて、二十一日、昨夕、マバラカット基地から中島飛行長といっしょに飛んできた戦闘機の一部は、久納中尉機を指揮官として出撃しようとしていた。が、攻撃隊の発進を前にして、列機になんらかの事故が発生し、飛行機をかえるなどして、発進予定時刻をかなり遅れ、出撃したのは午前十時ごろであったと思う。（戦史その他では、二十一日朝、敵艦載機の攻撃

をうけ、飛行機を焼失したため、全機、別の飛行機を準備したためと言われているが、私の記憶では、敵の空襲は絶対になかった）飛行長の、

「攻撃隊発進、成功を祈る」

の言葉を後に、還らぬことを知りながらも、彼らは顔色ひとつ変えず、ふだんと変らぬ動作で自分の機に向かう。

「頼むぞ。おれたちも後から行くからな」

ある者は、笑いながら、

「さきに行っとるぞ。あとは頼んだぞ。元気でやってくれ」

また、ある者は、笑っているとはいえ、その顔には、さびしさがありありとにじみ出ていたが、意をけっするように、

「靖国神社で待っているからな……」

のひと言を残し、機上の人となった。

征く者は、後から来ることを信じ、送る者は、後から行くことを誓う。志願の動機は、真からの滅死奉公であれ、私のように『生きて帰れぬものなら……』というあきらめの心境からであれ、終局の目的は、一途に、〝敵殲滅〟以外のなにものでもなかった。

一番機が列線を出る。飛行長の、

「総員、帽振れ」の号令で、搭乗員といわず、整備員といわず、飛行場にいるもの全員が帽を振るなかを、一番機、二番機、それにつづく列機も、つぎつぎに離陸した。

飛行場上空で編隊を組み終わった一隊は、「さようなら」のバンクを合図に、敵機動部隊

めがけて、二度と還らぬ攻撃に、その機影を大空の彼方へ消していった。

やがて爆音も消え、大空の彼方に機影を没し去ったあと、セブ基地には、むなしさだけが尾を曳いた。

特攻隊出撃の興奮と感傷が頭から消えたころ、何時間か前に出撃した機が、一機、また一機と帰ってきた。天候不良のため、目標海域に敵機動部隊を発見することができず、編隊もバラバラになってしまったとのことである。こうしたなかで、指揮官機であった久納好孚中尉機のみが、未帰還となって、ついに帰投しなかった。

この久納中尉は、指揮所にいるときは、椅子にもたれかかって、いつもなにかを考え、思いつめているようであり、他の士官とも話し合うようすもなく、私たち下士官搭乗員は、久納中尉にたいしては近づきにくい感じを持っていた。それは、まず第一に寡黙だったからであり、みんなの前で白い歯を見せて笑ったことのないような人であった。それにくわえて、なんとなく教養の深さが自然ににじみでているうえに、美男子であったせいもあったろう。

見る人によっては、『久納中尉は、部下三名を戦死させたことで、寡黙になっていた』というが、いずれにしろ教養の深さというようなものは、自然とにじみ出てくるものだろう。とにかく、ガサツな私たち下士官搭乗員には、近よりがたい存在

久納好孚中尉。大和隊を率い、19年10月21日、特攻出撃した。

であった。そのためか、また機会もなかったせいもあろうが、私は久納中尉と言葉をかわしたことはなかった。

これが、神風特別攻撃隊・大和隊（この名称発表は十月二十五日である）である。

二十日夕刻、中島飛行長とともにセブ基地に飛来した特攻機を皮切りに、二十二日には、また、マバラカット基地より特攻機が飛来し、セブ基地を中継し、ダバオ基地へと発進していった。そして、ダバオ基地で待機していた特攻隊は、二十五日、輸送船団の護衛空母群発見の報に、ダバオ基地を出撃、関大尉の指揮する敷島隊の体当たり攻撃より、すこし前に、朝日隊、山桜隊、菊水隊の各特攻隊は、護衛空母に体当たり特攻を敢行していたのである。

その後、セブ基地は、特攻隊の本拠地となり、また中継基地となった観があった。

マバラカット基地でわかれた国原少尉が、彗星艦爆に搭乗し、戦闘機を引きつれて特攻隊としてセブ基地についたのもこの時機であった。

恐怖について

大石兵曹と私は、特攻隊を志願したものの、彗星艦爆の機数不足（このときは、セブ基地には彗星艦爆は二機だけだった）と、特攻機は零戦をたてまえにしていることを理由に、特攻隊員にくわえられなかった。

だが、二十日午後から、急速にレイテ湾内にぞくぞくと増援されてくる敵艦艇群にたいして、二十一日からは、薄暮から夜間にかけて、私の彗星とA兵曹（名前は思い出せない。彼は他の基地へ移動中に不時着し、修理に時間がかかり、また、セブ基地の索敵機が不足していたので、二〇一空所属にさせられたようである）の彗星に、連夜、反覆攻撃が命じられた。

セブ基地を発進し、レイテ湾内の敵艦艇を攻撃して基地まで帰投する所要時間は、二時間とかからない至近距離（六十～七十マイル）であったため、二機の彗星が一機ずつ交互に発進しては、急降下爆撃をして帰投する。帰投して休める時間は、燃料、爆弾搭載を終わるまでの時間でしかなかった。

電灯もなく、暗い待機所でレイテ湾の方角をみつめていると、六十～七十マイルも離れているレイテ湾上空に、パッ、パッと赤い光芒が夜空を染める。その光芒が、放たれては消え、消えては放たれるのが望め、それでA兵曹がレイテ湾上空に到達し、敵の熾烈な対空砲火を浴びているのが手にとるようにわかった。この対空砲火の光芒が見えなくなり、もとの闇の空にもどると、こんどは大石と私の出撃であった。

二機の彗星が同時に出撃せず、一機ずつ交互に出撃するということは、（レイテ湾内にある敵艦艇の乗組員にたいする不眠の神経戦術だな）と、わたしはひとり合点をしていた。それで、（それならば爆撃終了後、なるべく長い時間、爆音だけでも上空で聞かせてやろう）と思った。

薄暮から攻撃を開始し、いくら至近距離とはいえ、往復三回も攻撃をくりかえすと、さすがに心身ともに疲れをおぼえてきて、神経は糸屑のようにぼろぼろになりそうであった。

（攻撃を一回すれば、翌日は搭乗割からはずされるのが通例であったが、機数不足で、このような苛酷な出撃を強いられた）

心身ともに疲れる最大原因は、敵艦から撃ち上げられてくる対空砲火の弾丸に、曳光弾（弾道修正用）という弾丸があって、これが赤紫色の尾を引いて、機に吸いこまれるように無数に飛んでくることと、大口径の高角砲弾が、機の上下左右、あるいは前方後方で、ドカン、ドカンと炸裂し、その光芒が一瞬、夜空を赤く染めることにあった。

何百隻という全艦艇から、一機にたいして撃ち上げてくる集中対空砲火の中に突っこんでゆくのは、夏の夜空をいろどる打ち上げ花火の中に飛びこんだと思えば、そのすさまじさは想像できよう。全艦艇から撃ち上げられる機銃弾、高角砲弾をあわせれば、何万発もの弾丸が一機に集中してくるのである。それがなかなか命中しないのは、なにも敵艦艇の射撃にかぎらず、味方艦艇が、敵機にたいして撃ち上げた砲弾もなかなか命中しなかったのである。

そのため、先輩搭乗員は、『艦からの対空砲火など恐れることはない。怖いのは飛行機だ』と言っていた。それは、飛行機対飛行機の撃ち合いの場合、相対速度に大差がないうえに、至近距離で撃ちあうため、相手機にたいして角度差がないためである。これに反して、艦から撃ち上げる場合、高度何千メートルという飛行機にたいして、照準が一度違っただけでも、弾丸は飛行機から何十メートルもそれてしまい、その弾道を修正しながら撃ちつづけても、飛行機は秒速百五十メートル以上の速度で急降下するため、弾道修正が間にあわなくなるのである。

その日の最後の攻撃を終わって、基地に帰投し、指揮所から、「ご苦労、本日は休め」の指示をうけて、宿舎にもどると、ほかの連中は高いびきで眠りこけている。

宿舎の片隅に、ポツンと四名分の食事が用意してあり、湯呑み用の小さいアルマイトの食器には汁が、汁用のいちばん大きい食器には、日本酒がなみなみと注がれていた。酒に弱い私には、とても飲みほせるものではなかったが、みんなの厚意が、ありありとそこににじみ出ていた。

はじめて人心地になり、急降下の状況を思い浮かべ、敵艦艇群から撃ち上げてくる、あのものすごい対空砲火を思い出すと、毛穴が鳥肌となる。身体がぞくぞくッとし、そして、一発も飛行機に命中していなかったのが不思議に思われてくる。

命は、とっくの昔に捨てたつもりでいても、一回目の攻撃命令を受けたときは、（おれもこれで終わりかな）と思いながら出撃した。目標もさだかではないであろうに、大石兵曹が、対空砲火に向かってしゃにむに急降下をし、敵艦にくらいつき、大爆発を起こさせて、紅蓮の炎をしり目に喜んで帰投した。

また、二回目も三回目の攻撃のときにも、（今度はだめだろう。あれだけの対空砲火では）と、覚悟をきめて出撃したが、三回目の攻撃で、尾翼を一、二発、撃ち抜かれた。が、二、三箇所、小さな穴があき、ベコッとめくれていただけであった。主翼とか、われわれに命中していたら、当然、帰投できなかったであろうが、応急修理で、翌日の飛行には差しつかえないことがわかった。

「整備兵の野郎も気がきかないなあ。修理には時間がかかりますとか、二、三日だめですとか、報告すればいいものを、応急修理で飛行できますなんて、報告をしやあがって」

と、愚痴にもならない愚痴をこぼしながら、宿舎へもどった。

一回の出撃ごとに、機上食として弁当がくばられるが、全部、整備兵にやってしまう。整備兵にしてみれば、ひさしく食べたことのないボタ餅であり、五目めしであったりで、大喜びのようであった。

例によって攻撃命令が出た。主計科の兵が弁当を持ってくる。

「お願いします。やっつけてきてください。これは機上食です」

「今度の弁当はなんだ」

「ボタ餅です」と、答える主計兵に向かい、私はなかば冗談に、笑いながら、

「主計兵、帰ったら、搭乗員に言われたといって、烹炊長につたえてくれ。おれの故郷《くに》では、ボタ餅は、お彼岸かお盆のほかはめったに食わないとな。だいたい、ボタ餅は仏さまにあげるもんだろう。これからは大福餅でもつくってくれってな。おれたちは、まだ仏さまにはなっていないからとな」

「わかりました。つたえます」

と、主計兵は、真顔で答えて去っていった。もらったボタ餅、いなりずしとサイダーを整備兵にやり、昨夜とおなじように、レイテ湾の反覆攻撃に発進した。

対空砲火は、昨夜とおなじように夜空を染めるほど激しく撃ち上げてくる。大石は、敵にたいして、飛行機の速度を眩惑させるため、飛行機を上に向けたり下に向けたりして、ピッチング飛行をし、また、蛇行飛行をしながら飛んだ。敵の対空砲火をかわし、どうにか生き延びたと思って基地に帰投し、報告をすませると同時に、

「燃料、爆弾の搭載が終わったら、また発進せよ。それまでは休め」

の命令をうける。生き延びたと思う安堵感など、瞬時にふっ飛び、（またか、死ぬほどつ

らいというのはこのことか）と思いながらも、待機所に腰をおろして、レイテ湾の方角を見つめながら、A兵曹のぶじを祈った。

翌日、私がびっくりしたのは、昨夜、わたしが言った弁当のことを、主計兵がまともにつたえたのかどうかは知る由もないが、ボタ餅は姿を消し、五目めしの弁当に、紅白の大きな大福餅の包みが添えられていた。そして、その日以来、ボタ餅の副食機上食は出なくなってしまった。一回の攻撃ごとに、かならず弁当が出るので、整備兵にあげてしまうのは当然のことであった。（弁当は、五目めし、いなりずし、のり巻き等であり、それにかならず紅白の大福餅が添えられた。内地にあった航空隊でも、これだけぜいたくな機上食の支給をうけた航空隊はなかったであろう）

一夜に、二回も三回も、攻撃をくりかえしているうちに、（明日のない命である）と、心にきめてはいたものの、何回となく対空砲火を切り抜けてくると、（ひょっとしたら、生きて内地へ帰れるかも知れない。しかも、特攻隊は零戦がたてまえだと言ったなあ）と生きることを考えてくる。

そう思ったとき、私は生きていることを感じる。そして、（死にたくない）と思うと、一種の恐怖感にとらわれ、つぎの命令に出るのが、じつにこわかった。

この恐怖感は幾日かつづき、飛行機に乗るのがこわくなり（乗ってしまえば、平常心にもどるのだが）、（いままで生きていたんだ。生きて帰れるかも知れぬ。きょうは攻撃に行きたくない。きょう行けば、死ぬかもしれない）と思うと、命令が出ることはわかっていながら、待機所で、つぎの命令を待つのが苦痛であった。（この恐怖感は、「おれは攻撃に行くのがこわい」といえず、自分だけで思いつめるため、倍加した（弾丸に当たるやつは、よほど運が悪いんだ。

しかし、その恐怖感もいつのまにか消え、当たったら、運が悪かったとあきらめて死ねばいいや）と思うと、今度は逆に、くそ度胸というか、とたんに肝っ玉がすわり、身の動きまで活発になり、機内の諸動作までが生き生きとしてくるのは不思議であった。

熾烈な戦場にあって、恐怖心と、そのまた逆にくそ度胸がすわってしまう両極端が、私には周期的にめぐってきたが、どちらが冷静で、どちらが逆上した精神状態であったかは、いまもってわからない。

A兵曹にしたところで、私とおなじ精神状態であったようである。彼は、出撃を前に、待機所で、発進命令を待っているとき、

「きょうは、おれはやられるかも知れない。どうもそんな気がするんだ」

「そんなことを気にするなよ。お前が言うから、おれも言うが、おれなんか、出撃のたびにそう思うぜ。おれの命もこれで終わりかなと」

と、力づけてやるが、

「ところが、今度は違うんだな。いままでは、そんなことを考えても、心のどこかに張りがあったが、いまは、心のなかが空虚になり、とってもさみしい感じがして、肉親のことばかり浮かんで、どうにもならないんだ」

そういうA兵曹の言葉には力もない。見れば、いつもの張りつめた眼ではなく、なんとなく気力が感じられなかった。

「お前、疲れたんだろう。かわろうか。指揮所へは、病気ですぐらいのことを言っておけよ」

と言うと、彼は、

「疲れはだれもおなじよ。かわったところで、そのつぎは、おれが出かけるんだもの。かわろうがかわるまいが、おなじことさ」

と言い残し、闇をついて、レイテ湾めざしてふたたび飛びたっていった。

A兵曹がレイテ湾に到達する時間を見はからって、レイテ湾上空を見つめる。例によって、対空砲火の赤い光芒が、闇の中に光っては消え、消えてはまた光っていた。その中に、ひときわ目だって、レイテ湾上空に、ボーッと、対空砲火にしては広すぎる光芒が放たれ、また時間も長かった。私は、（A兵曹はやられたな）と直感した。

つぎは、私の出撃である。交互出撃をきめこんでしまった大石と私は、命令も待たずに、指揮所前にならび、

「××号機出発します」

と報告したが、指揮所からは、意外にも、

「出撃取りやめ、ご苦労であった。帰って休め」

の命令であった。そして、指揮所からは、飛行長はじめ、幹部士官がぞろぞろと階段を降りて、宿舎に引きあげていった。

無人となった真っ暗な飛行場で、大石と私は、万が一にもA兵曹が帰投するのではないかと、レイテの方角を見つめながら、無言のまま、一時間あまり立ちつづけて、A兵曹の帰投

を待った。が、A兵曹みずから言ったとおり、ついに彼は還らなかった。そして、大きな光芒を放った後は、レイテ湾上空も、なにごともなかったように、闇につつまれ、上空には、星だけがまたたいていた。

対空砲火にまじって、ひときわ大きな光芒を放ったのが、A兵曹の壮烈な最期を物語っていた。

ついに残った彗星艦爆は、私の一機だけになってしまったが、それ以後、レイテ湾の夜間反覆攻撃は下命されることはなかった。

敵大艦隊発見!

レイテ湾の夜間反覆攻撃が中止された翌日、たぶん二十三日か二十四日の午前七時前、連絡員が宿舎に来て、

「彗星搭乗員は出発準備をして至急、指揮所に来て下さい」

との連絡があった。私は、とっさに特攻出撃のことが頭に浮かんだ。

「大石、特攻出撃命令かも知れんぞ」

「そうだろうね。どおりで、昨夜は早く寝かせてくれたと思ったよ」

大石と私は、顔も洗わず、指揮所へ向かった。命令は意外にも、レイテ湾内の偵察と、レイテ島東方洋上から、サマール島東方洋上にかけての偵察索敵飛行命令であった。クランク型索敵飛行のため、スルアン島の東方洋上を、いつになく細かく索敵を指令され、索敵引き

返し点は、東経百二十八度付近であった。

指揮所から、電報暗号書を受け取り、機に向かった。

「大石、きょうの索敵は、あまり遠くまでは飛ばないが、クランク型の索敵だから、飛行時間は長いぞ。朝食も食っていないし、たまには弁当を持って行こうか」

「小澤さん、整備兵ががっかりするぜ」

「そうか、では、一人分くれて、あとの一人分をふたりで食うか」

「そうしよう」

一人分の弁当を整備兵にやる。いつ補充されたのか、いままでの液冷エンジンとは違い、空冷エンジンを取りつけた、ちょっと見にはグラマンに似た、新型彗星三三型に乗りこんだ。すこしばかり不安な気持が胸をかすめる。

「大石、はじめての飛行機で大丈夫か」

「だいじょうぶだよ。液冷と空冷と変わっただけだ。たいしたことはないよ」

と、ケロッとしているので、まずはひと安心であった。

後部座席で違っていたのは、従来の七ミリ七の旋回機銃が七ミリ九となっており、弾倉だけが全然、ちがっていた。私は、手招きで整備兵を呼び、

「おい、弾丸の出し方を教えてくれ、引き金を引いても弾丸が出ないぞ。面倒だから、引き金を引いたら、すぐ弾丸が飛び出すようにしといてくれ。安全装置だけにしとけばいいだろう」

整備兵は、ちょっと操作して、

「これで安全装置をはずし、引き金を引けば弾丸は出ます」

〃虫の知らせ〃というか、私は念のために、銃口を空に向けて、引き金を引いたが、カチッと音がしただけで、弾丸は発射されない。

「弾丸が出ないじゃねえか、どうしたんだ、早くしろ、おれを殺す気か」

と、思わず整備兵をどなりつけた。整備兵は、

「他の人を呼んで来ます」

と言いながら、飛行機から飛び降り、すっ飛ぶように駆け去って、整備兵曹をつれてきた。

「弾丸が出ないんだ。早くなおしてくれ」

それは、整備兵曹が点検しても、だめであった。離陸予定時間はとうにすぎている。指揮所から、『あの野郎、なにをモタモタしているんだ』と、たった一機、始動している私の機がみつめられているような気がして、整備兵曹より、私のほうがいらいらした。

「あっちの彗星に、七ミリ七がくっついているだろう、それをはずしてつけかえてくれ、急げッ」

と、どなった。機銃を積みかえ、離陸をしたのは、発進命令をうけてから、二十分も経過した七時二十分であった。南に向かって離陸をすると、すぐに左に旋回、レイテ湾方向へ針路を向けて上昇をつづけた。爆弾を搭載しないときの彗星の上昇能力は抜群である。

爆弾を搭載して、レイテ湾に向かうときには、途中の上空で、半径十マイルぐらいの円を描くように大きく旋回しながら、高度をとらなければならない。が、爆弾を搭載しないきょうは、見る見るうちにセブ基地が小さくなってゆき、高度をとりながら、直進でレイテ湾の

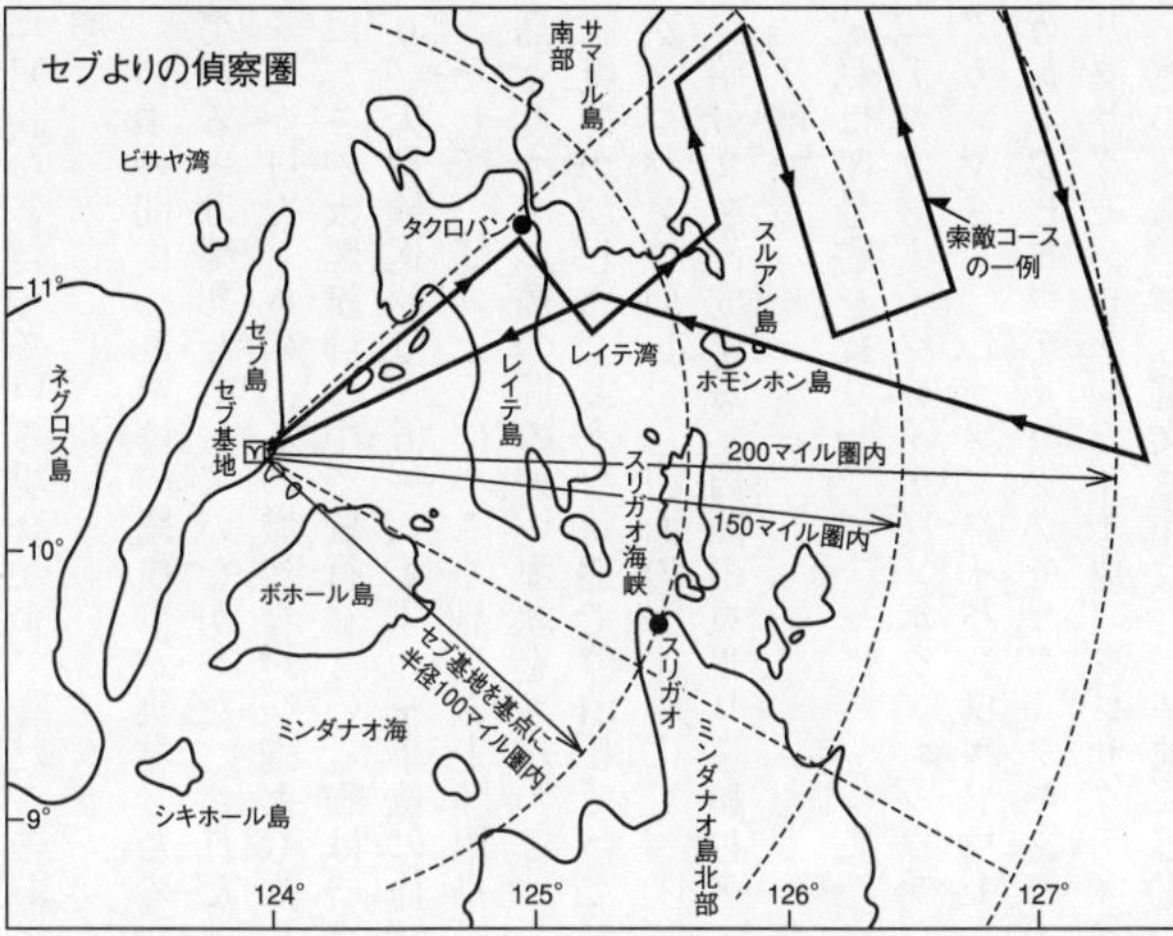

南部上空に進入した。

　高度四千メートルで水平飛行にもどし、レイテ湾中央部の上空に進入する。

「大石、夜とは違うぞ。敵機が、どこから突っ込んでくるかわからないぞ。見張りだけは怠るな」

　私は、出発のさい、飛行長からうけた注意のうけ売りをした。大石兵曹からは、

「夜のほうがらくだね。下だけ見てればいいんだから」

　レイテ湾を眼下に望むと、いるわいるわ、ものすごい数の艦艇群であり、その数は大型艦艇だけで三百隻を超え、中型艦艇をふくめると、五百隻を超えていた。

「大石、左下を見ろ、すげえぞ。これじゃあ夜間攻撃で、どこへ爆弾を落としても当たるわけだ」

「偵察だけとは、もったいないですね。引き返して、爆弾を積んで出なおすか」

「冗談など言っている場合かよ。まだこのあと索敵をしなければ、帰ってどなりとばされるぞ」

いつの間にこれだけの艦艇群が集結したのか、連夜の攻撃をしながら、こんなにも集結しているとは夢想だにしていなかった。これだけの大艦艇群の数から考えてみても、夜間攻撃をしかけたときの、あの熾烈な対空砲火も推して知るべしであった。しかも、戦場というのに、この大艦艇群の中で航行している艦は一隻も見当たらず、全艦艇が停泊投錨の状態であり、大型輸送船は、五、六隻ずつを単位に係留されているのが、はっきり視認できた。

そして、蟻のように小さく見える上陸用舟艇だけは、二、三十名の兵員を乗せて、レイテ島とサマール島の間の狭い海峡をさかのぼっており、サンペドロ湾の海面が見えないほどに、艦艇群がひしめくような状態で停泊していた。さらにタクロバンは、敵の手中に陥ちたのか、タクロバンに面した急斜面の海岸線にも、上陸用舟艇の動きが活発であった。

「暗号文を作成する。周囲の見張りを頼むぞ」

「了解」

私は暗号書を繰り、

「テキカンタイワレイテワンホクブニシウケツ、オオガタカンテイ三〇〇イジョウ、チウガタカンヤク二〇〇、ソノタイハンワユソウセンナルモ、セントウカンタスウアリ。ナオゼンカントウビヨウテイハクノモヨウ、フキンカイジヨウニクウボヲミトメズ。ナオテキワヨウリクサクセンヲテンカイチウ。ワレサクテキヲゾクコウス」

との文を、暗号電文に作成し、基地に打電した。

ちなみに、暗号電文を作成するには、ひとつひとつ暗号書を繰り、電文となったものは、まったく意味の通じないものであって、受診した方が、また暗号書と照らし合わせて解読し、普通の電文になおし、上官にこれを報告するものであった。したがって、暗号電文を作成し、送信するまでにはかなりの時間を消費してしまう。

また、暗号書は軍機（最高の秘密書類）に属し、索敵のつど渡され、帰投すると指揮所に返し、暗号書を持った飛行機が一機でも帰らないときは、翌日からべつの暗号書に変えられた。水につかった場合は、インキが溶けて字が消えるように特殊インキを使い、しかも表表紙には鉛板が貼りつけてあって、沈むようになっていた。

打電を終わったときには、機はレイテ湾の上空奥ふかく、サンペドロ湾の上空に進入し、敵艦艇群の真上に到着していた。大石兵曹は、

「対空砲火にそなえ、波状飛行をする」

と、伝声管でつたえてくる。機は機首を上げたり、下げたりの波状飛行をしたかと思うと、機を右に、左に横滑りをさせ、敵艦からの照準が的をしぼれないように、変則的な飛行をつづけた。これも、いつのまにか大石が身につけた敵弾回避の方法であった。

だが、どうしたことであろうか、これだけの大艦艇群の中から、一隻として対空砲火を浴びせてくる艦艇はない。全艦艇は眠ったように静かに整然としており、小型上陸用舟艇だけが、いくすじもの白い航跡を残し、いそがしげに陸岸に向かい、サマール島とレイテ島の間の狭い海峡に吸いこまれるようにさかのぼって、その姿を消してゆく。

この海峡は非常にせまく、航空図では、海峡がはっきり明示されているが、サマール、レ

イテ両島の両側から、密林の大樹が海峡をおおってしまい、上空から見ると、まったく一つの島であり、アーケードのようになった海峡をさかのぼる上陸用舟艇は、さながら洞窟の中にすべりこんでいくようであった。

（ぶじにレイテ湾上空は、突っきれないであろう）と、心にきめていたが、予想に反して、一発の対空砲火にも見舞われず、（ああよかった）と思うと同時に、なんとなく拍子ぬけしたような感じになり、かえって敵にみくびられているような腹だたしささえを感じた。

下を眺めると、停泊している大艦艇群に混じって、その中央を占める位置に、ひときわ目だって、艦体を薄クリーム色に塗った艦が目に入った。（病院船かな）と思い、目を凝らしてみると、巡洋艦級の戦闘艦で、二連装の砲座が艦橋の前後にすえられており、戦闘海域にはおよそ似つかわしくない艦体の色で、その異様な印象は、（あれはなんであったろうか、幻だったのだろうか）と、いまだに忘れられない。

機は東進し、サマール島を後ろに見るようになったころ、蛇航索敵を続行する。

この日は快晴で、見わたすかぎり雲ひとつなく、空はどこまでも青く、海は青い鏡のようにうねりひとつない。どこまでが海、どこまでが空かと思うほどに晴れわたり、はるか彼方に水平線がのぞまれた。

蛇航索敵で、数時間を経過したような気がする。が、時計を見れば、まだ三時間の索敵であったが、すでに六百マイルを飛んでいた。

陸岸に近い透きとおるような青さとちがい、東経百二十七度線上の外洋で見る海は、その様相を一変し、白波こそ立ててはいないが、大きなうねりがあった。海の青さも濃紺にちかくなり、無気味さを感じさせた。そしてその濃紺の海は、おなじ外洋であっても、ダバオ、サランガニ基地から索敵をしたときの青さとも異なっていた。

なお、不思議なことに、この上空から下を見ると、四千メートルの上空を飛んでいながら、三、四百メートルの高度にしか感じられず、飛行高度感覚が鈍ってしまい、あらためて高度計を見なおすと、やはり四千メートルで飛んでいる。いつまでも下を見ていると、飛行機もろとも、この海に吸いこまれていくような錯覚をおぼえた。

燃料も、セブ基地へ帰投しながら、レイテ湾内を再偵察をして帰投するだけの残量となるころ、なにも発見できずに、帰投時間になってしまった。

「大石兵曹、これより帰投する、帰投針路二百六十度」

と、言い終わらぬうちに、大石兵曹が、

「いた、いた。前方水平線を見てくれ」

と、興奮したような声を張り上げた。

「機首を変えてくれ。後席からでは見えない」

大石は機首を変えた。私が水平線のかなたに目をやると、確かに艦隊航行が認められた。

「あの上空まで飛んで、帰りの燃料はあるか」

「四、五十マイル先ですね。あの上空まで行ったら、帰れません。きのうまでの彗星（液冷エンジンＤ４Ｙ２型）だったらどうにか行けるのですが、この彗星（空冷Ｄ４Ｙ３型）では、あそこまで飛べません」

「もうすこし、飛んでみろ」

と指示し、双眼鏡を取りだして見たが、遠すぎて、敵味方の識別がつかない。

空母のない艦隊であることは見分けがついたが、私は敵艦隊であるのか、味方艦隊であるのかを確かめたい。

「敵か味方か確認したい。もうすこし飛んでくれ」

「無理だよ。帰りの燃料がぎりぎりだぜ」

「ようし、これより帰投する。針路二百六十度、基地に電報する。見張りを厳にしろよ」

と指示し、暗号書を繰り、

「テキミカタフメイノカンタイヲハッケン、イチ、トウケイ一二七ド五〇プン、ホクイ一一ド三〇プン、シンロ一三五ド、ソクリヨク二四、クウボナシ、センカン、ジュンヨウカン、クチクカンヨリナリ、ケイ八―一〇、コウゾクカンヲミトメズ」（敵味方不明の艦隊を発見、位置、東経百二十七度五十分、北緯十一度三十分、進路百三十五度、速力二十四ノット、空母なし、戦艦、巡洋艦、駆逐艦より、計八～十、後続艦を認めず）の暗号電報を、基地へ発信しながら、レイテ湾上空へと進路をとった。

ちなみに、暗号電文は簡略化しており、さきの電文の位置などは〝ミヒ五カ三〟と打電すれば、艦隊の位置がわかるようになっていて、暗号電文は、それほど長文にはならないのである。

帰投後、飛行長に行きながらのレイテ湾内（サンペドロ湾もふくめてレイテ湾と呼んでいた）の状況と、帰投しながらの湾内の状況の詳細と、索敵経過を報告した。

「主砲は何連装であったか」

と、飛行長から聞かれた。そこで、双眼鏡で望遠したが、遠くて、その判断ができなかった旨を報告した。

「ご苦労であった、休んでよし」

と、飛行長から言われた。指揮所を去るとき、飛行長が、かたわらの士官たちに、

「あの海域を航行しているのは、志摩艦隊か西村艦隊だろうかね」

と、味方艦隊の司令官名を言いながら、話しかけているのを小耳にはさんだ。（この艦隊は、台湾より南下し、決戦海上に駆けつけた志摩艦隊であったようである）

レイテ湾内には、大、中艦隊あわせて、数百隻の敵艦が、投錨停泊の状態であり、しかも、単艦行動もできないほど艦と艦の間隔が狭いことを報告したにもかかわらず、セブ基地搭乗員に、出撃命令も出せないほどに航空戦力は低下しており、この艦艇にたいして攻撃を敢行するならば、敵機動部隊攻撃用に温存している特攻機まで出さなければならないような状態におちいっていた。

栗田健男中将。〝謎の反転〟で有名なレイテ海戦直後に撮影。

セブ基地の保有零戦は十数機で、即戦力となる稼動機数は十機そこそこで、彗星艦爆にいたっては、わずかの二機であり、これも稼動機は一機であった。しかも彗星搭乗員は、大石と私のみであった。

私のレイテ湾偵察の報告が契機となったかのよ

うに、その日の午後二時すぎ、ルソン島の各基地に分散配備され、待機していた第二航空艦隊麾下の航空隊の一部三十数機は、一式陸攻隊はじめ天山艦攻隊で攻撃隊を編成し、レイテ湾の敵艦艇に攻撃をくわえたが、数百隻を超す艦艇群にたいして、三十数機（直掩零戦をふくむ）の攻撃隊では、戦果を挙げたといっても焼け石に水のたとえどおりであった。

この第二航空艦隊は、台湾沖航空戦を終えた後、その残存航空戦力を集中し、一部を台湾に残し、第二航空艦隊の大半は、福留長官に率いられ、十月二十日前後に四百数十機を擁してフィリピンに進出し、ルソン島の各航空基地に分散、配備されていたものである。

裏目に出るときは、裏目に出るもので、レイテ湾内で、艦隊対艦隊の一大決戦を挑もうとして、レイテ湾をめざしていた味方の各艦隊は、味方直掩機のないために、敵艦載機に叩かれていた。

そして、レイテ湾をめざしていた栗田艦隊は、敵の電波に欺瞞されたのか、味方航空機の直掩がないためかは知る由もないが、単艦行動もできないほどにひしめいていた敵艦艇群を目の前にして、豊田連合艦隊司令長官の『全滅してでもレイテ湾に突入して決戦を挑め』の命令を無視し、反転してしまったのである。揚句の果ては、シブヤン海に逃げこんだところを、敵の艦載機の攻撃をうけ、大打撃をこうむったのである。（栗田艦隊の反転はいまだに戦史の謎となっている）

セブ基地にかぎらず、フィリピンにある基地航空部隊の保有機数は、九月一日現在、即戦力となる稼動機数は三百機弱とされていたが、相つぐ敵機動部隊の攻撃をうけ、十月下旬には、七、八十機になってしまったことと思う。

私の目で見た範囲でも、セブ基地、マクタン島で、戦死搭乗員機、地上での破壊焼失機をふくめて百機を超え、マバラカット基地、ニコルス基地でも、七、八十機がなくなっていた。さらに台湾沖航空戦に駆けつけた鈴木大尉の飛行隊のほとんどが還らぬ機となっていた。

このため、十月二十四日夕刻より二十六日にかけて、比島沖で、あるいはレイテ湾内で、艦隊決戦がくりひろげられたが、フィリピンにある二十六航空戦隊は、この艦隊決戦に呼応するすべもなく、さらに味方機動部隊が、比島沖に出撃して、航空決戦を挑んださいも、拱手傍観の態であった。

そんな中にあっても、四百数十機を擁し、フィリピンに進出した第二航空艦隊は、味方による不測の事故によって百数十機を瞬時に焼失し、編成にてまどり、残りの一部を攻撃に発進させたのみであった。

この比島沖、レイテ湾の海空決戦で、味方艦隊は、世界に誇る超弩級戦艦「武蔵」をはじめ、多くの艦艇が葬り去られて、空母では、ミッドウェー海空戦、サイパン沖航空戦について、「瑞鶴」「瑞鳳」「千歳」「千代田」の四隻をうしない、日本海軍の機動部隊は、第一航空艦隊ともどもに、壊滅状態に瀕してしまったのであった。

これと前後して、劣勢を挽回すべく第一航空艦隊と、第二航空艦隊が合併し、比島方面連合航空艦隊となり、第二航艦司令長官福留中将が連合航空艦隊長官となり、第一航艦司令長官であった大西中将が総参謀長となった。(連合航空艦隊として発足したのは、福留中将、大西中将の間で決められ、その報告をうけてから大本営が、事後承認したものである)

比島方面連合航空隊となったものの、第二航空艦隊は、台湾から進出してきたそうそう、レイテ湾攻撃、不測の事故による焼失などで、第一航艦、第二航艦を合併したときには、かつての五〇一空、二〇一空の保有機数より少なく、比島方面連合艦隊とは名のみで、一航空隊の航空戦力にも充たなかったのである。

そして、台湾から馳せ参じ、ルソン島の各基地に分散、配備されたものの、全航空兵力を投入することなく、比島沖、レイテ湾海空戦は終わりを告げ、惨敗した味方艦隊はそれぞれ引き返してしまい、レイテ湾の敵艦艇群を攻撃、殲滅しようという戦力は、比島方面連合航空艦隊として発足したばかりの残存機百余機にすぎなかった。

第六章　若桜たちは散り逝きて

幻の特攻隊

燃えるような真っ紅な太陽が、地平線のかなたに沈もうとする二十五日の夕刻であった。

「搭乗員総員指揮所前に集合」

の号令がかけられた。私は、(いよいよ来るべきときが来たな。わずかな飛行機だが、いよいよレイテ湾総攻撃だな)と、ひとり合点して、指揮所前に整列した。

整列した搭乗員を見る飛行長の顔は、二十日夕刻、セブ基地に飛来し、特攻隊志願者をつのったときの表情より、さらに厳しく感じられた。飛行長の話を要約すると、

「これから、大西長官からの言葉をみなに伝える。神風特別攻撃隊敷島隊は、本日、スルアン島東方洋上に敵機動部隊を発見、必死必中の体当たり攻撃をもって、敵機動部隊を撃滅する戦果をおさめた。なお敷島隊の隊員は、隊長関大尉をはじめ、中野一飛曹、谷一飛曹、永峰飛長、大黒上飛である。この勲功にたいして、関大尉は海軍中佐に、他の隊員も、それぞれ二階級特進の栄をうけた。なお長官は、この滅私奉公の行為にたいして、一億国民の名において、天皇陛下に奏上するものであり、また体当たり攻撃によって、国のために殉じた諸

士の霊を安んずるとともに、その家族にたいしても、後顧の憂いのないよう努力するものである……。今後、特別攻撃隊員として出撃する者も、あとに残された家族にも、敷島隊と同様に、後顧の憂いなきよう大西の一命に代えても万全を期すものである……」

と、延々三十分にわたり、敷島隊の壮挙と、今後の特攻隊志願者にたいする処遇等を大西長官に代わって説明した。

解散が令されたとき、私と大石は、顔を見合わせ、(とうとうやったな)と、目と目でうなずきあった。関大尉らと、マバラカット基地で別れてから、十日もたっていなかった。

いく日か前まで、挺身特攻隊として、マバラカット基地のマンゴーの大樹の下で車座になり、いっしょに語り、いっしょに攻撃方法を練った顔なじみの連中が、ひと足さきに、その名も、十死零生の神風特別攻撃隊と変わり、体当たり攻撃によって散ってしまったことで、(おれもいつかは)と思いながらも、志願とはいえ、私は声も出なかった。

そうして、二十二日にマバラカット基地から飛来し、セブ基地を中継してダバオに向かった山桜隊、大和隊の連中の顔が、浮かんでは消え、消えては浮かんだ。

こうして挺身特攻隊は、セブ基地にいるときから、さらにマバラカット基地に転進してからも、あれだけの訓練をしながらも、その実力と真価を示すことなく、〝幻の特攻隊〟として消えていった。

中島飛行長が、敷島隊の壮挙を大西長官の言葉として、われわれにつたえてから幾日かすぎたとき、あらためて全軍布告として、神風特別攻撃隊の体当たりが発表された。

しかし、それ以前に、ダバオに向かった山桜隊は、二十三日に特攻攻撃の体当たりを敢行、朝日隊もダバオ基地を発進し、二十五日に敷島隊の体当たりより少し前に、体当たりをしていたのである。

一般には、二十五日の敷島隊の空母撃沈によって、これを契機として、二〇一空の特攻各隊は、二十五日にいっせいに蜂起したとされており、大和隊も、二十五日にセブ基地を発進したとされている。が、中島飛行長から、敷島隊の体当たり成功を知らされたのが二十五日の夕刻で、いっせいに蜂起（特攻隊員を増員）したのは二十六日からであり、二十五日にセブ基地を出撃した特攻機はない。

神風特別攻撃隊として、二〇一空隊員が全軍にさきがけて体当たりを敢行、敵空母撃沈、撃破、巡洋艦轟沈という戦果に、セブ基地の士気は、さらに旺盛になった感があった。

しかし、表面に出た士気とはうらはらに、みんなが抱く感情は、向こう岸の火事ではなく、『おれも体当たりをする身なのだ』と、心に言い聞かせ、〝生〟への望みを捨ててしまったからであろうか、夕食後の搭乗員宿舎は、一見、陽気な雰囲気に見えたが、酔うほどの酒でもないのに、わずかの酒に力を借りて、歌い騒いでいた

そして、きのうまでの陽気な歌は影をひそめ、センチな歌が圧倒的に多くなり、その歌詞も、故郷を思い、母を慕い、姉を妹を恋うような歌になっていた。一例をあげると、「バタビヤの夜は更けて」の歌詞を一部変えて、

〽セブの飛行基地黄昏《たそがれ》そめて

燃える夜空の十字星

母よ妹よ便りはせぬが

空に書いているこの想い

あるいはまた、故郷の幼なじみの友を恋い慕うのか、

〽すみれ咲く野辺小川の岸辺
幼なじみのあの人に
兄と慕えば黒髪を
なでた優しの君じゃもの

と、もう二度と見ることのないであろう恋う人を思いだすように、うらさびしげに歌う者もある。また、母を弟を想いだし、その肉親の顔を、くっきりと脳裡に刻みこんで、死出の思い出とするかのように、

〽利根のお月さん雲の上
僕と母さん舟の上
遠い戦地の兄さんも
僕や母さん想いだし
どこで眺めているでしょう

というような、故郷をしのぶ歌が多くなり、

〽貴様と俺とは同期の桜
同じ航空隊の……

と歌っても、きのうまでの放吟ではなくて、それは哀愁をおびた歌となって響き、さびしい余韻を残していた。

　ここで、関大尉についてもういちど触れてみると、関大尉が特攻隊の第一陣に予定された敷島隊の指揮官に指名（志願でなく指名されたのである）されたのは、大西長官が十月十八日夕刻、マニラの司令部からマバラカット基地に来て、玉井副長らに体当たり攻撃の特攻案を提案してからであるが、前にも述べたとおり、関大尉の武官経歴書には、九月にマバラカット着任となっている。大野芳氏の著作によれば、「関大尉は艦爆操縦出身であり、零戦操縦技量は未熟のため、二〇一空に着任してからも、零戦に搭乗する機会はあまりなかった……」とされており、このことは大野氏にかぎらず、他の著書でも散見した記憶がある。

　また、関大尉は、そのとき（特攻に指名されたとき）、「アミーバ赤痢にかかり、心身ともに衰弱状態であった……」とされている。だが、後者についていうならば、私の知るかぎり、関大尉は健康そのもので、挺身特攻隊員を指揮し、みずから一番機となって飛んでいた。私が関大尉と別れたのは、十八日午後三時すぎであり、関大尉が特攻隊に指名されたのはその日の夜であってみれば、関大尉アミーバ赤痢説は、彼にたいする同情論から出たのではないだろうか。

　また、前者についていうならば、大西長官をはじめ第一航空艦隊首脳部と二〇一空の玉井副長らは、この体当たり攻撃は、万に一つの失敗も許されず、絶対に成功させなければと願っており、その特攻出撃の第一陣に、零戦操縦未熟とされている関大尉を、なにゆえに指名しなければならなかったのだろうか。

　全軍に、全国民に、海軍兵学校出身をアピールする意味もふくめて、戦意高揚をはかるため、特攻第一陣の指揮官指名については、猪口航空参謀、玉井副長ら二〇一空首脳部をはじめ、I大尉らが同席したとつたえられている。

「関大尉は艦爆操縦出身であり、零戦操縦技量が未熟のため二〇一空に着任してからも、零戦に搭乗する機会はあまりなかった……」というのが事実なら、失敗を許されない特攻攻撃の第一陣に、I大尉が、なぜみずから名乗りをあげなかったのであろうか。

彼は三××飛行隊長でありながら、セブ基地以来、みずから搭乗し、列機を率いることもあまりなく、下士官搭乗員の間では、「臆病風に吹かれた。意気地がない……」等々と噂をされ、批判がましい陰口を叩かれた。I大尉が、そのそしりをまぬかれ、〝否〟というならば、第一航艦司令部の期待を一身にになない、特攻第一陣ではないが、その期待にこたえた関大尉の指揮官としての技量、人格をあらためて評価すべきである。（敷島隊の特攻攻撃前、二十三日と二十五日にダバオ基地を発進した特攻隊が、体当たりを敢行しているが、大西長官ら首脳部は、なんとしても海兵出身士官の名を特攻第一陣に出したかったのである。そのため、海兵出身でない特攻隊員は、全軍布告にさいしても、「…日より…日にかけて……」と、その日時をぼかされている）

還らぬ機とともに

二十四日を最後に、私には、ここ幾日か、索敵も、レイテ湾攻撃命令も、出なかった。

二十五日の夕刻、中島飛行長からの関大尉ら敷島隊の特攻出撃成功の発表を契機とするかのように、二十六日からは特攻隊の出撃があいついだ。

その日、植村少尉機（予備十三期）は、特攻隊大和隊（大和隊は、二、三組編成された）指揮官機として飛びたっていった。

ところで、セブ基地で、特攻隊出撃にさいして、総員帽振れの見送りで出撃したのは、二十一日に久納中尉機が指揮官の大和隊のみで、以後は、その場に居合わせた者とか、同期生が見送っただけだったと記憶している。また、特攻隊員に指名された者は、ひそかに庁舎に呼ばれ、その旨をつたえられたのではないかと思う。

私は、飛びたった編隊が遠ざかり、遠い空の果てにその機影が没するまで、空を見つめていた。植村少尉は、死を前にしながらも、学生時代に想いを馳せていたのだろうか、出撃直前まで、毎日のように寸暇を見つけては、滑走路でボールを蹴る練習をしていた。

私と、植村少尉とが親しく話をするようになったきっかけは、植村少尉がボールを持たず、ジャンプして足を蹴り上げたり、頭をコクンと上向きにするような仕草を見て、私が、「空手の練習ですか」と聞いたとき、「バカッ、蹴球（サッカー）の練習だ」とのやりとりからで、私も負けじとばかりに、上官であることを無視して、聞こえよがしに、

「ふん、なにが蹴球だ、ドタ足で駆けるのも遅いくせに」

と、ひとり言のようにいうと、植村少尉は、

「こらッ、貴様、いま、なんと言った」

「ドタ足で駆けるのも遅いくせにと言いました」

「貴様、上官をなめる気か」

「遊んでいる時間に、戦地でそんなこと言ったら、ついていく部下がなくなりますよ」

「貴様は、ずいぶん、ずけずけと物をいう野郎だな。おれのことをドタ足というなら競争するか」

百メートルを十二秒切っていた私は、彼の挑戦に喜んで応じた。結果は、植村少尉の負けであった。彼はあっさり負けを認め、

「貴様が、ドタ足とけなすのも無理はない。おれの負けだ」

というようなことがあったりして、親密感がいっそう増していった。

植村少尉は、奥さんも、子どもさんもあると言っていながら、特攻隊志願を、他の士官のだれよりも強く要望したと聞いたが、植村少尉と同期か一期先輩の某少尉が、急降下訓練中に、零戦十数機を破壊したことがあって、その責任について、彼はひとり連帯的な責任感を強く感じていたのだろうと想う。

神風特別攻撃隊は、当初、二〇一空戦闘機隊搭乗員を主体に、しかも、攻撃目標を敵機動部隊の空母と定め、その航空戦戦力を徹底的に叩き、味方艦隊の艦隊決戦を有利にみちびくことを目的に、編成されたものであった。が、敵機動部隊の正規空母群は健在であり、はたまた味方艦隊は敗退し、それに反して、レイテ湾に怒濤のように押し寄せる敵艦艇群を前にしては、特攻隊員を増員し、一機一艦を屠る気概も要求されたのである。これと呼応するように、敷島隊の体当たりによる戦果も、特攻隊員を増員させる要因にもなった。

比島方面連合航空艦隊が発足したが、福留長官は、この特攻戦術には賛意をしめさなかった。が、敷島隊らの特攻攻撃の戦果を契機に、旧第二航空艦隊麾下の航空隊でも、陸続と特

攻隊が編成され、彗星艦爆も天山艦攻なども、特攻隊編成にくわわり、セブ基地を中継基地として、飛来しては二度と還らぬ特攻機として、レイテ湾めざして飛びたっていった。（この時点の特攻基地は、マバラカット基地とセブ基地であったが、その後はニコルス基地、レガスピー基地などからも出撃した）

「特攻隊の攻撃目標は、敵機動部隊の空母」とのこれまでの原則は破られ、味方艦隊の敗退にともなってか、あるいは戦術を転換したのか、特攻隊の攻撃目標は、空母にかぎらず、レイテ湾内にひしめく艦艇群にも向けられていった。

そしてまた、「戦果確認機は、飛行兵曹長以上の士官がこれに当たる」という原則も、特攻隊員の増員によって、准士官以上の人員が不足し、ほご同然となり、下士官搭乗員も、戦果確認機、あるいは誘導とか嚮導に当たった。（指揮所の記録員は、適当に士官名を記入し、報告したかも知れない。神風特攻隊戦闘概要の搭乗割にも、特攻待機中の搭乗員が、直掩機に搭乗し戦死となっており、いく日か後には、その同一人物が、特攻隊員として出撃、戦死となっているなど、同一人物が二度も戦死しているのが見られる）

もっとも、九月二十一日、二十二日の二日間、セブ基地が敵艦載機に徹底的に叩かれ、保有機の七割以上をうしなったことでさえ、九月十一日、十二日と報告し、これが公式の記録としてあるくらいだから、同一人物が二度や三度、戦死したことになっても、不思議ではないかもしれない。

セブ基地から、レイテ湾までは、誘導機を必要としない、わずか六、七十マイルの至近距離であったが、戦果確認の必要もあり、大石兵曹と私は、何回かその任務を命じられ、還らぬ機の誘導に当たった。

（おれのつれてきた特攻隊員のために、空母よ、いてくれ）と念じながら飛ぶ。そして、爆弾を搭載して上昇能力の鈍った零戦のため、彗星で夜間攻撃をした要領で、大きく円を描くように旋回しながら高度をとり、目標海域に向かって飛んだ。

「大石兵曹、間もなく戦場到達。見張りを厳にしろ」

「了解」

後ろをふり向くと、あと何分か後に永遠の別れとなってしまう編隊が、整然として、特攻機、さらにその後上方には、戦果確認をかねた直掩機が飛んでいる。

戦場に到達したことを知らせ、手を振って、バンクをすると、一番機からも了解の合図と、さようならのあいさつをかねたバンクが返ってくる。何分か後には、レイテ湾内の敵艦とともに木端微塵に散る身を知りながらも、手を振ってこたえる彼らの顔には、さだかではないが、微笑さえ浮かべている感じがした。

「大石兵曹、後続機と別れて戦場離脱。バンクせよ」

機をローリングさせ、急旋回で戦列をはなれて、敵艦艇群の射程圏外に離脱する。

（頼む。やってくれよ）と、神に祈るような気持で、特攻機を見つめる。

対空砲火は、弾幕となって撃ち上げられている。直掩機は、その中を旋回し、特攻機を見まもる。

（早く突っこめ、敵の弾丸の当たる前に）と思うが、死がそこに迫っていながらも、『おなじ死ぬなら、でっかい艦を』という考えであろう、獲物を狙う鷹のように、直掩機よりふか

神風特攻隊２機の体当たり攻撃で大破した米正規空母。著者は幾たびか還らぬ特攻機の誘導にあたったが、戦果確認機はもどらねばならないのだ。

く敵艦艇群の上空に進入して、一旋回した。

一番機が、突入合図のバンクとともに、急降下にはいる。つづいて二番機、三番機とそれぞれ急降下してゆく。思わず目をつむる。

目をあけて見れば、敵の艦艇は、紅蓮の炎を噴き上げている。その黒煙は、炎の数倍もの高さに昇り、一隻また一隻と燃え上がっている

もう上空には特攻機はないが、湾内の艦艇群からは、狂ったように対空砲火が撃ち上げられ、高角砲弾の炸裂した黒煙のかたまりが無数に散っている。

黒煙と大きな渦を残して沈んでゆく一隻の敵艦を見つめ、たったいま、敵艦とともにレイテ湾に消えた特攻隊員に挙手の敬礼をして、直掩機の合流を待ち、帰投針路に機首を向けた。

それと前後して、レイテ島の要衝タクロバンは完全に敵の手中におち、敵はタクロバン飛行場にＰ38の戦闘機隊を配備し、レイテ湾内の艦艇群をまもっていた。タクロバン飛行場の上空には、上

空警戒機のP38が、高度二千メートルと三千メートルで警戒網を張って、飛行場の防備に万全を期しているのが見うけられた。

しかし、このP38戦闘機隊も、特攻機が湾内ふかく進入してしまうと、対空砲火の妨害になると思ってか、特攻機にたいする深追いを避けた。

が、タクロバン飛行場上空に、P38戦闘機隊が二層にわかれて、いつも上空警戒をしていることを知らずに、タクロバン上空から、レイテ湾上空に進入しようとした特攻機は、ここでP38につかまり、目的を果たすことなく、無念の死をとげた者も多くいる。

十死あって一生を望めない特攻機とともに、戦場まで行きながら、私の機は、直掩機とども、絶対に基地に帰らなければならないのである。それは、死んでいった戦友のためにも、〝生きること……〟それが私に課せられた任務なのであった。

帰投した後、直掩機が、その戦果と敵艦艇の状況を報告する。そして、報告を終わって待機所に引き揚げると、きまって空しさだけが残り、(今度は、おれが見まもられながら突っ込む番かな。そのときは、艦爆搭乗員らしく、うまく命中して死ねるだろうか)と考えることが多くなり、あきらめきった心境になりつつあった。

そのようなとき、われわれ同期生は、十一月一日付で、上等飛行兵曹に進級したことをつたえられた。大石も一等飛行兵曹に進級した。

どのような状況にあっても、軍隊では、一階級進級はうれしいものである。平穏であったダバオ基地で、一飛曹に進級したときは、進級祝いだといって、ダバオの街で、また帰隊してからも大酒を飲み、ばか騒ぎをしたが、いまはそのときのような心の余裕は消え失せていた。ただ、同期生と同年兵が、ひとつ場所にかたまり、ほんの真似ごとに祝杯をあげる程度で終わった。

そして、語ることは、いつ下令されるかもしれない特攻隊のことであった。特攻隊に志願する、しないにかかわらず、絶対生きては還れないだろう、ということであり、『生きて還れぬものなら、特攻隊を志願したほうがまだましだ。死ねば海軍少尉だからな』と、二階級特進に魅力を感じている者さえいた。

こうして話してみると、（あきらめの心境から特攻隊を志願したのは、おれだけではなかったな）と思うと、私はいくぶん、心の安らぎをおぼえた。

天涯孤独の身

私が十九年七月中旬から所属した二〇一空攻撃第一〇五飛行隊は、戦闘機を主体に構成されていた二〇一空の中にあって、唯一の彗星艦爆の飛行隊であった。このことは、二〇一空に籍をおいた搭乗員でも知らない者さえいた。

二〇一空は、戦闘三〇一、戦闘三〇五、戦闘三〇六、戦闘三一一の戦闘機の四飛行隊に、攻撃第一〇五の彗星艦爆隊の一飛行隊がくわわり、もっとも戦力を充実した十九年八月には、戦闘機だけでも二百数十機を超えた。さらに彗星艦爆二十数機を保有し、戦闘機隊はセブ基地、ニコルス基地、マバラカット基地などに分散、配備されており、二十六航空戦隊では最大の航空隊であった。

八月上旬から、セブ基地において、零戦に爆弾を搭載して攻撃をする艇身特別攻撃隊が編成されるや、攻撃一〇五の艦爆数機は、この中に編入され、爆撃経験のない零戦を誘導しては、急降下爆撃、反跳爆撃の訓練にあたり、他の彗星搭乗員は、フィリピン東方海域を中心に連日、索敵に従事し、意気軒昂たるものがあった。

しかし、九月二十一、二十二日の両日に、セブ基地に来襲した敵機動部隊の艦載機群の来襲によって、二〇一空は、その保有数の大半をうしなった。さらに台湾沖航空戦や、マバラカット基地でも、多数の戦闘機をうしなって、その補充のつかぬまに、神風特別攻撃隊が編成されたことによって、加速度的に、保有機数は激減の一途をたどった。

それに比例して、攻撃一〇五飛行隊の艦爆も、焼失、あるいは索敵による未帰還機が相ついで、艦爆の稼動機数も激減し、艦爆搭乗員も減少していった。

そんななかにあって、私は十月十七日、ニコルス基地で、『彗星に搭乗、マバラカット基地へ行け』の命令をうけ、列機七機を引きつれて、マバラカット基地で、攻撃一〇五飛行隊に、ふたたび編入されたのであった。

われわれ八機の慧星艦爆がくわわったことによって、一〇五飛行隊の面目は、いちおうは保つだけの飛行隊となったのは、前に述べたとおりである。

十月十八日、レイテ湾攻撃を終え、ふたたびセブ基地にもどって待機するうちに、神風特別攻撃隊が編成されるや、国原少尉、大西飛曹長らの慧星二機が、マバラカットからセブへ来たのは、二十二日のことであった。

やれ、うれしやと思ったのもつかの間で、〝艦爆の神様〟とまで言われた国原少尉らも、二十六日には特攻隊として出撃し、レイテ湾に散華した。（国原分隊士の出撃は、十月二十五日で、誘導機としてセブ基地を発進したことになっているが、私の記憶では、二十六日であり、国原分隊士は、別れぎわに、〝特攻〟だよと言って出撃しており、誘導機ではなかった）

また、攻撃一〇五飛行隊の艦爆隊は、天野隊長をはじめ、分隊長、分隊士ら士官搭乗員は全員が戦死し、下士官搭乗員もほとんどが戦死した。

セブ基地にあった私は、隊長、分隊長、分隊士という直属の指揮官をすべて亡くし、まさに天涯孤独の身となってしまった感さえした。そして、私は、（きょうも死ななかった。あすは死ぬかな）と思いながら、死に神に絶縁状でもつきつけられたかのように生きていた。

直属の上官がひとりもいなくなった私は、指揮命令を、中島飛行長から仰ぐことになった。発進のつど、中島飛行長のいう言葉は、きまって、

「航法二分、見張り八分、敵機には充分に注意せよ」であった。

十一月下旬、私はふたたび、マバラカット基地にもどり、香取空へ飛行機と搭乗員の受けとりを命じられ、内地へ向けてマバラカット基地をたった。が、そのときは、攻撃第一〇五飛行隊の慧星搭乗員の生存者は、私をふくめて四名となっており、わずか三ヵ月あまりで完全に壊滅してしまった。

中島正飛行長。敵機には注意せよと、常にいっていたという。

二〇一空の戦闘機隊の四飛行隊も、特攻につぐ特攻で、搭乗員は激減、飛行機もなくなり、有名無実の航空隊と化し、二〇一空の壊滅も、風前の灯に似ていた。

ちなみに、かつて私が所属した五〇二空（再編して七〇一空となる）の艦爆搭乗員は、台湾沖航空戦に呼応して出撃、その生存者はフィリピンに進出して、生き延びたのも束の間の喜びで、特攻戦法に出遭い、旧五〇二空で苦楽をともにした戦友はほとんど戦死し、生存者は五指にも満たなかった。

その後、所属した五〇一空の艦爆隊も、七〇一空と大同小異の経過をたどり、あ号作戦敗退後、その生存者は、われわれとマニラで別れ、いったん内地に帰還し、再編中に台湾沖航空戦となり、七〇一空（飛行長江間少佐）に編入され、混成部隊をもって台湾沖航空戦に出撃し、その大半をうしなった。その後、フィリピンに進出、同時に特攻隊編成となり、旧五〇一空艦爆隊の下士官搭乗員は、全員、戦死となってしまったのである。

思うに、旧五〇二空、旧五〇一空、二〇一空攻撃一〇五飛行隊に所属した艦爆搭乗員二百七、八十名（推定）の中で、下士官搭乗員の生存者は十名に満たなかった。

二木上飛曹の硬骨

十一月上旬もすぎようとするころ、セブ基地にはぞくぞくと、戦闘機はもちろん、艦爆あるいは艦攻の特攻隊が、レイテ湾攻撃の中継基地として着陸しては、還らぬ攻撃に出撃していった。

そんなある日、ニコルス基地から飛んできた零戦搭乗員から、九月末に、内地に帰るといってセブをたった旧五〇一空の搭乗員は、九州の国分基地か鹿児島空で再編中だったが、台湾沖の敵機動部隊を攻撃するため、急遽、混成部隊を編成した攻撃隊に編入され、台湾沖航空戦に出撃し、その後、フィリピンに進出してきたが、十月二十七日、ニコルス基地を発進して、特攻隊としてレイテ湾に散った、ということを知らされた。

そのなかには、予科練、飛練、実施部隊と、マニラで別れるまで寝食をともにしてきた同期の竹尾要と山野登もふくまれていたのである。また、マバラカット基地にいた同期生の零戦搭乗員も、数名が特攻隊員として散ったとのことで、私とちょっとしたいざこざのあったF兵曹も、慧星で散華してしまった。

運命とは、このように残酷非情で、皮肉なものなのであろうか。

マニラでわれわれと別れ、喜んで内地に帰っていった連中が、内地帰還そうそうに、反転するかのように戦場に馳せ参じて散っていき、茂原基地で別れ、北の護りについていた連中も、南に飛んできて南の海にはてるとは、あまりにも度がすぎた運命のいたずらではないだろうか。

このようなことを、散っていった彼らのうち、ひとりでも予測し得ただろうか。そして、マニラで戦地残留となり、生きることの望みを捨て、あきらめた私が、生きていた。これも、私に課せられた運命のいたずらかもしれない。

このような状況になっても、私には依然として、特攻隊員に編入の命令はなく、慧星艦爆の特攻出撃は、他の隊から飛来してきた者が、ここを中継基地として飛びたってゆくだけであった。

死の命令・特攻出撃命令が、いつ出るか、いつ出るかと思いながらときをすごすのは、なかなかの苦痛であり、かえって、「××日特攻出撃を命ず」と命令をうけたほうが、気の安まるような思いがした。

ここで、同期の戦友、竹尾要、山野登の特攻隊出撃の経緯について、すこしふれておきたい。

マニラで私たちと別れ、再編のために内地へ帰りついた竹尾、山野らは、さっそく国分基地に赴き、再編成搭乗員の一員にくわわり、戦力の増強をはかっていた。そうした矢先の十月十一日から、台湾方面は風雲急を告げ、北海道にあって北の護りについていた七〇一空は、全機をあげて台湾進出を命じられた。そして艦爆隊は、南方戦線にあっては、すでに〝九九棺桶〟とまで異名をとった九九艦爆が大半を占める攻撃隊を編成し、江間少佐（私が茂原基地で錬成訓練をうけた飛行隊長）を指揮官として、千歳を発進、香取基地を中継基地として、国分基地に進出したのである。

その途次、七〇一空は、各艦爆隊基地から即戦力となる精鋭搭乗員を選出し、七〇一空に編入して国分基地に集結、混成部隊の攻撃隊を編成して台湾に出撃したのである。このとき、国分基地について日の浅い旧五〇一空搭乗員は、七〇一空に編入され、茂原基地当時の隊長であった江間飛行長の指揮下にはいり、台湾沖航空戦（十月十三、十四日）に馳せ参じたのであった。

竹尾、山野らは、台湾沖航空戦で生き延びたものの、日をへずして、捷一号作戦発動とともに、ふたたびマニラに進出し、そのときは、神風特別攻撃隊の編成を余儀なくされていた。

竹尾、山野らをはじめ、われわれよりひと足先に内地へ帰った旧五〇一空の戦友と、かつて茂原基地でいっしょに錬成訓練をうけ、千歳基地で北辺の護りについていた旧五〇二空の戦友は、台湾沖航空戦につづき、特攻隊出撃をまぬがれることなく、そのほとんどの戦友が、台湾沖、レイテ湾にと、その身を南の海に散らしてしまった。

十月も終わろうとするころか、十一月のはじめに、セブ基地では、だれが詞、曲をつけたか知る由もないが、下士官搭乗員宿舎で、つぎのような歌が歌われはじめた。

〽きょうフィリピンの空晴れ渡り
　レイテ強襲の命令くだり
　勇躍飛びたつわが若鷲ぞ
　その身はレイテの華と散れども
　武勲《ぶくん》輝くレイテの沖に
　永遠《とこしえ》祀らんその武勲《いさお》

搭乗員は、この歌を歌っては、永遠の別れとするかのように、レイテの空に飛びたっていった。

中島飛行長が、特攻志願者をつのったとき、特攻隊を志願した同期生の二木弘一飛曹（茨城県水戸市）に、特攻隊員としての指名があったのは、十月の末ちかくであったと思う。

彼は、神風特攻隊第二聖武隊の一員に指名されたが、特攻隊員に指名されたことを無上の喜びとでもするかのように、表面上は浮かれていた。

「二木、お前、そんなにはしゃいでいるが、特攻隊は生きて帰れんのだぞ」

と、私はたしなめた。すると二木は、

「当たり前よ、おれの命は、予科練に入ったときから国に捧げてあるんだ。まして戦闘機乗りは、こうなっては生きて帰るほうがむずかしいくらいだ。どうせ帰れない身なら、一機ずつの空中戦より、でっかい艦を沈めたほうが、三途の川を渡るとき、道づれが多いし、そのほうが得だよ……」

と、あっけらかんとしていた。人それぞれに考え方は違っていても、〝あきらめ〟という点では、なにか共通するものがあった。

その彼に、特攻出撃の下令があった。

「二木、おれの番も、近いうちにくるだろうから、そのときは、おれも、あとから、でっかい艦をみやげに持っていくからな」

「そうあせるな」と、言い残して、彼は出撃していったが、引き返してきてしまった。

十一月にはいり、われわれが上飛曹に進級して幾日かすぎたとき、二木にまた出撃が下令された。私が、

「あとから行くからな。先に行って待っていてくれ」と言うと、

「そうあせるな、と言ったろう。お前は特攻隊の誘導でもしていろよ。おれの隊も、お前が誘導してくれるといいんだが……。そして、おれの死にざまを見せてやりたいもんだ。ところで、このマフラーをお前にやるから、よかったら使ってくれ。これはな、おふくろがおれのためにわざわざ織ってくれた絹のマフラーなんだ。これを巻いて突っこむのは、おふくろ

もいっしょに行くような気がして、いやなんだ……」

と、真紅のマフラーを差し出してよこした。手にとってみると、なるほど手織りであることがわかった。つむぎのような織り方で、糸の太さがまちまちであり、やわらかな暖か味を感じた。

搭乗員のマフラーは、大体が、純白と相場がきまっていたが、彼の差し出した真紅のマフラーにはびっくりした。

マフラーの端には、
神風特別攻撃隊　第二制武隊二〇一空
故　海軍少尉　二木弘
と、書いてあった。私は、

「二木、もう特進した階級を書いてあるのか。それに〝セイブ隊〟の〝制〟は違うぞ。〝ヒジリ〟（聖）という字だぞ……」

「ああ、そうだよ、そのほうが少尉にふさわしい体当たりができると思ってな。字のことなんかどうでもいいよ。お前が適当になおしておけよ」

と、ケロッとしていた。

だが、第二聖武隊は、ひとり、またひとりと、べつの特攻隊に編入されて、散ってしまい、二木は第二聖武隊の中で、たったひとり取り残され、第二聖武隊の名は、自然消滅してしまった。

特攻出撃を待ち焦がれているように見える二木に、再編成されて第八聖武隊と命令され、出撃命令が下令されたのは、十一月十七日の夜のことだった。出撃は十八日朝ときまり、二木が指揮官機となった。

爆装零戦五機による編成である。私は、出撃準備のととのった二木の搭乗機の下で、(あいつ、また帰ってくるのではあるまいな……)と思いながら待っていた。彼は、いつもと変わらぬ足どりで、運命をともにする愛機に近寄ってきた。私は、

「二木、指揮官機となっての出撃は、気分がいいだろう。目標は空母か」

「なぁんだ、お前、ここにいたのか、空母の攻撃に、五機ぐらいで出かけるはずがないだろう。行く先は、タクロバン沖(レイテ湾の最北西部)の艦艇だ。いろいろ、世話になったな。先に行っているぞ」

二木は、表情ひとつ変えてはいなかった。そして、

「おい、その手を離せ、痛いじゃないか」

私は、無意識のうちに、二木の手を固く握っていたのであった。

「すまん、すまん。体当たりのときは、もっと痛いぞ」

「痛いと思う前に、木端微塵よ。じゃあ、あばよ。あとは頼むぞ」

そういうと、機に乗りこんだ。

これが数十分後には、南の海に散り果てて還らぬ二木上飛曹との、別れのあいさつであった。

私は、還ることのない彼らの機影を見送りながら、いままでにない、言いようのないさびしさを感じ、『おふくろが織ってくれたマフラーだ……』と言った彼の言葉を、ふっと思い

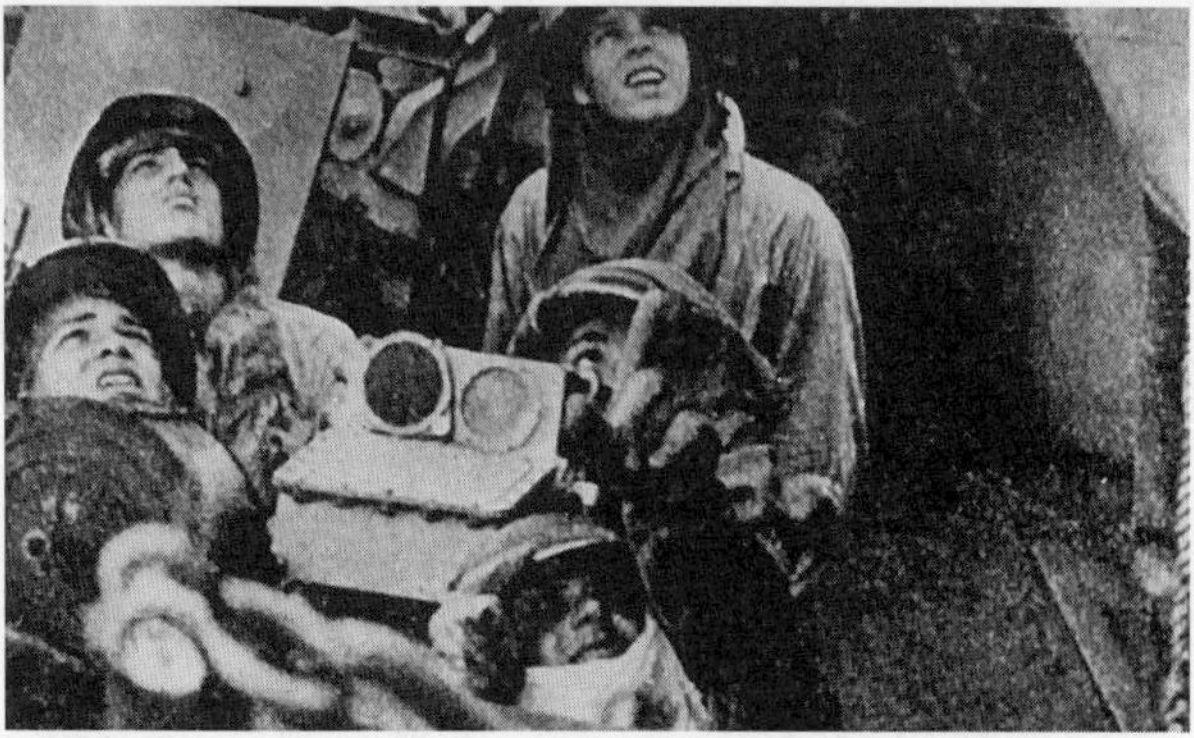

特攻機を恐怖にひきつった顔で見あげる艦上の米兵たち。同期の桜、二木弘上飛曹は、第八聖武隊として出撃し米艦に体当たり、撃沈したという。

出して、彼が死ぬ間ぎわまで、母親のことを思いつづけていたかと思うと、私の目から、戦地にきてはじめての涙がポロポロとこぼれてきた。

二木の意気が、天に通じたのか、直掩機の報告によれば、タクロバン沖の巡洋艦一隻、大型輸送船二隻を撃沈破し、二木は指揮官機にふさわしく、巡洋艦に体当たりを敢行、撃沈したとの報告であった。

二木としても、本望の死であったろう。私はレイテの方角を仰ぎ、彼らの冥福を心から祈った。

余談だが、二木は一飛曹であった十月下旬、特攻隊員として何回か出撃したが、そのつど帰投してしまい、上官から、その理由を問われたとき、

「いま死ねば、特進しても兵曹長です。十一月一日の上飛曹の進級を待って死ねば少尉となり、准士官と少尉では、遺族年金の額がちがいます。いまの私にできる親孝行はそれしかなく、またこれからも親孝行をしたいと思ってもできないからです」と答え、飛行長をはじめ、なみいる士官を啞

然とさせたというエピソードがあるが、それは私の知るかぎりではない。

普通の攻撃で理由もなく引き返してくれば、軽くて懲罰ぐらいくらうであろうが、〝死〟の出撃であることと、〝親孝行〟のひと言が、上官たちの心をうごかしたのであろうか。そのためでもあるまいが、二木は、十一月十一日（上飛曹に進級後）に、特攻出撃をした。だが、このときは、エンジン不調で引き返してきたが、指揮所の記録係士官は、上飛曹になっての出撃だから、きょうは体当たり攻撃を果たすだろうと判断したのか、二木が引き返してきたときには、戦闘概要に、二木弘戦死と記載をしてしまい、それを撤回しなかったために、戦史資料の戦闘概要には、二木は、十一月十二日、十一月十八日の二回、戦死したことになっている。

室町上飛曹の涙

ダバオ基地、サランガニ基地、さらに、七月以降セブ基地にいた一、二ヵ月の間は、戦死、あるいは殉職者が出ると、ささやかでも、お通夜のまねごとをやり、戦友の霊を弔っていた。だが、全員特攻との気運が強くなり、さかのぼれば九月以降、セブ基地が敵艦載機に叩かれ、戦死者多数を出して以来、お通夜をして亡き戦友の霊を弔い、生前をしのぶという心の余裕もなくなり、全員が『あすは、おれが死ぬ番だ』と思い、覚悟をきめる日々に変わっていた。

神風特攻隊の先陣をうけたまわった二〇一空も、特攻で、搭乗員は日増しに減り、飛行機もセブ基地には、慧星艦爆は二機あったが、搭乗員は、私と大石だけであったので、要務飛行以外は、私の専用機みたいになってしまった。

零戦は補充されながらも、毎日、何機かの特攻機が出撃するため数機となってしまい、特攻機に直掩機もつけられないのではないかと思われるほどになっていた。そうしてセブ基地の二〇一空も、名ばかりの航空隊となったのは十一月中旬であった。

それよりすこし前、比島方面連合航空艦隊となった第二航空艦隊は、二〇一空の特攻戦術につづけとばかりに、特攻隊を編成し、マバラカット基地、ニコルス基地、セブ基地から特攻隊を出撃させた。前述の竹尾要、山野登らの忠勇隊は、第二航空艦隊の特攻隊としては、おそらく真っ先に出撃をした特攻隊であったろう。

二木上飛曹が、タクロバン沖に最後の出撃（十一月十八日）をする幾日か前であったと記憶しているが、やはり予科練から飛練卒業まで、これもおなじ班で起居をともにし、苦楽をともにしてきた室町正義上飛曹（愛知県）がセブ基地に飛んできた。（私の記憶では、彼は天山艦攻で飛来した）室町兵曹は、私に気づかず、指揮所へ歩を進めていた。飛行場にいた彼を見つけ、

「おーい、室町、室町ではないのか」

と二声、三声、呼ぶと、彼はびっくりしたように振り向いて、一瞬、とまどっていたが、

「おーッ、小澤、貴様もここに来ていたのか。それで特攻出撃はいつだ」

「それが、どうせ生きて帰れないならと、二度も志願したんだが、いまだに、命令が出ないんだ。指揮所の士官に聞いたら、索敵、偵察用の飛行機がなくなってしまうから、だめだと言うんだ」

と、説明すると、

「そうか、それはよかったな。ともかく、指揮所へ行って報告してくる。あとでゆっくり話そう」

というと、室町は指揮所へ向かった。

夕食のすんだ宿舎で、室町はきょう来たばかりとはいえ、だれとも雑談するようすもなく、ただひとり立てひざをし、両手でひざを抱えこむようにして顔をうめ、うなだれるような格好をしていた。

私はこの基地へきた同期生に不便を感じさせてはと思い、できるだけのことはしてやるつもりで、室町に近寄ると、ちょんちょんと軽く肩をたたいた。

「室町、どうしたんだ、気分でも悪いのか」

と聞くと、彼は顔を上げながら、

「おお、小澤か、べつになんともない」

と言いながら、私を見上げた彼の目は、真っ赤で、涙で頬を濡らしていた。私は、見てはならないものを見てしまったような、触れられたくないものに触れてしまったような、うしろめたさを一瞬、感じた。私はひざをおりまげ、腰を低くして、

「貴様、自分で特攻隊を志願したんだろう。志願しておきながら、十六期の秀才のお前にしては、みっともないぞ」

と、小声で話しかけると、

「わかっている。おれも、みんなといっしょに志願しなければ、十六期がいい物笑いになる

だろう。それにいまとなっては、志願する、しないにかかわらず、命令のようなもので、全員、特攻隊じゃないのか。だから、おれも志願したんだ」

と彼は、言外に、みずから進んで志願をしたのではないことをほのめかしていた。『全員、特攻隊じゃないのか』の一語は、やはりあきらめから志願したことを意味しよう。そして、彼は、ひと言、

「死ぬのがこわくて、涙を出したのではない。故郷の母のことを思うと、とめようとしても涙が出てきてな……」

と、切々と語り、涙の顔に無理に笑顔を見せようとする姿が、いたましくもあり、また切なくもあった。

室町の涙はとまり、彼も私も、同期生の消息と戦死のようすなどを語りあった。

やがて、いくばくもなく、室町は、私がたまたまミンダナオ島東方海域の索敵飛行に飛びたった後、特別攻撃隊春日隊の一員として、レイテ湾に青春の血を散らして還らぬ人となった。（彼は、セブ基地から他の基地へ移動、後日、出撃している）

室町は、この戦功により少尉に特進、功四級金鵄勲章を授与されたが、同期生で功四級金勲を授与されたのは、彼のほか数名である。

索敵を終わり、基地に帰投したときには、室町の姿はすでになく、彼が私に残していった一片の紙には、

「昨晩は涙など見せてすまなかった。いまとなっては、貴様の言うように、くだらぬ望み（生きること）を持っても致し方ないことを知った。思えば、海軍少年航空兵として、土浦

海軍航空隊に入隊、以来三年有余、飛行機乗りになったとはいえ、心技半ばにして死地に赴くのは真意ではないが、これが悠久なる皇国の報恩とあらば、二十歳の生命をここに全うする。おれの涙を心配するなかれ、残れる同期の諸士によろしく……」

という文面が残されていた。

こうして、セブ基地は特攻隊の前進中継基地として、またレイテ湾にいちばん近い特攻基地として、先輩、同期生、後輩が飛来してきては、数時間、あるいは一、二日、待機しての ち、飛行機という名の柩に乗って、二度と還らぬ特攻攻撃に出撃していった。

大西長官の命令とはいえ、連日、この〝生ける柩〟に似た機を出撃させ、見送る中島飛行長の苦衷は、いかばかりであったろうか、察するにあまりあるものがある。

室町正義上飛曹は、十六期生の予科練と三十二期飛行練習生を抜群の成績で卒業したという自負心から、なにごとも十六期生の範にならなければという重荷をみずから背負い、責任を感じて、特攻隊員を志願したのではなかろうかと思う。

余談ではあるが、彼は十六期乙予科練はもちろん、予科練はじまって以来の秀才といわれ、私などとても足もとにもおよばぬ抜群の成績であったという。

ちなみに、予科練時代の教科は、普通学では修身（精神訓話）、国語、漢文、代数、幾何、三角、物理、歴史等々があり、地理にいたっては日本地理、世界地理にくわえて当時、敵国であった国の陸岸とか半島の突端とかの状況とか、気象条件等を教える兵用地理まで教えこまれた。専門学では、航空術をはじめとして整備、通信、機関、航海、砲術等々の教科目があるが、彼のその平均点数は九十八点という、まさに秀才にふさわしい成績であり、われわれとは、先天的に頭の構造がちがっていたようである。

飛練にはいってからも、成績は群を抜いていた。そして、そのあとを大畠茂（東京都）、私とおなじ班にいた塚本良正（東京都）らが追っていた。大畠は終戦後、東大にストレートで入学するほどの秀才であったが、室町には一歩、譲っていた。室町も生きていたら、大畠とおなじであったと思う。

特攻志願ふたたび

十一月も下旬となったときには、二〇一空の搭乗員の数も減り、飛行場にいても、宿舎にいても、なんとなく心の中を隙間風が通り抜けるように空しくなっていた。

搭乗員も飛行機も減ったのは、二〇一空にかぎったことでなく、数百機ちかい航空戦力を擁して台湾から進出してきていた旧第二航空艦隊も、残存機は各基地の戦力をあわせても数十機であり、すでに四百機以上が特攻、あるいは焼失していた。そんなある日、

「彗星搭乗員の小澤、大石兵曹は至急、指揮所にきたれ」

と、指揮所からの伝達をうけた。宿舎でゴロ寝をきめこんでいた私は、（とうとう、おれの番がきたな）と思った。

「大石、準備はいいか、とうとう、おれたちの突っこむときがきたぞ」

大石も覚悟していたとみえ、

「いいよ、小澤さん、いろいろとありがとうございました。できるだけ、でっかいのを狙っ

て突っこむからな、安心してくれ」

「艦爆の意地にかけても頼むぜ」

私と大石は、宿舎でゴロゴロしている連中に、

「とうとう、番がきたよ。いろいろとありがとう、見送りなんか必要ないからな、じゃあ元気でな」

と、簡単に別れのあいさつをすませると、指揮所に向かった。

十月下旬から約一ヵ月ちかく、連日のように出撃する特攻隊員を見慣れ、また体当たりする機を冷淡のような態度で見つめたせいか、私には悲壮感とか、もうこれで終わりだという実感が湧いてこなかった。むしろ、（おれもみんなとおなじように、顔色ひとつ変えずに出撃できるな）という安心感のほうが強かった。

指揮所前に大石とならび、

「彗星艦爆小澤上飛曹、大石一飛曹、参りました」

と報告し、あらためて死の宣告（特攻出撃命令）を言いわたされるのを覚悟していた。

ところが、それは、考えてもみなかった命令であった。飛行長は、椅子から立ち上がると、

「二名のものは、ただいまよりマバラカット基地に行け。準備でき次第、発進してよし。以後の指揮はそこで仰げ」

といったのである。私の心は、張りつめていた糸がプツンと音をたてて切れたように、かえって気の抜けるものを感じた。

宿舎のわずかの私物をそのままに、セブ基地を単機発進、一路、北に針路をとり、マバラ

カット基地へ飛んだ。

午後三時すぎ、マバラカット基地へ着陸し、指揮所へ報告に行くと、二〇一空副長であったはずの玉井中佐が、司令になっていた。

ここマバラカット基地も、一ヵ月あまりをすぎてもどってみると、顔見知りの搭乗員は、ほとんどいなくなっていた。（みんな散ってしまったな）と思うと、ここに来ても、自分の命運も風前の灯であることを悟らなければならなかった。

搭乗員も、想像以上に少なくなっていた。飛行機は掩体に隠してあるのか、目につく飛行機は数機しかなく、このマバラカット基地からも、連日、特攻隊が出撃していったことを物語っていた。

待機所で休んでいると、さっそく、

「搭乗員総員集合、至急、指揮所前に集まれ」の号令がかかった。

指揮所前に整列した搭乗員は、総勢二十三名であり、（なんと、これっきりの人数か）と思うほどの人員であった。そして士官搭乗員も、玉井司令のほかに、准士官をいれて三、四名であった。

搭乗員総員集合の号令がかかるまで、宿舎でゴロ寝でもしていたのか、整列したときには、十月十八日にここで別れた艦爆搭乗員が二名、健在でいたのには心強いものを感じ、気持もぐーんと落ちついた。

さっそく、玉井司令は搭乗員に向かって、

「飛行機も搭乗員も、見たとおりの現状であるが、いま、内地から第三航空艦隊が特攻隊を編成して台湾まで来ており、二、三日のうちには、ここに到着するであろう。しかし、第三航空艦隊の力を借りる前に、まだこれだけの戦力がある。いま、ここにいるわれわれの戦力で、敵を一艦でも多く撃滅しなければならない。それにはみんなが特攻隊員となり、最後の一機まで、最後の一人まで戦いぬき、敵を撃滅するのが君たちの任務と思う。その後、第三航艦の力を借りても遅くはない。無理にとは言わん。特攻隊員を志願する者は、一歩前に出て、階級、氏名、搭乗機種を言ってくれ……」

と特攻志願者をつのった。

司令の説明と訓示に、大石兵曹とたがいに顔を見あわせ、

「志願するか」

「志願しましょう」

〃よしッ〃と、二人は目と目でうなずきあい、司令の横にいたI飛行隊長の前に出て、

「彗星艦爆小澤上飛曹、おなじく大石一飛曹」

と、まっ先に特攻隊志願の名乗りをあげた。

司令は、「ようし」と大きくうなずく。すると、かたわらのI大尉が、志願者の名前を記帳する。つづいて、

「零戦搭乗員……」

「彗星艦爆……」

と、搭乗員がつぎつぎにすすみ出て、志願を申告した。

だが、このときになっても、残る三名は名乗りを上げず、志願するのをこだわっていた。

司令は、取り残されたように、私たちのうしろに立っている搭乗員に向かい、志願をうながすように、

「君たちはどうするのか。決断がつきかねるかね」

と、言葉はやわらかいが、全員志願を迫っているようにいった。志願をためらっている中のひとりが、

「通常の攻撃で弾丸に当たって死ぬのならあきらめますが、出撃前から死ぬのがわかっている攻撃には行きたくありません」

と、われわれが度胆《どぎも》を抜かれるようなことを、平然と言ってのけた。また、あるひとりが、

「全員が志願すれば、私たちも志願してもいいです」

と答えた。司令は、

玉井浅一司令。特攻をつのったので、著者は再度、志願した。

「見たとおりだ。ほとんど全員が志願しているではないか。志願をためらっているのは、君たちだけだよ」

と、さきほど『無理にとは言わん』といいながらも、全員の志願を希望しているようすであった。

残る三名は顔を見合わせ、うなずきあった。

「それでは志願します」

と、階級、氏名を申告した。本人の意志の諾否はさておいて、結果的には、二十三名の生き残り

搭乗員全員が、形のうえでは志願したことになった。

このとき、セブ基地で室町兵曹が言った『特攻隊を志願するも、しないもない。全員、特攻隊だよ』のことばがよく理解できた。

他の隊はいざ知らず、二〇一空だけは、このときまで、あくまで志願者だけであり、指名されて特攻隊にくわわったのは、敷島隊指揮官関大尉だけであった。

そして、最後まで志願をためらった搭乗員の『全員が志願をすれば……』との心の底には、（おれたち下士官搭乗員が全員、死んでゆくのに、士官連中は、いったい、なにをしているのだ）という、口には出せない士官、とくにI大尉にたいする抵抗と批判がこめられていたのも事実であった。

（I大尉は、のちに敵がリンガエン湾に上陸作戦を展開したとき、飛行機のなくなったクラーク基地群の搭乗員が、命令によって山の中に立てこもろうとしたとき、「お前らは死ぬための兵隊だ。おれは兵学校出で、いままでの作戦、戦術を生かして、これからの海軍を背負わなければならないので死ぬわけにはいかぬ」と公言したため、激昂した下士官搭乗員とのあいだで、あわやという場面もあったと聞く）

私も、元海軍航空隊の搭乗員であったので、海軍兵学校出身の士官、予備学生出身の士官云々の批判は避けるが、特攻隊出撃の第一陣には、〝その指揮官には兵学校出身者を〟という上層部の意向で、その第一陣の指揮官として、関大尉に白羽の矢が立ったのである。

が、関大尉が二〇一空に赴任したのは、八月上旬であり、何名もいる飛行隊長、分隊長の中では、いちばん新参の飛行隊長であった。通例としては、たとえ関大尉に白羽の矢が立ったとしても、ほかに何名かいた古参の飛行隊長なり分隊長が名乗りを上げ、特攻隊の第一陣をうけたまわるべきであったろう。

かつて茂原基地当時、われわれの隊長であった江間保少佐は、台湾沖航空戦に出撃のさいには、艦爆隊総指揮官の飛行長の身でありながら、みずから進んで、すでに第一線では旧式となってしまい、生還を期しがたい九九艦爆隊の攻撃隊指揮官となり、新鋭機である彗星艦爆隊の攻撃隊指揮官を後輩（大尉）に譲り、その後輩の生還を容易にしてやろうと配慮したのである。

死にゆく前の日

「第一次攻撃隊の発進は、明早朝の予定である。攻撃隊の編成、および搭乗割は、あとで連絡する。宿舎にもどって待機せよ」

と、司令から、命令があった。

私と大石兵曹は、宿舎に行って待機しながら、

「おれたちは特攻隊編成のため、ここへ追っ払われてきたようなもんだな」

と、私が話しかけると、大石兵曹は、

「いいじゃあないですか、きょうまで生き永らえたのが不思議なくらいだ。おれも死ねば兵曹長、小澤さんは少尉だね」

と、二階級特進に魅力を感じ、もうこうなっては生命はどうでもいいというように淡々と

していた。

「大石、おれたちは、あすの出撃は間違いないぞ」

「あすだろうが、あさってだろうが、ここまで来ては大した差はないよ」

と、大石はすっかり割り切っていた。

「風呂が沸いたというから、風呂にでも入って、気分転換でもするか。大石、風呂に入ろう」

「ばかをいうなよ、上等下士がまだほかにいるだろう」

「なにを言ってるんだ、上等下士も一等下士もあるものか。風呂（ドラム罐）は三つあるんだぜ。さあいこう、いこう」

と、大石を誘って、ドラム罐風呂にどっぷりつかった。やはりスコールの水で身体を洗うより、全身を湯の中にひたしていると、（これが、あす死ぬ身でなければ、風流なものだが）とも思ったりした。きれいさっぱりと埃を洗い流し、宿舎でゴロゴロしているとき、

「あすの攻撃隊の搭乗割と、その後の搭乗割を知らせる」

と言われたが、覚悟はしているつもりでいても、（おれの名がいちばん先に呼ばれる）と思ったら、やはり一瞬、ドキンとした。

だが、攻撃隊編成の搭乗割は、意外な発表であった。志願をためらった三名をふくむ八名の名が読みあげられて第一次攻撃隊が編成され、第二次攻撃隊は七名、大石と私はいちばん最後の第三次攻撃隊にあてられた。

われわれの攻撃隊は、彗星二機、零戦四機の編成だった。そして、どの攻撃隊にも、直掩

機とか、誘導機をつけることはしなかった。

攻撃隊編成も、どのようにして組んだのかはしらないが、志願をためらった三名の搭乗員を第一次攻撃隊にあて、志願した順から、逆に攻撃隊を編成したのも、まことに皮肉めいていた。われわれが出撃することによって、マバラカット基地にある二〇一空の下士官搭乗員は、飛行機とともにこの地上から姿を消して、飛行機の皆無となったこの基地に残るのは、玉井司令ほか士官三、四名ほどになるはずであった。

出撃の順番まで決まったというのに、私は、セブ基地にあって、連日、死地に赴く特攻隊員を送り、あるいは誘導とか嚮導したことで、死にたいして、感覚が麻痺してしまったのか、これといった感慨も起きなければ、さびしさも湧いてこない。夜の明けるのを待って、出撃のために宿舎を出てゆく特攻隊員を、飛行場で見送ることさえもせず、宿舎を出てゆく隊員の背に、

「しっかりやれよ、後から行くからな」

と声をかければ、出撃する隊員も、死にゆく人とは思えぬはずんだ声で、

「先に行ってるからな、後から来いよ。逢うときは靖国神社でな」

と、おそくとも数時間後に死を前にした者とは思えない日常茶飯事のあいさつのように、気軽な言葉を残して宿舎を出ていった。

遠ざかってゆく爆音が、やがて聞こえなくなって、(連中もとうとう、いってしまったな)と思うと、一抹のさびしさが、残っているわれわれの胸をしめつけてくる。

二日目の朝を迎えたわれわれは、朝食をすませたあとは、なすこともなく、その日をすご

さなければならなかった。あすの早朝を期して出撃する予定の第二次攻撃隊の連中は、遺品の整理をはじめた。それほど時間のかかる遺品の整理ではなかった。ゴロリと横になり、なにかを考えているのであろう、眠ってはいないが、目はとじている。またある者は、遺書でもあろうか、思いつめたように紙片になにかを書き綴っている。

咳ひとつ、声ひとつ発する者とてなく、宿舎全体がなにか重苦しい空気につつまれていた。たまに聞こえてくるのは、特攻隊を志願したとはいえ、泣いているのであろうか、洟《はな》みずをすするような音がするのみであった。私は宿舎の重苦しい空気にたえられず、宿舎を出て、飛行場の周囲を歩いた。目につく飛行機はなるほど少なかった。最後のわれわれが出撃したあとには、飛行機のなくなることを歴然と物語っていた。

予定通り、二日目の夜明けには、きのうとおなじように、第二次攻撃隊が発進してゆき、残るわれわれの出撃も、いよいよあすに迫ったときでさえ、（とうとう死ぬときがきたなあ。でっかい艦を狙って、体当たりをくらわせてやれ）と、いつもとおなじ単純な感情しかわき起こってこなかった。

夕食の終わったあとの宿舎では、他の隊員は、遺品の整理に余念がなかったが、私と大石は、まったくその必要がなかった。十月中旬に、このマバラカット基地が敵艦載機の波状攻撃をくらったとき、全部焼かれ、一昨日、セブ基地を飛びたったときも、なにひとつ持たなかったため、自分の物といえば、いま身につけているふんどしだけであり、ほかに身につけている物は官給品であった。

みんなの遺品整理を横目で眺めながら、自分の所在なさをかこっていた。そんなときにかぎって、余計な雑念が、頭の中をかけめぐるものである。

「大石、この世の見おさめに、マバラカットの街を見に行ってくるか。考えてみると、五月なかばから、娑婆へ出たことがないからな」

「調子のいいことを。マニラで腹をたてたとき、くやしまぎれに外出したくせに」

「あんなものは、外出のうちにはいるものか。マニラの海岸通りを歩いただけではないか。どうするんだ、出かけるか」

「そうですね。送別会の酒でも、買ってくるとするか。そして、今夜ここにいる者は、あすは全員、敵さんと心中ですから、送別会のついでに、自分のお通夜の前夜祭を自分たちでやるとするか」

　私は七、八名の搭乗員を見まわしてみたが、どうも私がいちばん先任のようであった。意をけっして、

「どうだ、お前ら、マバラカットの街へ行ってみるか」

　と聞くと、みんなが、

「おお、行こう、行こう」

　と、いままで深刻な顔をしながら遺品整理をしたり、遺書まで書いていた連中が、救われたように活気づき、眼までかがやいているのが感じられた。死が確実となったいまとなっては、あれこれ思い悩んでも、仕方がないことだと思い、悟ったのかもしれない。

　ところが、先立つものは金である。手ぶらでは出かけるすべがなかった。私は、

「ところで、酒を買うにも金がないぜ。だれか、持っているか」

「金、そんなものは持っているほうがおかしいよ。マニラで全部、使ってしまったからな」

「おい、戦闘機、戦闘機搭乗員、お前らは持っているか」

と、戦闘機搭乗員に聞くと、これも持っていなかった。そのうちだれかが、

「おい、いい考えがあるぞ。おれたちの私物を持ってゆき、物々交換をしてこようか」

「ようし、それでいこう。ただし、おれと大石はなにもないぞ」

「気がねしなさるな。どうせあすは、レイテかどこか知らんが、おなじ海の墓場に散る身ではないですか」

と、私とおなじように、彼らもあきらめてしまったのか、マバラカット基地にきて、二日目にして、やっと搭乗員気質に触れた感じをうけた。

「遺品といっても、送ってもらったところで、どうせどこかで墜とされるか、沈められてしまうだろう。金めのものは交換して、今生の別れに、いっぱいやるとするか」

「話はちがうが、おれたちの攻撃隊名は、なんというんだ」

「そんなことは、あしたの朝、出撃するまでに上の者が考えておくだろうよ」

と言いながら、整理した遺品の中から、あれやこれやと引っぱり出していた。私は、突発的になにか起こってはまずいと思い、

「黙って街に出て、なにかの命令があったときに、脱外出の汚名をきせられるといけない。万が一を考えて、分隊士にだけでも許可をもらってくるからな。分隊士がだめだと言ったら、外出は断念だぞ」

と言いおいて、私は外出許可をもらいにいった。

分隊士は、私が想像していたよりも、簡単に許可してくれた。分隊士にしてみれば、〝きょうだけの生命だ、せめて大目にみてやれ〟という親心であったろう。分隊士は、

「本来なら、上司の許可を仰ぐところだが、おれの責任において認めてやる。ただし、明朝の出撃は、心得ているだろうな。そして、治安の関係上、単独行動は絶対にするな。酒は買っても、飲まずに持ち帰れ。緊急連絡にそなえて、一、二名は宿舎で待機させておけ……」

と、分隊士は細かい指示をして、分隊士の責任において、外出を許可してくれた。

私は、拳銃を腰にはさみ、マバラカットの街（街といっても、アンペラづくりのひどい家並みで、電気もなく、石油ランプをともし、明かりを保つ状態で、二十〜三十軒がひとかたまりとなった村落のようなものであった）へ出かけていった。

飛行場を突っ切り終わったころ、暮れなずんだ空のかなたに、零戦の編隊が認められ、マバラカット基地のほうに向かっていた。（連中もどこかの特攻隊だろう。夜間攻撃かな）と、思いながら街まで行き、手まね、ものまねで物々交換をして、基地へもどったときには、午後八時をすぎていた。

予期せぬ逆転劇

宿舎に帰ってきてみると、そこには変わった光景が見うけられた。一、二名の搭乗員しか残っていないはずの宿舎に、二、三十名の搭乗員がおり、黙々と私物らしきものの整理をしているのである。不審に思った私は、

「おい、お前たちはどうしたんだ。おれは、この基地の者だが……」

「はい、私たちは、さっき台湾からきた特攻隊員です。あなたたちは、あす、内地へ帰るんだそうですよ。さっき、隊長が、やつら、どこへ行ったんだと言って、さがしておられました。そして、ここに残っていた人が、みなさんをさがしに行きました」

という答えであった。私には、納得のいかないことばかりである。

「なに、寝言を言ってんだ。おれたちはあす五時に起きて、特攻隊で出撃することになっているんだ」

「それが、急に変更になったらしいです。あすからの特攻隊出撃は、私たちが行くことになっているのです」

と言われ、私は自分の耳をうたぐった。

「なにっ、お前たちが行く、それは本当か」

「本当ですよ、いま来たばかりの私たちが、冗談でこんなことが言えますか」と、真剣そのものである。

(留守番をしていた戦闘機のやつらは、いったい、どこまで行ったのだ。やつらに聞けば、はっきりするんだが)と、いらいらしながら待っているところへ、二人が帰ってきた。そして、彼らもまた、

「あした、内地へ帰るんだそうですよ」

と、分隊士からの伝言をつたえるのだ。

私は、まだ信じることができなかった。午後も九時になろうとするころ、事実を確かめる

ため、士官宿舎に分隊士を訪ねていった。

分隊士の話を要約すると、つぎのようであった。

「今夕、台湾より第三航空艦隊の一部が先遣隊として、参謀といっしょに到着した。参謀が言われるには、お前たちは長いこと戦場にあって、ご苦労だったとのことである。あとは引きうけるから、死ぬ前に一度、内地へ帰り、現在、香取航空隊（千葉県旭町と八日市町の間にあった）で錬成中の搭乗員をつれて、飛行機を持って来てくれとのことである……」

さらに分隊士からは、

「出発は明朝〇四〇〇、ダグラスに便乗出発せよ。遅れないよう飛行機に乗れ」

との指示をうけ、内地にいちじ帰還の命令が事実であることを、やっと納得した。

宿舎にもどると、みんな不安気な顔で、私を待っていた。台湾からきた搭乗員たちは、あすの出撃をひかえてもう寝につき、毛布をかぶって眠りにはいっているのだろうか、静寂そのものの宿舎であった。私は、分隊士からの言葉をみんなにつたえた。私同様に、まだ自分の耳をうたぐるように、

「本当か、すげえなあ。おれたちは、内地へ帰れるんだってよ」

「困ったなあ。おれはいま、私物をみんな、交換してしまったんだ」

「おれもだ」「おれもだ」

と言いながらも、喜色満面とはこのことであろう。うれしさは隠せるものではなかった。来たばかりの連中が寝ているのも忘れたかのように、みんなの声は明るくはずみ、張りがあった。

『あすの朝はレイテに散る身』と、覚悟を決めていた身が、一転して、生きて内地へ帰れることを、だれが想像しただろう。〝神のみぞ知る〟というが、神でも想像し得なかったであろう。

交換してきた椰子酒、パパイア、パイン、マンゴーなどなどが、床の上に忘れられたようにおかれている。

宿舎は、前にも増してざわめきはじめてきた。私は、

「静かにしよう。あす出撃する連中が、眠っているんだ」

と、たしなめた。ほかの連中も、悪いことをしたというように、急に静かになった。だが、眠ってしまったと思っていた台湾からきたうちのひとりは、寝ていながらも、私たちの話を聞いていたのであろう、むっくり起き上がると、

「私たちは、あすから、特攻としてみんな突っこんでしまう身ですから、よかったら、内地へ帰って、これを使ってください」

と言いながら、百円前後の金を出してくれた。それを機に眠っているとばかり思っていた連中が、ほとんど起きだし、

「私のも使ってください」

「私のも……」と、金だけでなく、真新しい肌着、靴下までを、いったんは遺品として整理した荷物の中から出してくれた。

「みんなを起こしてしまって、悪かったな」

「いいですよ。じつは、私たちはあすのことを考えると、死ぬことよりも、どうしたらうま

く体当たりできるだろうと、眠れなかったのです」という。

それは、いま、ここに飛んできたばかりの搭乗員の本音であろう。私も、はじめて索敵搭乗員を発表された前の晩は、（もし敵艦隊を発見したらどうしよう）と、考えただけで、胸の鼓動の高鳴るのを押さえきれなかった経験がある。

ましてや、いまここにいる搭乗員は、内地から、このマバラカット基地へ進出し、空中戦も対空砲火も経験したことがなく、あすからは対空砲火の渦巻く敵艦めがけての生きて還れぬ特攻出撃である。そして、最初に経験する攻撃が、最後の攻撃になるのである。やはり、ここにいる搭乗員も、その心底は、たとえ死につながるあすであっても、生きる心の支えは、日本のため、祖国のためであったろう。その死を充実したものとして、それをみずからの死にたいする慰めにしようとしている心が読みとれた。

明朝の帰国を前にしたわれわれは、明朝の還らざる特攻攻撃にゆく搭乗員と、物々交換をした酒を酌みかわし、ときのたつのを忘れて語りあった。

死を悟りきって、泣きごとひとつ言わずに飲みほす彼らとの十年来の知己のごとくに和気あいあいとした送別の宴であり、お通夜の前夜祭でもあった。そして、寝についたのは十一時をすぎていた。

アルコールが少しでもはいると、グーグー寝こんでしまう私であったが、この夜ばかりは、眠りにはいることができなかった。

眠ろうとすると、母の顔、兄、姉の顔、故郷のことどもが浮かんでは消え、消えては浮かび、雑念が頭の中を駆けめぐり、まんじりともできなかった。

一睡もできずに、寝返りだけをくり返しているとき、飛行場からは、ダグラスのエンジンの始動がひびきはじめ、やがて轟々とエンジンの音が、あたりをつらぬくようにつたわってきた。

時計を見ると、午前三時であった。私はエンジンの音に救われたように、毛布の中から抜けだし、みんなを起こそうと思ったが、彼らは私の起きるのを待っていたかのように、もそもそと起きだした。

私とおなじように連中も、眠れなかったのか、エンジンの音で目がさめたのか、いずれにしろ、ひとり残らず毛布からはいだした。

ダグラス輸送機のエンジン始動の爆音とともに起き、出発準備にかかったといっても、私はまったくの着たきりで、起床即出発準備できあがりで、顔を洗ってしまえば用はない。飛行場にゆくのにはまだ早いし、まだ明けきらぬ宿舎で、手持ちぶさたをかこっていた。

まだ夜明け前の午前三時だというのに、昨夕到着した搭乗員も、きょうの出撃を前にして眠れなかったのであろうか、ひとり、またひとりと起きはじめた。中には、静かな寝息をたてて眠っている者もいたが、ほとんどの者が起きだして、もぞもぞとしはじめた。

夜が明ければ、死出の旅に飛びたってゆく搭乗員たちを見ると、急遽、変更になったとはいえ、われわれの身代わりに特攻出撃をするような気がして、たとえ命令とはいえ、少々気がひけるような気がした。

黙ってここを去ってしまうのが心苦しい。なんでもいい、声をかけずにはいられない衝動に駆られ、言いわけでもするように、

「みんな、昨夜も言ったとおりだ。香取空まで飛行機と搭乗員をもらいに行ってくるからな、がんばってくれ。またここへ帰り次第、おれたちも、みんなの後を追って特攻出撃するからな」

「お願いします。一機でも、ひとりでも多くつれて来てください」

「元気で行って来てください。先に行ってレイテ湾の海底で待っています」

と、笑いながら語りかける者もあった。

彼らのうち何名かは、数時間後には二度と還らぬ出撃をするというのに、意外なほど淡々としていた。

私は、中島飛行長が、出撃搭乗員にたいして、いつも言っていた言葉を思いだし、

「みんなにひとこと言っておくが、エンジン不調とか、飛行機のどこかが故障のときは、面子にこだわらず、かならず引き返せよ。そして、つぎの機会を待ち、けっして無理をして突っこもうとするなよ。それから、手紙を出したい者は急いで書け、持っていって出してやるぞ」

と、ここでもうけ売りした。（一部の航空隊では、特攻出撃にさいして、エンジン不調を理由に引き返されることを恐れ、片道燃料しか搭載しなかったと、戦後、聞くが、二〇一空にかぎって、そのようなことは絶対になかった。飛行機が故障した場合には、引き返すことができ、つぎの機会を待った。また体当たりのとき、燃料の残量が多いほど、敵艦にあたえる被害も倍加するからである）

「だいじょうぶです。かならず飛行機もろとも命中して見せますから、安心して帰ってくだ

さい」

「お前たち、手紙を書かない者は、もうすこし寝たほうがいいぞ。おれたちはもう出かけるからな、手紙は簡単に書いてくれ」

「あと何時間かすれば、永い眠りにつくんですから、いまから一時間や二時間、眠ったところで、仕方ないです」

「わかった、わかった。突っこむとき、ヘマをするなよ。体当たりしようが、失敗しようが、死ぬことに変わりはないんだから、かならず命中してくれ。ひとりで三途の川を渡るより、大勢の敵さんを、三途の川の道案内にしてやれ。たのむぞ、では、出かけるからな。ゆうべ、みんなからもらった金は、八名で均等して有効に使わせてもらうよ。さようなら」

と私は、みんなに別れのことばを投げかけた。

宿舎を出て、まだ暗い飛行場の爆音を頼りに、ダグラス輸送機に向かいながら、なんとなく喜びに反し、うしろ髪を引かれる思いがした。(命令だから致し方ない。いずれまた、ここへ引き返してくるんだ)と、自分の心に何べんも言い聞かせ、われわれ(艦爆搭乗員四名、零戦搭乗員四名)は、機上の人となった。

マバラカット基地の二〇一空、第二航艦から配備された搭乗員をあわせて、下士官搭乗員で生存していたのは、いま内地に向かおうとする八名だけであった。セブ基地、ニコルス基地も、しかりであったろう。

思えば、旧五〇二空も台湾沖航空戦で壊滅し、五〇一空も全滅、二〇一空も飛行機のない航空隊となったばかりか、旧第二航空艦隊も壊滅状態となり、レイテ湾の攻防をめぐり、旧第一航空艦隊、旧第二航空艦隊をあわせた比島方面連合航空艦隊は、その機能を完全に停止してしまった。

旧第二航艦は、十月下旬から十一月下旬までのわずか一ヵ月間で、数百機をうしない、終焉の幕を閉じ、これに代わって第三航空艦隊が、内地から台湾を中継して、フィリピンに進出してきたのである。

第七章　今日の死か明日の死か

懐かしの故国へ

まだ明けきらぬ暁暗の大空を、北へ北へと飛びつづける。高度も四千メートル以上であろうか。南方とはいえ、昨夜の寝不足にくわえて、寒さが肌にしみとおるようであった。飛行機に乗りこむまでは、（また、マニラの二の舞を踏むのではないか）という不安がつきまとったが、日本に向かっているという安堵感と、便乗という気軽さからか、襲ってくる睡魔には勝てず、いつしか寒さも忘れて眠りこけてしまった。

どれだけ眠ったろうか、突然、ダダダダッという機銃音に眠りを破られて、ハッと目をさますと、それはいま乗っている機のエンジンの音であり、機銃掃射は、瞬時の夢の中の錯覚であった。眠ったとはいえ、緊張した眠りであったのだろう。

窓外に目をやると、東の水平線のかなたから、太陽が燦々と輝き、黄金色の光を海に照りつけて、その反射光がまぶしく目にしみてくる。

バリタン海峡を越え、バシー海峡の上空あたりだろうか、台湾ももう近いはずである。

時間的にみて、敵艦載機の飛来する時間ではないが、ダグラス輸送機は、防御兵器をひと

ダグラス輸送機。出撃を翌日に控え、特攻隊員をとかれ、本機で香取空に飛行機受領に向かうことになったが、後ろ髪ひかれる思いだったという。

つも持たない裸同然の飛行機である。私は、（敵機よ、来ないでくれ）と願った。

今朝の出撃を予定されていたマバラカットの連中も、すでに出撃していったことであろう。私は、彼らが寄せ集めてくれたいくばくかの札を握りしめ、彼らの成功と冥福を心の底から祈った。

機は、降下態勢にはいり、だんだんと機内が蒸し熱くなるのを感じた。（やっと高雄空まで来たな）と思うと、なにかしら、安堵感が全身にひろがるようであった。

高雄空で、燃料補給とエンジン点検のあいだ、機外に出て足腰を伸ばしながら、飛行場を見て歩いたが、ここも、台湾沖航空戦で消耗し、さらにフィリピンに進出してしまったのだろう、だだっ広い飛行場には、二十機たらずの一式陸攻と零戦が分散されているだけであり、やはり航空隊とは名のみで、一飛行隊の数に満たなかった。小休止を利用して、あちこちと見ているあいだに、点検整備を終わり、沖縄めざして飛びたった。

高雄空を飛びたってからは、敵艦載機の来襲の危険が去ったのか、飛行高度も低いため寒さも感じず、また雲ひとつない快晴のため、穏やかな飛行であった。フィリピンを、そして、台湾を飛びたった安堵感から、沖縄の那覇基地に着陸姿勢をとるまで眠りこんでしまった。那覇基地に着陸したときには、高雄空に着陸したときよりも、（これで内地まで帰れる）という実感が前にも増して強くなった。

高雄空同様に、燃料補給、点検整備をし、朝食をかねた昼食をすませ、鹿児島空を目ざして、那覇基地をあとにした。連中の顔を見まわすと、だれの顔にも、喜びの色がはっきりと見える。

機内でかわす雑談の声もはずんでおり、聞き耳をたてると、それぞれが故郷の話に花を咲かせていた。

台湾から沖縄までの飛行中、熟睡したのにくわえて、内地に近づく興奮のため、眠気ひとつもよおさない。

機は私たちを乗せ、一路、北上をつづけている。

「あと一時間で九州かな」

「いや、まだ一時間半はかかるよ」

等々、全員が思いを九州に馳せていた。よもやま話をつづけるうちに、機は高度を下げはじめ、鹿児島に近くなったことを、無言のうちに知らせてくれた。

窓外に目をやったひとりが、はずんだ声を出した。

「おい、屋久島が見えるぞ。あれは屋久島だろう」

「ほんとうか、島が見えてきたか」

機は、ぐんぐん高度を下げてゆく。

「鹿児島の上空かな。おい、桜島も見えてきたぞ」

私も、その声に誘われるように、窓外に目をやって眺めると、そろそろ十一月も終わろうとする山なみの濃い緑が、畑の緑が、そして、桜島周辺の濃い紫色の山肌が、目に飛びこんできた。

連中の騒々しいざわめきもおさまり、機内は静かさを取りもどした。

（やっと帰って来た。生きて還ることを夢想だにしなかった日本へ）と、思ったとたん、胸が熱くなり、目頭が熱くなって、大粒の涙が頬をつたわり、窓外の景色がぼうッとかすんでしまった。拳で涙を拭き、外の景色を食い入るようにみつめる。点在する人家が、鹿児島の市街地が、くっきりと、その輪郭を見せはじめてくる。

（生きて日本の土を踏めた）とまた思う。涙が、前にもまして、両頬をつたわっておちる。他の者はと見れば、やはりおなじ心境であろう。声ひとつ出さず、涙ぐみ、あるいは頬を濡らし、〝生きて日本へ帰れた〟という実感を嚙みしめているようであった。

機はすべるように鹿児島空に着陸し、われわれ生きて帰った八名が、九州の大地に、その生きて帰った証の第一歩を、しっかりと踏みしめたのは、十一月も終わろうとする二十二日か二十三日であった。

暮れるに早い初冬の陽差しは、西にかたむきかけ、桜島の威容をくっきりと浮かび上がらせていた。

母よ、兄よ！

日本に帰ってきたという感激もそこそこに、鹿児島空に到着そうそう、私は休む時間もなく、指揮所に行き、第三航艦参謀の命令で、香取航空隊まで行く旨を報告すると同時に、飛行便の手配を依頼してみた。が、士官に引率されないつらさとでもいおうか、

「貴様らを乗せて、香取まで行くような飛行機はない。汽車で行けばいいんだ」と、二の句がつげないような口調で、あっさり断わられた。私は、汽車に乗るのにも、全員が持ち金のないことをつたえると、

「主計科へいって相談してみろ」

と、たったひとこと言っただけで、邪魔者でも扱うようにあしらわれた。

(こんちくしょうめ、いくら士官がいないからとはいえ、この扱いはなんだ）と、怒鳴りとばしたいほどであったが、相手が飛行長であっては、なにも言うことはできず、腹の中は煮えくりかえるほどであった。

主計科に行き、香取航空隊までの旅費の支給を頼んだが、これもまったく受けつけてくれない。主計科の兵と喧嘩腰の交渉をしても、らちがあかない。指揮所から、いらいらしどおしであった私は、とうとう腹にすえかね、

「お前のようなぺーぺーではだめだ。掌主計長か主計長を呼べ」

と、怒鳴りとばしてしまった。

掌主計長が来たので、今朝から鹿児島空までの経緯を説明し、旅費の支給を頼んだが、手続き云々で、これも無駄な交渉であった。規則は規則かもしれないが、口答による命令ひとつで飛びたってきたわれわれ下士官は、細かい主計科の旅費支給規則など知る由もなかった。飛行長も主計科の連中も、われわれにたいして冷たい仕うちとしか言いようのない扱いであった。ましてや飛行長にいたっては、虫の居どころが悪かったのかもしれないが、階級は違っても、おなじ搭乗員でありながら、搭乗員はおろか、人を人とも思わぬ扱いに、腹の虫がおさまらなかった。

「飛行機は出してくれない、旅費は支給してくれないでは、五月から俸給をもらっていない私たちは、どうやって香取空に行けばいいんですか。このまま、ここにいろと言うのですか」

とつめよってみても、「送り状なり、直属の隊長以上の証明がないかぎり支給できない」と、規則一点ばりで押してくる。

私のあとについてきた連中に、

「みんな、聞いてのとおりだ。こんなところにいたって、仕方がない。昨夜、特攻に出撃する連中からもらった金を旅費に充てよう。金を預かっている者は、八名均等割りで配分しろ。そして出発だ」

この旅費こそ、今朝マバラカット基地から出撃していった特攻隊員と、その後の特攻出撃予定者が、すでに整理した遺品の中から、私たちに、「どうぞこれを使って下さい」と言って差し出してくれた貴重な金であった。

隊門に向かっているとき、だれかが、

「指揮所へ報告しなくてもいいのですか」

と、問いかけてきた。腹だちまぎれの私は、

「おれたちを厄介者のように扱う飛行長なんかに、なにが報告だ。おれたちが、勝手にフィリピンから飛んできたようなつもりでいやがる。責任はおれが負うから心配するな」

そして、（こんなところには、一晩だっているものか）とばかりに、私たちは、その日の夕刻、鹿児島空を飛び出してしまった。

引率をしてみてわかったが、下士官だけの移動は、まことに心もとないものである。ところが、私はどうした風の吹き回しか、当然、士官がつくべき人数でありながら、士官のいたためしがなく、いつも引率をする立場になってしまった。国原少尉が戦地で、「おれは、海軍兵学校出ではないよ」と言ったことが思い出され、兵学校出の士官の引率であったなら、このようなことはなかったろうにと思った。

隊を飛び出し、伝馬船から降り、鹿児島埠頭に立っても、あの冷淡きわまりない扱いと、おなじ搭乗員でありながら、人を人とも思わぬような扱いをした飛行長の横柄な態度を思いだすと、胸がむかむかするほどであった。ずいぶん転々としたが、行った先で報告すれば、かならず、『ご苦労』のひと言は返ってきたものである。

鹿児島の埠頭から鹿児島駅に通じる市電の二本のレールさえ、冷たい光をどこまでも投げかけているように思えた。

だが、鹿児島の市街地にはいり、商店街の屋並みを眺め、街を行きかう人たちを見るうち

に、いくらか心もなごみ、気分も平静になってきた。（家の者たちは元気だろうか。香取空へ行く途中、家へ立ち寄ってみるかな）と思うと、母や、兄、姉（父は私が二歳のとき死亡）の顔がうかんでくる。

（みんなも、おなじ思いだろう。引率するおれの責任において、この世の見おさめに、みんなを故郷に帰省させてやり、家族たちに会わせてやろう）と、心にきめた。

私は、暮れなずんだ鹿児島の街を歩きながら、

「みんな、もっとかたまって歩いてくれ。あらたまって、お前らに聞きたいことがある」

みんなは、私をかこむように寄ってきた。

「どうだ、お前たち。このさい、自分の家へ立ち寄ってみたいとは思わないか。この機会を逸したら、二度と家族の者に会えないと思うんだ……」

「えっ、家へ帰る？」

「そうよ、この機会をのがしたら、親兄弟の顔も拝めず、死ぬことになるからな。死ぬ前に、もう一度、いとまごい代わりに、家の者たちと会っておきたいと思うんだ」

「ほんとうですか。おれは夢を見ているんじゃあねえだろうな」

と、帰省を決定したわけではないが、帰省できるものときめこんで、みんなの喜びが、顔ににじみ出ているようであった。私は、みんなの期待に満ちた顔、顔、顔を見まわして、意をけっした。

「よし、香取空へ行く途中、全員、いちじ帰省をしよう。細かいことは、鹿児島駅に着いてからにする」

私が帰省を決定づけてしまうと、みんなは半信半疑となりながらも、駅に向かう足どりは軽く、喜色は満面にみなぎっていた。

駅の待合室にみんなを集め、

「さっき話したように、東京駅集合までに五日間もあれば、すくなくとも、一日や二日はみんな自分の家に泊まれるだろう。これが家族に会える最後の機会だと思って、思い残すことのないようにしてこい。もし憲兵にでも訊問されたら、戦地から飛行機をとりに来て、いちじ帰省したといえ。なにかあったときの最終責任はおれがとるが、各自が責任をもって行動し、絶対に集合日時に遅れないように、余裕をもって集合してくれ。かさねていうが、二十六日午前十一時までに、駅の正面玄関に集合のこと」等々、私は細かい指示をし、全員が鹿児島駅で解散した。

みんなが喜びで有頂天になり、出札窓口に向かったとき、(おれも、ずいぶん思いきったことをやってしまったな)と思ったが、みんなの生き生きした顔を見て、悔いは起きなかった。

全員まとまって、汽車に乗りこんでみると、名古屋あたりまでは、全員が同一行動をとれることがわかり、いくぶんほっとした。

「この服装で家へ帰ったら、びっくりするだろうな」

「軍服を着て帰るより、この飛行服姿のほうが、りっぱな飛行機乗りになったといって喜ぶよ」

「それより、足の生えた幽霊が来たと思って、びっくりするよ」

などなど、みんなの思いは、すでに故郷に馳せていた。

「それにしても、おれたちに金をくれた連中のなかで、何名かはもう死んでしまっているんだな。なんだか、連中の金で家へ帰ると思うと、申しわけないみたいだよ」

「汽車の中とか、家へ帰ってからも、特攻隊の話なんかするな。昨夜のことは、ありがたく自分の胸にしまっておけ」

と、私はたしなめた。

私の服装はといえば、飛行服に飛行靴、胸には双眼鏡を吊るし、飛行服のバンドには、むき出しのままの十四年式拳銃をはさんでいるという、一般の人から見ると、異様な風体だった。

昭和19年11月、マバラカットから香取空に向かう途次、独断帰省した著者と兄。

私が家に着いたのは、鹿児島駅をたってから二十四時間ぶりの、翌日の夕刻であった。玄関口に立ち、

「今晩は、ちょっと帰ってきたよ」と、呼ぶが、だれも出てこない。

「今晩は、だれかいるかーい」と、大声を出したら、兄嫁が出てきた。

「しばらくでした。内地へ来たついでに、ちょっと寄ったんだけど」

と言いながら、私が靴を脱ぎかける

と、びっくりした。


「どなたでしょうか」と、言われたのには、びっくりした。

「姉さん、おれだよ、わからないかい」

「まあ、孝ちゃん、帰って来たの。すっかり変わってしまったから、わからなかった」

予期しない人が、なんの予告もなしに、突然、一年八ヵ月ぶりに、灯火管制のしかれた薄暗い玄関に立っても、一瞬、〝だれか〟と迷うのも当然であったろう。

ひさしぶりに、わが家の畳の上にすわる感触は、なんとも言いようのない快感とくつろぎがあった。マバラカット基地のドラム罐風呂とは違って、家庭の風呂は、古いとはいえ、なんとなく木の香がただよう感さえあった。

母が、兄が、出先から急いで帰ってくる。ひさしぶりに聞く埼玉の〝だんべい〟言葉がなつかしくさえ感じられ、こころよく耳にひびき、汽車の疲れもいっぺんに吹き飛んでしまった。

兄の話によれば、私が六月に内地へ帰る戦友に託した手紙をうけとり、発信が両国ホテル気付になっていたので、消息を知りたいと思い、さっそく駆けつけたが、もういなかったとのことであった。

「出撃前に、飛行機の中で手紙を書き、戦友に託したと書いてあったろう」と言うと、

「そうは書いてあっても、もしやという気持もあるし、お前がいなくても、その戦友から、お前のことを少しでも聞けると思ったからな」

ということばに、肉親の情をあらためて知らされ、涙の出るほどうれしかった。

サランガニ基地で、空中火災を起こして、転覆、負傷する前の晩、母が白装束姿で、墓地に立っている夢を見たときから、（おふくろは死んだかもしれないぞ）という思いが、いつも胸の片隅にあっただけに、母の健在な姿を見たときは、うれしさのあまり口もきけず、ただ母の顔をまじまじと見つめるだけであった。

「元気でいたのかい、よかったね」

と、母親が笑顔で話しかけてきたことで、私の胸のつかえも、いっぺんにぬぐいさられた。

私は二、三日をのんびりとすごし、ふたたび生きては見ることのないであろうわが家に別れを告げて、東京駅に向かった。

なんの事故もなく、全員が指定した日時に集まってくれたことで、私は、なににもまして安堵の胸をなでおろした。

ひとり、またひとりと集まった連中は、思いがけない帰省により、肉親との再会で生気をとりもどした晴々とした表情を見せていた。ふだん無口のほうであり、あまり喜怒哀楽を表に出さない大石までが、

「小澤兵曹、ありがとうございました。家の者がよろしく言ってました」

「おかげで、墓参りができました」

「たっぷりいとまごいをし、たっぷりこづかい銭をもらってきました」

等々、全員に感謝され、お礼のひとことでも言われてみると、家にいるとき、ふと、（全員、指定した日時に集まるだろうか）と、ちょっとした不安もなくはなかったが、いまここに集まってみると、（帰省させてよかった）という満足感で、私の胸の中は、かえって爽や

かな気分になった。

陰気な飛行隊

香取航空隊についたわれわれは、形式どおり、当直士官にその旨を報告した。当直士官から指示を仰ぎ、みんなを艦爆飛行分隊の宿舎で待機させ、私は、まず第一に指揮所にいるという艦爆隊の飛行隊長に報告をし、これからの指示を仰がなければならなかった。

指揮所へ行き、第三航空艦隊参謀から、搭乗員と飛行機のうけとりを命じられて、ここまで来たことを報告すると、隊長は、

「遠いところ、ご苦労であった。艦爆搭乗員は艦爆分隊に、戦闘機搭乗員は、戦闘機分隊に、それぞれ仮入隊の形をとれ。以後の指示は、隊長のおれがする。なお、わからぬことがあれば、おれのところに来い。長いあいだ、戦地にいたお前らだ、できるだけのことはしてやる。きょうは宿舎でゆっくり休め。その後のことは、飛行長と相談して指示する」

と、鹿児島空の飛行長とは、うって変わった人情味のある隊長（名前は失念してしまった）であることを、言葉のはしばしに感じた。

私の、まず気にかかることは、いつまでここにいるかということと、外出のことであった。

私は、

「隊長、私たちが戦地に引き返すのは、いつごろの予定でありますか」

「いまのところ、それはわからぬ。だいいち、それだけの飛行機がない。錬成中の搭乗員も、

錬成員を指導している搭乗員までも、まだ技量未熟であるし、飛行機も、いつうけ入れられるかもわからぬ状態だ。きょう来たばかりで、すぐに戦地に引き返すことを考えなくともよい」

隊長は、私の質問を善意に解釈してくれたようであるが、私にとっては、外出の件と官給品の支給をうけることが先決問題であった。

「隊長、ここにいるのが長引くようでしたら、軍服、その他の官給品の支給をお願いします」

「わかった。印鑑を押してやるから、主計科で必要な書類を全部もらって来い」

隊長のそのひと言で、私は元気百倍、軍服、飛行服をはじめ、官給品の支給をうけられるというので、宿舎で待機していたみんなを引きつれ、主計科に行き、何枚もの書類をもらい、また隊長のところに行って書類に押印してもらった。

その後は、それぞれ手分けをして、被服庫、烹炊所と走りまわり、内地勤務者と同様に、軍服をはじめ、下着まで支給をうけ、戦地から着つづけていた汗くさい簡易飛行服は、裏地は総毛皮入りの正規の飛行服と交換し、真あたらしい軍服に身をかためた。

被服の支給、旅費の請求、食事の手配等、すべての手続きを終わったとき、私は戦闘機搭乗員は戦闘機分隊に仮入隊することをつたえ、戦闘機隊飛行隊長に報告することをもつけくわえた。そして、戦闘機搭乗員は、夕食後、戦闘機分隊に行くことにした。

私は、すべての手続きを終わったことを隊長に報告すると同時に、外出の件を持ち出した。隊長は意外にも、すんなり外出を認めてくれ、

「あらたまって、外出札をつくることもないだろう。そう長くここにいることもないだろうから、外出のさいには、衛兵所に、マバラカット基地よりの派遣搭乗員と報告せよ。ただし、飛行作業に支障のないよう、朝礼時までには帰隊せよ」

との、なにからなにまで思いやりのある言葉であった。単純細胞でできている私は、(この隊長なら、くっついていく甲斐がある)と心にきめこんだ。

「わかりました。いろいろありがとうございました。帰ります」

と、敬礼をして帰りかけると、

「待て、きょう来たお前たちのあすからの予定をつたえておく。見たとおり艦爆隊は、目下、錬成中であり、また、錬成員を指導している搭乗員も、飛行時間は浅いし、台湾へ出撃(千歳基地から南下してきた七〇一空に編入された)するさいも、選に洩れた搭乗員で、戦地経験のある者は皆無だ。飛行機がうけいれられれば、すぐに戦地に行くことになろう。その意味で、早く錬成効果を上げるために、あすから錬成員を指導するつもりで、艦爆分隊の予定にしたがって、飛行作業に従事してもらう」

と、隊長から達しがあった。

隊長からの指示をうけ、宿舎にもどってみると、待機しているはずの連中は、すっかり夕食の準備をして私を待っていた。私ははずんだ声で、

「おい、お前たち、外出できるぞ。飯を食ったら、外出をして娑婆の空気をいっぱい吸ってこよう」

「ほんとうかね」

「ほんとうだ。ところで、さっきおれが頼んでおいた先任下士官は何期だった」

「だいじょうぶです。小澤兵曹より後輩だそうです」

「そうか、助かったな。あまり古いのがいると、こわいからな。これで、あいさつも簡単にすむな」

そんな会話をしているとき、艦爆分隊の搭乗員が、三々五々、飛行場から帰り、夕食の準備に余念がなかった。

だが、どうしたことであろうか、私の目に映ったここの搭乗員は、元気潑剌な隊長にくらべ、まったく覇気とか、気迫というものが感じられず、笑顔ひとつさえ見られなかった。廊下ひとつへだてた陸爆銀河分隊にしても、それが見うけられた。

私は、艦爆分隊が夕食の席につくのを見はからって、われわれ仮入隊組を廊下に整列させ、みんなを代表して、

「本日、香取空に到着しました。当分の間、お世話になりまーす。よろしく頼みまーす。おわり」

と、戦地なみの親しみをもった気軽なあいさつをすませ、食卓につき、飯を食べはじめた。

そのとき、三、四名の上飛曹が、窓ぎわの下に吊るしてあった〝軍人精神注入棒〟と書いてあるバッターをひっさげて出てきて、突然、

「本日の仮入隊者総員整列」と、号令をかけてきた。私は一瞬、戸惑ったが、

「おい、仮入隊者総員整列だとよ。みんな、ならべ」と、みんなをうながして整列した。

「総員整列が終わったら、報告せんかい」

と、威丈高に迫ってくる。（こいつら、あとで吠えづらかくなよ）と、私は腹の中で思った。

返事もしなければ、報告もしないわれわれに向かって、

「さっきの仮入隊のあいさつはなんだ。それでも貴様らは搭乗員か、気合いが抜けている。これから艦爆搭乗員としての気合いをいれてやるから、そのつもりでいろ」

いやはや、こんなことは、私が錬成訓練をうけた茂原基地や、佐伯空にもなかったことである。ここの錬成員が、萎縮し、覇気に欠けているのも、このへんからきているのが想像できた。

私の横にいる大石は、『怒れ、怒れ』と、指先で私の尻をつっついてきた。私は、

「ここまで来て、ぶん殴られるとは夢にも思わなかったな。おれたちを、どうしようというんだ。おれたちは、香取空の搭乗員ではない。気合いがはいっていようが、抜けていようが、他の航空隊員に殴られるおぼえはないッ」

〝この結果やいかに〟と見まもる連中は、しわぶきひとつしなかった。私は、ここを先途とばかりくいさがり、

「戦地に行って、よその隊員とか機種の違う搭乗員に気合いをいれてみろ、敵の弾丸に当たる前に殺されてしまうぞ。戦地ではな、よその隊員にたいしては、親切はしてやっても、恨みをかうようなことはするなというのが鉄則だ。気合いをいれるなら、いれてみろ。あとでどうなっても知らんぞ」

威丈高であった連中にしてみれば、〝とんでもないやつにハッパをかけてしまった〟と思

ったであろう。逆に、なにも言わなくなってしまった。

大石をちょっと見ると、大石は、片目をつむってニタッと笑った。単純な私は、これでまた勢いづき、錬成員のほうに向かって、

「みんな、ようく聞け。おれたちはな、第三航艦参謀の命令で、マバラカット基地から、貴様らをもらいにきたんだ、艦爆搭乗員としての気合いをいれるというが、そんなものは戦地で十ヵ月も飛び回っていれば、はいりすぎるほどはいっている。みんな、ここを一歩飛び出せば、行く先は戦地だ。そして、特攻隊だ。そんなとき、殴ったり、殴られたりして、おもしろいか、よく考えてみろ。戦地に行けば、死ぬ場所もおなじ、死ぬ時間までおなじようなものだ。そして、墓場もおなじ海の底だ……」

威丈高になっていた錬成員指導搭乗員も、いままでの気勢は、まったく影をひそめてしまった。そして、

「失礼しました。きょうのことは、なかったことにしてください」

「結構ですよ。来たばかりで、階級章も善行章もつけずに、あいさつした私にも落度はあったのだから。ところで、飯にしましょう。おれたちは、これから外出を予定していますから……」

錬成員たちは、なにごとも起こらなかったことにホッとしたように、急にざわめきだし、食事をはじめた。食事を終わった仮入隊組は、あとかたづけを錬成員にまかせて、たっぷりもらった俸給八ヵ月分、賞与二回分、旅費をポケットにいれ、

「おい、出かけるぞ。戦闘機もいっしょに行こう。戦闘機分隊に行くのは、あしたでいいよ。

みんなで娑婆の空気をたっぷり吸ってこよう」

「小澤兵曹、針と糸を借りましたから、全員、階級章ぐらいつけて出かけましょう。つけてやるから、軍服を脱いでください」

階級章を、つけてもらっているあいだ、私はさっきの先任格のところへ行き、

「あしたの朝八時までには、帰って来ますからよろしく」

と、いちおうあいさつをすると、逆に彼らは、恐縮したかのように、

「どうぞ、ゆっくり戦地の垢を落としてきてください。先ほどはたいへん無礼なことを言ってしまって……」

と、あらためて詫びたかと思うと、

「××兵曹、おれたちの控え室においてあるあれを二本持ってきてくれ。みんなに持っていってもらうから」

持ってきたのは、清酒が二本であった。

「疲れをとるのに、旅館に行ったら、みなさんで、いっぱいやってくれませんか。ほんの私たちの気持です……」

われわれは、清酒二本をぶら下げて、旭町めざして、ひさしぶりに意気揚々と大手を振って外出をした。

旭町の旅館の一室で、飲めや歌えのドンチャン騒ぎの酒の味は、セブ基地のように、あすの死を目の前にした仲間と酌みかわす酒とちがって、格別な味がし、飲む量も度をすごすほどである。なんとなく気分もらくになり、到着そうそうのいざこざも、洗い流されたように、

緊張感から解放されたようであった。

隊に帰り、飛行服に身を固め、飛行場に行ってみると、待機所の搭乗割には、もうわれわれの名が記入されていた。幾日か前までの南方の暑さと違い、地上にいてさえ寒いのに、上空にいくにしたがって寒さが身にしみ、震えがくるようであった。

隊長からは、訓練について、これといった指示がなかったため、大石は昨夜のいざこざと思いあわせて、ここが腕の見せどころとばかり、私が機の引き起こしを合図しても、わずかに機首を上げただけで、水平飛行にもどったのは飛行場上空三十メートルという、セブ基地で訓練をした反跳爆撃に似たやり方であった。

また高度をとっては、急降下にはいり、投下高度で機首を引き起こしたとみれば、一気に上昇し、上昇反転でまた急降下をするという、私がはらはらするような、大石にしては、めずらしく荒っぽい急降下の訓練であった。

着陸して、指揮所へ報告に行くと、予想どおり隊長から、

「急降下は一航過だけでよし、上昇反転はしなくともよい。なお、投下後はすみやかに機首を引き起こし、水平飛行高度は、三百メートル以下にしてはいかん」と、注意されてしまった。

われわれが訓練を終わり、宿舎に引きあげる日没ちかくになると、となりの銀河陸爆隊は動きだし、夕食の終わるころになると、何機かの銀河のエンジンが始動され、夕闇の空をぬって飛びたっていった。

私は、銀河隊が夜間飛行訓練をするのであろうと思っていた。だが、なんとそれは、マリ

アナ方面のサイパン、テニアンの敵飛行場にたいする片道攻撃の陸爆・銀河の特攻出撃であったのである。

セブ基地、マバラカット基地から出撃した特攻隊とおなじように、ここ香取空でも、これを見送る者もなく、さながら隠密行動のようなさびしい特攻機の出撃があったのである。

そして、その搭乗員たちは、みずからの意志で特攻隊員を志願したのではなかったのか、悲しみにうちひしがれたように、肩を落とし、下うつむきながら、涙をうかべ、悄然と宿舎を出て、二度と還らぬ特攻機に乗りこんでいった。

私は、このような光景を何度か見たとき、艦爆分隊の錬成員指導搭乗員が、錬成員を理由もないのに、屁理屈をつけては毎日のようにいためつけているのが理解できた。

彼らにとってみれば、銀河陸爆隊のように、いつなんどき特攻隊員の指名がくるかという不安感がつのり、後輩の錬成搭乗員をいためつけ、一時的にでも、その不安から回避しようとして背伸びをしていたのである。

十二月にはいって早々、仮入隊組の四名は、急降下爆撃訓練の搭乗割からはずされてしまい、錬成員の訓練を、下から見上げてばかりいる日が、三、四日もつづいた。その日の訓練も終わったとき、隊長から、

「明日、挙母基地（現在の愛知県豊田市）に、彗星艦爆をうけとりにゆく。その搭乗員は、あとで連絡する。仮入隊の搭乗員は、毎晩、外出しているようだが、本日は外出を禁止する」

と、きつい達しであった。隊長は、われわれ仮入隊組が、毎晩そろって徒党を組んで外出

離陸滑走中の陸上爆撃機銀河。梓特攻隊出撃時のもの。香取空でも見送るものとてない寂しい特攻出撃が夕闇をぬってくりかえされていたという。

していたのを知っていたのである。

夕食後、飛行機うけとり搭乗員の名が発表され、仮入隊組のわれわれは偵察員ともども、その搭乗割にはいっていた。私は、先日、隊長が言った、

「飛行機のうけ入れができれば……」ということばを思い出し、（いよいよ戦地に向かう日も近くなってきたな）と感じた。

翌日、隊長に引率され、選ばれた操縦員十一名と偵察搭乗員三名は、挙母基地に向かった。その日は、十二月七日か八日だったと記憶するが、その日の午後、われわれは挙母駅のホームに降り立った途端、突然、この世の音ではないような地の底からでも湧き起こるような無気味な音を聞いた。その瞬間、足もとをすくわれ、身体がよろめくようだった。（変だぞ）と思うまもあらばこそ、

「地震だ、大きいぞ、伏せろ」

と、だれかがどなった。ホームに身を伏せると、地の下から身体をつき上げられるような震動を感じ、一瞬、恐怖感が身体をつき抜けた。駅前の公

衆浴場の煙突であろうか、ガラガラッと、へし折られるようにくずれ落ちてしまった。

挙母基地に向かう道すがら、街並みを見ると、相当に大きな地震であったことを物語るように、倒壊しかかった家々が見うけられた。（のちに、近江地震と命名された）

挙母基地についてみると、ここの建物にもかなりの被害が出ていたようであり、女学生の勤労奉仕隊員のなかから、犠牲者まで出たとのことで、まさに、阿鼻叫喚の中へ飛びこんでしまった。そして、地震による滑走路の被害点検、機体の損傷点検とかで飛行機のうけとりが遅れ、三度の食事にもこと欠く有様で一夜をすごし、挙母基地をたったのは翌日の午後であった。

彗星艦爆十二機をうけとり、堂々の編隊を組んで、香取空へ針路をとった。初冬の澄みきった大空を、編隊を組んで飛ぶのもずいぶんひさしぶりであり、くっきりとそびえ立つ富士山を眺めて飛ぶのも、またいっそう爽快さを増した。

全機ぶじに香取空の上空に到着、編隊をとき、着陸態勢をとり、隊長機を先頭に順次着陸して、あと三機を残すだけとなった。が、その三機も、着陸誘導コースにはいり、一機が着陸して滑走をはじめたとき、二番機は、滑走中の機に接近しすぎて着陸態勢にはいっていた。

指揮所からは、「着陸を待て」の信号を送るが、二番機はその信号に気づかないのか、着陸姿勢をくずさず、滑走路をめざして降下する。

そして一番機が、滑走路から左側列線誘導路にはいろうと機首を向けたとき、二番機は、一番機の胴体に体当たりでもするかのように激突し、プロペラで飛行機を真二つにしてしまい、その揚句、搭乗員の首を切り落としてしまった。そして、血しぶきは二メートルほどの高さまで数秒間、噴き上げていた。

うしろ半分をもぎとられた機は、機首だけが仰ぐようにして上空を向き、プロペラが、最後のあがきのようにむなしく回転していた。

戦地に行くことを夢みながら、無惨な殉職をとげてしまったのも、後続機の錬度未熟から、編隊を解散した後の着陸要領の基本を忘れたのが原因であった。そして、この事故当事者たるや、錬成員を指導する立場の搭乗員であってみれば、おのずとその技量も、はかりしることができ、台湾に出撃するさいに、取り残されてしまったこともうなずけた。防げる事故でありながら、尊い人命と貴重な二機の戦力を、戦地に行く前にうしなってしまったのである。

このような事故で、殉職者を出しておきながら、艦爆飛行分隊だけの、真似ごとの通夜もしなかったのにはおどろきもし、あきれもした。戦局が緊迫しているときでもあり、航空隊葬はともかくとしても、入隊年月、期別の差はあっても、予科練、飛練とおなじ過程をへて、苦しみ、楽しみもともにきょうまでやってきた戦友の死にたいして、せめて艦爆飛行分隊だけの通夜だけでもできなかったものであろうか。

一年前の茂原基地、佐伯空の艦爆搭乗員の団結と気迫、自由時間のときの階級を忘れ、甲種とか乙種の区別もなく兄弟同様の騒ぎっぷりをふり返り、これらと比較してみたとき、香取空の艦爆飛行隊は、陰気につつまれた覇気のない錬成搭乗員たちばかりであった。

錬成搭乗員と、その指導搭乗員との心と心のつながりがなく、錬成員は罰直におののき、指導搭乗員は罰直をくわえることで優越を感じている風潮があり、その体罰は、実施部隊にしてはめずらしい予科練、飛練なみの罰直であった。

さらに彼らを陰気にしたのは、廊下ひとつ隔てた銀河陸爆隊から、毎夜のように特攻隊員が出撃するのを目のあたりにしていて、（おれたちも錬成が終われば、特攻隊として出撃させられるのではなかろうか）と、ひそかに思いつめ、いつも不安がつきまとっていたからであろう。

香取空のことをくどくどと書いたのは、あちこちの航空隊に私は行ったが、彼らのような陰気な飛行隊はこれまでになかったからである。

死を前にした搭乗員の集まり場所の感がしたセブ基地の搭乗員でさえ、たとえそれが、うわべだけであったとしても、香取空艦爆隊よりは、〝からッ〟としていた。

からッとした代表作とまではいえないであろうが、詠みびとこそわからないが、特攻出撃の前日、遺書の代わりに、

軍神となる身もいまは野糞たれ

と、一句の川柳を残して、出撃した者もいると聞いた。

おれの番がきた！

挙母基地から、飛行機の補充をうけたことによって、艦爆分隊員の間で、（おれたちも、いよいよ戦地ゆきだな）というささやきが聞かれはじめ、私にもそれは肌で感じられた。

飛行場にゆき、待機所で腰をおろし、漠然と、（きょうは外出でもして、思いきり羽をのばしてくるかな）と、思っている矢先、私は、突然、隊長に呼ばれ、

「これから横須賀空まで行く。おれの後席に乗るよう至急、飛行準備をせよ」

「飛行準備は、いつでもできております。何時出発でありますか」

「お前がよければ、すぐに出発する」

私は、隊長の後席に乗って離陸した。香取空と横空のあいだは、彗星では高度をとったと思うころには、もう着陸態勢で、飛行時間で離陸から着陸まで三十分もかからなかった。

隊長の要務飛行の目的は、人事部に行くとのことで、三、四時間かかるとのことだった。だが、勝手を知らない横須賀空であり、そのうえ前々から、〝横空には古い搭乗員が大勢いて、気の抜けないところである〟ということをしばしば耳にしてもいたので、飯も食わず、隊長がもどるまでの三、四時間を、彗星艦爆の番兵のように、風防をしめきり、さんさんと照りつける太陽で暖をとりながら、昼寝かたがた時間をつぶしたが、あのときの空腹は、いま思いだしても、腹の虫がグーッと鳴くような気がする。

要務飛行から帰った翌日であった。待機所で待機していると、私と大石兵曹は、隊長に呼ばれた。指揮所へ行くと、私は十九年七月十日付（五〇一空が解隊した日）で、大井航空隊（飛行練習生の実技教育航空隊）に転勤命令が出ていたことを知らされた。そして隊長から、あらためて、

「小澤上飛曹、大石一飛曹は大井海軍航空隊に転勤を命ず」

と言いわたされ、さらに、

「転勤準備がすんだら、報告にこい」

と言われて、私と大石は、まさか、とわが耳を疑った。指揮所を去り、宿舎にもどりなが

ら、

「大石、これはいったい、どういうことなんだ」

「なんだか狐につままれたみたいで、全然、見当がつかないな」

と、突然、降って湧いたような命令をうけ、転勤準備にかかったが、返すものは飛行服だけであり、簡単に転勤の仕度はできてしまった。たまたま、昼食のため宿舎にもどってきた連中に、転勤のあいさつをすませ、休憩時間の終わるのを待った。

午後一時になるのを待って、指揮所へ報告に行くと、

「よし、これが送り状と考課表に代わるものである。うまく書いておいてやったからな、これを持ってゆけ」

と、隊長は、一通の封筒をさしだし、また、べつの封筒を手渡しながら、

「こっちの封筒は、お前らの飛行長あてに、充分な休暇をあたえてくれと書いておいた。元気でやれ、ご苦労であった。出発してよろしい。なお、途中一泊して、明日の午前中に隊につけばよい」

「いろいろありがとうございました。小澤、大石、ただいまより出発します」

と、隊長にあいさつし、マバラカット基地からいっしょだった仲間と錬成員たちとも別れ、大井空に教員として赴任したのは十二月中旬であった。

その後の香取空の艦爆搭乗員のことは、私の知る由もなかったが、隊長のことばから推察すると、まもなく南方に進出した模様であり、出撃したとすれば、レイテ湾、あるいは二十年一月上旬、クラーク航空基地群の北方にあるリンガエンに敵が上陸作戦を展開したさいに、

リンガエン湾の敵艦船にたいして、特攻出撃を敢行し、散華したのではないかと思われる。

大井空に赴任し、私は、甲種予科練第十三期出身の飛行練習生教員となり、大石は飛行分隊に行ったので、ダバオ以来いっしょにペアを組んできた大石とは別行動をするようになった。

練習生教員となり、練習生分隊にいってみると、十年一日のごとく、練習生にたいする罰直は、私の飛行練習生当時とすこしも変わったところがなく、きまったように、夕食時に練習生総員整列をかけ、教員が軍人精神注入棒で練習生の尻を叩くのが、その日の日課の延長のようなものであった。

私は、そのようなときは、教員の仲間にははいらず、飯どきであれば、ひとりで飯を食いながら、（バカげたことを）と、傍観するだけであった。そして、やめさせようともしなかった。

同期の教員が、先任教員に気がねしてか、私のためを思ってか、

「小澤、お前もやれ。先任教員だって、まだ食卓についていないではないか。十名か二十名、ひっぱたけ」と、けしかけてくる。

「お前が、おれの分までひっぱたいてくれ。殴って練習生の腕が上がるなら、殴ってもいいよ……」

と、体罰制裁などくそくらえ主義であった。そのため、教員仲間では、多分へそ曲がりでとおっていたようである。そのためか、私は練習生には人気があり、私が当直教員になった日は、罰直がないものときめこんで、とくに夕食後は安心しきって、わいわいがやがやと、

にぎやかな野郎どもの集団となってはしゃいでいた。

私は罰直のあと、シューンとした練習生の姿を見るより、陽気に騒いでいる彼らを見ているほうが楽しみであった。そして、私は練習生にたびたび言った。

「おれは、自分から進んで、お前たちに罰直をくわえようとは思わない。だからといって、さぼっていいものではない。おれはここ（大井空）を卒業すると、わずかな錬成期間で、同期の者より、二、三ヵ月早く戦地へ行かされた。お前たちも、ここを卒業したら、すぐに戦地に行かされるかも知れない。おれは、お前たちが戦地へ行って、すぐに役立つ搭乗員になるよう努力するが、お前たちも戦地で犬死にしないためには、訓練にかぎらず、いろいろなことを進んでやるように心がけろ……」

私は練習生教員をしているとき、ひとりとして練習生を殴ったことのないのを、私なりに誇りに思っていた。

このようなことを書くと、いかにも聖人君子のようだが、単細胞の持ち主の私である。その後、短期間ではあるが、学徒動員された予備学生を担当しているとき、私は金谷の街に外出した。そのとき街の中で、私の担当する予備学生と、行きちがいに顔と顔があった。私は、（おれの班の学生だな）との気やすさから、敬礼をしないで通りすぎようとした。そのとき、

「こらッ、貴様、待たんかい」

と一喝され、ふり返ると、

「貴様、上官にたいして、敬礼ができんのか、軍人精神を入れてやる」

と、言いざま、いきなり二、三発、はりとばされてしまった。

「申しわけありません。以後、気をつけます」

と謝ったが、敬礼をしなかった自分の非は棚にあげ、殴られたことがくやしくて、（あの野郎、軍人精神を入れてやると言ったな。それでは、おれもあの予備学野郎に軍人精神を入れてやれ）と、考えつづけ、外出の楽しさなどは微塵もなかった。

翌日、指揮所で搭乗割を見て、きのうの学生が搭乗する機に、私が同乗することに搭乗割を変更してもらい、彼のほかに二名が搭乗する機に乗りこんで、飛行訓練に飛びたった。もちろん、搭乗割の変更と同時に、操縦員にはきのうのいきさつを話し、操縦員はすべてをのみこんでの操縦である。

偏流測定とか、爆撃照準を定めようとするとき、機をピッチングさせたりローリングさせ、また機上作業のないときでも、ちょこちょこと、ピッチング、ローリングさせる。こうして三十分も飛ぶと、十五時間や二十時間の飛行訓練をした程度の者では、顔面蒼白となり、吐き気をもよおしてくる。そして、最後には、機内に嘔吐してしまう。

着陸して、指揮所へ報告したあと、彼らに機内の汚物の洗い流しをさせる。飛行場には、水道栓がないのでバケツに水をくんで、流してはまたくみにゆく。彼ら自身で汚した機内であるから、黙っていても責任をもってきれいに洗い流し、つぎの搭乗者に申しつぎをする。

私は、

「外出して海軍少尉を自認するのと同様に、飛行機に乗っても、海軍少尉の自覚と、おれは列機を引きつれ、一番機に乗っているのだという気持をもてば、絶対に酔うことなどないはずだ。あなた方は、ここを出れば、一番機に乗る身分なのだ。訓練という気持をすてて乗ってください……」

と、意地悪らしからぬ意地悪をし、外出先で殴られた仇をとったものであるが、目に見えない罰直は、数えあげれば再三再四であった。

私と同期で、おなじ分隊のある教員は、練習生にたいしては、罰直をくわえることが教員の特権でもあるかのように、練習生いじめに、生き甲斐を感じているようであった。分隊全員の罰直がないときは、自分の受け持ち班（教員一名で十七、八名を受け持つ）の練習生にたいして、みずから罰直をくわえて楽しんでいるようであった。見るに見かねて、止めにはいっても効果はない。教員室にもどってきた彼に、同期生のよしみで、

「おい、お前のやり方は、いくら教員でも、すこし度がすぎるぞ。土浦でおなじ班にいるときには、そんなお前ではなかったはずだぜ」

「うるさい、お前がやらなさすぎるんだ。気晴らしには、あれがいいんだ。おたがいに気合いがはいってな」

私は、〝気晴らし……〟と聞いて愕然とした。練習生こそまったくの災難である。

「お前がそんなつもりで練習生と毎日をすごしているのなら、こんどお前が、勝手に罰直などをくわえたら、おれは逆に、練習生の前でもなんでも、お前を怒鳴りとばすぞ」

同期生でもあり、まして予科練時代におなじ班ですごしただけに、なにごとも胸を割って話しあえると思っていたが、彼は、私の気持などうけいれようともしなかった。

そのような私の日常、練習生の扱いが、分隊長、あるいは他の教員から見れば、優柔不断にうつったのであろうか、幾日かではあるが、教員飛行分隊にうつされたり、また元の分隊

にもどされたりした。

戦地での張りつめていた緊張の糸も、すっかりゆるんでしまい、金谷の町の中に下宿までみつけ、のんびりした教員生活をすごしながら、昭和十九年もすぎて、二十年の一月も半ばをすぎたころ、私は十日間の休暇をあたえられた。こんどは大威張りで軍服に身をつつみ、何年ぶりかで故郷の味を満喫できるのである。私は、香取空の隊長の配慮に心から感謝しながら隊門を出た。

以前、香取空への途次、家に立ち寄ったときは、大手を振って歩ける帰省ではなかったが、こんどの帰省は正真正銘の休暇であり、また、練習航空隊で心にゆとりのある教員生活を一ヵ月もすごしたときでもあったので、はればれとした気分でわが家に帰った。

香取空に向かうとき、この機会をのがしては生きてふたたび肉親に会うことはないだろうと、家に立ち寄り、肉親の顔を見たときの感激とくらべると、こんどの休暇に、それほどの感激をおぼえなかったのは、ここ〈大井空〉にいるあいだは、死ぬことを考えずにすむという安心感と、会いたければいつでも会えるという気持が、心の片隅にあったからであろう。

母も兄も、

「お前、また帰って来たのか。戦地に行ったのではなかったのかい」

と、私の帰宅をいぶかる始末であった。

「すぐに戦地へ引き返すつもりでいたが、二名だけ内地勤務になってしまい、おれは、いま大井航空隊の教員をしているんだ」

「教員とは、お前、先生ということだろう」

「そういうことだな」

「ふーん、お前が教員にね。だいじょうぶかい」

と、母も兄も、私が教員であることをあまり信用しかねる口ぶりであった。それは、部外者からみる教員とは、人格、教養ともにすぐれた一般社会の〝立派な教育者〟を前提に考えていたからである。

幼友だちの家を二、三軒、訪ねるうちに、

「一席もうけるから、そこで新年会をかねて旧交をあたためよう」

という旧友に誘われ、〝新むさし〟という料亭の一室で、すぎし日を語り合い、ときのたつのを忘れて飲んだが、多くの友だちも、すでに軍籍に身を投じていた。そして、ここに集まった旧友も、すでに入営、入隊日が決定していた。

所沢に住んでいるふたりの姉も、それぞれ主人が召集されて、女手ひとつで子どもを抱え、留守家族をまもっていた。おふくろの顔も拝み、墓参りもすませた身には、もう思い残すことはないような充実した気分で大井空に帰った。

気持も新たに、練習生の訓練に精魂をかたむけているうちに、二十年も二月下旬となり、静岡県地方にしては、めずらしく大雪が降って、飛行場のある牧ノ原台地から眺める富士山もいっそうその白さを増し、飛行場も白一色におおわれ、練習生の訓練飛行も取りやめとなった。私は練習生を引きつれて、兵舎の裏側にある谷間へ行き、餓鬼大将気どりで雪合戦に興じ、ときのたつのを忘れていた。雪合戦も最高潮にたっし、練習生の顔からは汗がしたたり落ちるほどで、私も練習生にまじり、汗だくとなって遊んでいた。

そのとき、上の兵舎の方から、三、四名の教員が、

「小澤教員はいるか！」

と、大声をあげながら駆けおりてきた。雪合戦をいちじ中止して、

「おーい、おれならここにいるぞ。用件はなんだ！」

と叫び返した。

私を見つけた教員たちは、ピョンピョンと跳ねるように、なにかをわめきながら、私に向かって、急坂を駆け下りてきた。教員たちの顔は、緊張にひきつっているようだった。

「なにかあったのか」と聞く私に、

「小澤教員、出撃だそうです。すぐ準備してください」

「なにッ、出撃だって。この航空隊には、実用機は天山艦攻だけだろう。おれは急降下専門だぜ、なにかの間違いではないのか。それとも訓練か」

「はっきりわかりませんが、特攻出撃らしいです」

「なにッ、特攻出撃だって、どこへだ」

「なんだか、敵の機動部隊が見つかったようなことを言っていました」

「よし分かった、すぐ行く」

練習生に雪合戦を中止させ、兵舎に帰るように

昭和20年１月、10日間の休暇をもらって、帰省した際の著者。

命じ、私も急いで兵舎に向かった。

大井空で教員生活になれてしまった私は、神風特攻隊というものを、まるで他人ごとのようにしか感じなくなっていたのに、あらためて気づいた。あのセブ基地で、マバラカット基地で、還らぬ特攻隊員として出撃していった数多くの戦友に、

「かならずあとから行くからな……」と誓った言葉も忘れていたのであった。

だが、戦地で特攻隊を二度も志願し、明日の死が決定づけられながら、はからずも生き永らえた身であってみれば、さしておどろくべき問題でもないように、心の切りかえも容易であった。

谷間から急坂をのぼりながら、（とうとうおれの番がきたか。おれが死んでも、練習生が万歳を叫ぶような戦果をあげて、死にたいものだ）と思うと、南の基地で別れた戦友の、笑った顔、涙の顔、顔が走馬灯のように浮かんでは消え、消えては浮かんだ。

兵舎にもどろうとするわれわれ教員のあとに、ぞろぞろとついてくる練習生たちをふり返り、

「おれは、これから特攻出撃をするらしい。お前たちとも、これでお別れだ。おれみたいな話のわかる（殴らない）教員は、もう絶対に来ないぞ。これからも、罰直を食わぬよう、一生懸命やれよ……」

と言い残し、一気に坂を駆け上がり、宿舎へ急いだ。分隊の教員室にもどると、数名の教員が、私の帰りをいつもの陽気さに似あわず、神妙な顔つきで待っていた。私はだれに聞くともなく、

「特攻出撃だって、行く先はどこだ」

「らしいが、行く先までは、おれたちには分からない」

「肌着とふんどしだけでも、着がえて行こうかな。指揮所へ集合は何時だ」

「知らん、急いだほうがいいぞ」

雪合戦で、汗びっしょりの肌着を着がえながら、

「おれが死んだら、すまないが、私物は遺品として、おれの家へ送ってくれ……」

と、だれにともなく頼んだ。

飛行服に身をかため、指揮所へ行こうとする私に、教員一同と練習生一同と書かれた二つの、のし袋が餞別として差し出された。これから死の攻撃に出ようとする私に餞別とは、考えたこともなければ、思ったこともないだけに、ちょっとびっくりした。

「おい、やめてくれ。これから死にゆく身に餞別などとはもったいない……」と固辞したが、飛行服のポケットにねじこまれてしまい、

「それでは、三途の川の渡り賃にするか」

と、私はありがたく頂戴した。そうこうしているとき、拡声機は、

「出撃搭乗員は、至急、指揮所前に集合せよ」と報じ、さらに、

「総員、見送りの位置につけ」と報じた。

見送ってくれる同室の教員たちと、指揮所前に行くと、出撃搭乗員をはじめ、大勢の戦友が集まっていた。指揮所にいる飛行長に、

「小澤上飛曹、ただいま参りました」

と、報告をすませ、待機を命じられて、すでに集まった出撃する隊員たちの仲間にくわわった。そこには、思いもかけず大石兵曹がおり、

「小澤さん、またいっしょだね。ペアを組ませてくれるといいがね」

「大石、お前もか、レイテ湾攻撃で生きのびてきたんだし、いままで生きていたのは、おまけみたいなものだ。艦橋にでもぶち当たって、砕け散るか」

他の者はと見ると、大半の者が、緊張と興奮の顔をしており、〝まったく寝耳に水だよ〟と言わんばかりであった。そういう顔つきの連中は、戦地に行ったことのない搭乗員であり、実用機の搭乗時間もわずかで、大井空に配属された者であった。

指揮所前の真っ白く積もった雪の上に、純白の布でおおわれたテーブルがならべられ、そこには別れの盃が用意されていた。

飛行場を見わたすと、除雪したばかりの滑走路だけが、一直線に黒く浮き彫りにされ、その端には、一式陸攻が一機、エンジンの音をひびかせ、後方の雪を舞い上がらせていた。

出撃搭乗員が、テーブルをはさんで整列をし、司令、飛行長が、指揮所から降りてくるのを待った。司令は、われわれ一同を見わたしていった。

「味方索敵機の報告によれば、足摺岬南方に有力な敵機動部隊を発見し、現在、触接中であるとのことである。この機動部隊を絶滅するには、この機会をおいてはない。本来なら、特攻隊志願者のなかから選ぶのであるが、その時間もないため、私の独断で諸君を選び、急遽、特攻隊編成のために、挙母基地へ進出してもらうことになった。各航空隊からも、ぞくぞくと挙母基地に集結しているはずであり、諸君の必死必殺の体当たり攻撃をもって、敵機動部

隊を絶滅することを祈る……」

この訓辞を聞いたあと、私は大石に、

「内地の特攻隊出撃は、ずいぶんのんびりだな。こんな儀式ばったことをしているうちに、敵機が来るか、さもなければ敵の機動部隊は、どこかへ行っちゃうぜ」

と、ささやいた。大石は、

「こんなことをやっているから、命が惜しくなってしまうんだ。〝それ行けッ〟で、飛び出してしまえばいいんだ」

さらに、飛行長からの訓辞と訣別の言葉を聞き、真似ごとのように注いだ少量の酒を飲み、別れの盃とした。

飛行場に降り積もっている雪を踏みしめながら、一式陸攻に向かう十数名の特攻隊員は、目の前に迫った死を見つめているのだろう、声も発する者はなかった。

私は、雪の中を歩きながら、(茂原基地から戦地にたつときも、ちょうどきょうのように、大雪の降ったあとだったなあ。この一年、よくも生きていたものだ。だが、おれの命もきょうかぎりだ……)と、きょうまで生きてきたことの不思議さを思いながら、挙母基地へ向かった。(大井空が特攻隊志願者を募ったのは、二十年三月中旬以降であった)

挙母基地に着陸してみると、懐かしい彗星艦爆が、あのスマートな雄姿を誇るかのように、何十機とならんでいた。

「大石、特攻はやっぱり彗星で出撃らしいな。乗りなれた飛行機だから安心したな」と、声をかけると、大石も、

「そのようだね。これなら、確実に体当たりできますよ。ところで、搭乗割は小澤兵曹とペアになるよう頼んでくれ」

そんな会話をかわしながら、指揮所に向かう途中、いっしょにきた搭乗員の大半が、

「彗星か、おれは乗ったことがないぜ」というような状態であった。

すでに、各航空隊から飛来した搭乗員が、あちこちにたむろしており、大井空から馳せ参じたわれわれも、ひとかたまりになって、搭乗割編成の発表を待った。そして、この発表を待つ時間が、じつに長く感じられた。

だが、大井空を発進する直前までは、顔面を蒼白にし、顔をひきつらせるような表情であった二、三名の搭乗員も、ここまで来てしまったことで、かえって気持が落ちついたのであろうか、観念をしてしまったのか、搭乗割編成と、攻撃隊編成の発表を待つ間の雑談は、いつもの陽気で豪放な搭乗員になりきっていた。

やれ、下宿に連絡する時間がなかったとか、おれが死んだら、彼女は泣いてくれるだろうか、などと、とりとめのない雑談をかわし、残された生きている時間だけでも楽しいものにしようとしているようすが、ありありと見えた。私たちが到着してから、二時間ほどたって、指揮所から、

「攻撃隊の編成と搭乗割を掲示する。総員指揮所前に集合」

の号令で、あちらこちらにたむろしていた各航空隊の搭乗員が、指揮所前に集合したときには、時計の針も午後四時をすぎ、太陽も西の空にかたむきかけ、茜の空をさらに赤く染めようとしていた。

昭和18年4月、予科練卒業時(三重空)の同県人。後列右から2人目の加藤良一上飛曹は大井空で著者(後列左端)が教えていた練習生をひきついだ。

（大石とペアであってくれ）と念じながら、人垣のうしろから肩越しに、黒板に掲示された搭乗割のなかの私の名をさがした。あった。それも期待どおり、大石とペアが組まれてあった。このとき私は、（これで、間違いなく体当たりはできるぞ）と、確信をもった。

攻撃隊編成の搭乗割を、全員が確認したころあいを見はからって、隊長（大井空より出撃した隊長で、先任隊長のようであった）から、

「搭乗割編成は、見た通りである。下士官が一番機になっていたり、士官が二番機、三番機になっている攻撃隊もあり、不審に思うものもいるであろうが、このさい階級を云々するときではない。いまは、なにごとをおいても、敵機動部隊を撃滅しなければならないときである。下士官で一番機になっているのは、いままで彗星艦爆、あるいは陸爆・銀河の搭乗経験の長いものを選んだ。突入のさいは、その一番機にならい、それぞれ目標をさだめて突入すること。空母にたいしては、まと

まって襲いかかれ。空母以外の艦には、だめだと思ったときだけ突入しろ。全攻撃隊の指揮は、このおれがとる。別命があるまで、待機せよ。解散」

との号令で、指揮所を離れたときには、太陽はすでに地平線の彼方に没し、残照だけが西の空を赤く染め、夕闇が迫っていた。指揮所横のコンクリートの上にすわりこみ、寒さも尻のほうから肌にしみこむような夜になっても、「攻撃隊出撃用意」の命令は出ず、とうとう、あてがわれた宿舎に引き揚げた。

翌日も、翌々日も、早朝から出撃態勢をとりながら、ついに特攻隊出撃は下令されず、「味方触接機が触接をつづけていたが、機動部隊を見うしない、また敵艦載機の攻撃のないところをみると、南方海上に去った公算が大であり、特別攻撃隊を解散する。それぞれ原隊に復帰し、あたえられた任務に従事してもらいたい……」

と司令からのあいさつをうけて、急遽、編成された特攻隊は、解散を命じられた。

この時機には、内地の航空戦力も底をつき、一航空隊が総力をあげて四十機、五十機の航空戦力をもって、急遽、出撃態勢をとれる状態ではなくなっていたのである。

解散後、ここまで来たついでとばかり、大井空搭乗員は、挙母の街へでかけた。そこには、大井空搭乗員ばかりではなく、他の航空隊から駆けつけた搭乗員も、やはり飛行服姿で街へくりだしていた。私は、(どこの隊長も、いちど死にかけた部下を喜ばせてやろうという気持には、変わりないんだな)と思い、陰ながら隊長に感謝した。

他の隊の者は、どのようにして飲み食いしたか知る由もないが、大井空搭乗員は、金を持って出撃した搭乗員はひとりもなく、たったひとり、私だけが出撃直前に、練習生、教員から頂戴した三百五十円あまりの餞別をポケットに入れたまま出撃したので、みんなで使い果たしてしまった。

マバラカット基地では、死に赴く搭乗員から頂戴した金を帰国の旅費に充て、こんどは逆に生き残る搭乗員が、死に赴く私に餞別としてわたしてくれた金が、全員が生き永らえた証の喜びの酒宴の元手になろうとは、まことに奇妙なめぐりあわせであった。

餞別を使い果たし、気がねをしながら、大井空に帰ってみると、私のうけ持っていた練習生は、同期生であり、同県人（秩父郡横瀬村）である加藤良一上飛曹が引きついでいた。彼は、上海航空隊の飛練で教員をしていた。が、上海方面も戦雲ただならぬものがあり、練習航空隊を閉鎖し、飛行練習生をはじめ、航空隊ぐるみ内地に引き揚げ、練習生、教員は大井空、鈴鹿空、徳島空などの練習航空隊に分散入隊をしたが、加藤はそれらの教員のひとりであった。

私より成績優秀な加藤が後をうけ持ってくれたことで、まずはひと安心したが、私の配置は宙に浮いていた。そんなとき、予備学生の教員（班長）を命じられた。（なにかの手違いであろう。予備学生の教員は、ほとんど准士官か少尉であった。飛行訓練は下士官搭乗員が主であった）

彼らは階級も少尉であり、年齢も同年輩か一、二歳上で、学歴は大学卒業または中退者であり、飛行練習生を相手に餓鬼大将気どりでいるほうが、よほど私の性分にあっていた。私は、息のつまりそうな予備学生教員を三週間ほどでやめさせてもらい、飛行分隊に配置がえしてもらった。

飛行分隊は、対潜哨戒、要務飛行が主任務であったが、予備学生、飛行練習生の実技訓練のときも、教員の代行として搭乗することが多かった。

飛行分隊に行ってから、加藤上飛曹とぱったり会った。

「小澤、いまおれがうけ持っている班は、お前がうけ持っていたそうだな。そのとき、だれだったと聞いたら、小澤教員ですと言ったが、まさかお前だとは思わなかったよ。だらしのないやつらで、おれは参ったよ。お前は、いったい、どんな教育をしていたんだ」

と、私を責めるような口ぶりであった。それで、

「フン、お前のように、飛練卒業と同時に教員研修をうけ、教員になったのとはちっとばかり違うぜ。戦地へ行ってすぐ使えるようにするには、あれでいいんだ。だらしがないといってても、それは夕食後のことだろう。飛行訓練では引けをとらないはずだぞ。夕食後ぐらい思いっきり騒がせてやれよ。気にいらなければ、お前のすきなように鍛えなおせよ」

と、やりかえしたこともあった。

約束が果たせる

挙母基地に特攻出撃に行って帰ってから、約一ヵ月はまたたくまにすぎ、三月下旬となり、大井空においても特攻隊志願者をつのった。このときも私は、特攻隊員を志願した。内地にいれば、たとえ特攻隊員を指名されたとしても、それなりの理由をつけて逃れるすべもないではなかったが、このときの特攻隊志願の動機は、戦地で志願した〝どうせ生きては帰れな

い……〟というあきらめの心境からとは根本的に違っていた。

セブ基地で、あるいはマバラカット基地で、特攻隊員となった幾多の戦友を送り、あるいは誘導し、そのつど、「あとから行くからな」と言い、行く者は、「先に行って待ってるぞ」と言い残し、笑いながらいった者も、涙しながらいった者も、南の海に散って眠っていることを思うと、こうして生きていることが、先に死んでいった連中にたいして、約束ごとをほごにしているような感じがして、息苦しさをおぼえることがあった。

そして、当時の状況からは、口にこそ出さないが、敵の大攻勢を見ると、だれの目から見ても、とても態勢の挽回などでき得ないものを感じてはいた。が、とにかく、死んでいった連中との約束ごとを果たし、一機が一艦を屠ることが念願になっていたからである。

ふり返ってみれば、二十年一月上旬には、敵機動部隊は沖縄を襲い、二月中旬には関東地区を襲って、日本本土近辺の制海権はもちろん、制空権まで握り、二月下旬には、ついに硫黄島に敵海兵隊が上陸してしまっていた。ときをおなじくして、わが方は敵機動部隊を発見し、特攻隊を編成して、われわれは挙母基地で待機したが、解散を余儀なくされ、生きのびてきたのであった。

特攻隊を志願し、うけ入れられたときには、（これで、先に死んでいったみんなに約束が果たせるな）と思うと、信義をつらぬいたという感情のほうが、死に直結する特攻隊志願よりも重みを感じ、かえって心のやすらぎを感じた。

特攻飛行分隊なるものが編成され、宿舎も分けられて、特攻分隊としての特攻訓練がはじまり、主として夜間攻撃の訓練に従事した。仮想敵は駿河湾内の船舶であり、清水港の漁船などであったが、急降下が専門であった私にとっては、十五度からせいぜい二十五度ぐらいの降下角度で突っこむ練習機（白菊）による特攻訓練は、まことに幼稚な攻撃訓練であった。

だが、この訓練中にも、湾内に突っこんだり、漁船のマストにぶつかり、飛行機もろとも海中に投げ出されて負傷したり、久能山の山腹に激突し、殉職するというような事故もあいつぎ、何名かの犠牲者が出ていた。それにくわえて、歴戦の古参搭乗員は、各航空隊で編成される特攻隊に編入するため、一名また一名と、大井空を去り、それぞれの機種に応じた航空隊の中枢搭乗員として、各基地へ向かっていった。

残る特攻飛行分隊は、技量の進歩とともに、午後四時、起床、午後五時三十分ごろより深夜にかけての夜間攻撃訓練という、十二時間差し替えの苛酷なる訓練に従事していた。だが、人間の体力、精神力にも限度があり、下痢患者が日一日とふえ、特攻訓練に参加できる者は、当初の特攻飛行分隊の半数を割り、三十名ほどになってしまった。

苛酷な特攻訓練に耐えて、一ヵ月余をすぎた四月下旬のころ、「小澤上飛曹を特攻飛行分隊より除外する。教員錬成員の教員として、鈴鹿空に出向せよ」との命令があった。

教員錬成員ということばを判じかねたが、教員の再教育であった。それは、教育航空隊の教員の質が極度に低下し、飛行教育教程に支障をきたすとのことで、それに該当する教員を各教育航空隊から集め、鈴鹿航空隊において再教育の錬成をするというものであった。

私は、教員錬成員の教員を命じられ、（おれみたいなのが教員に教えることができるかな）と、一抹の不安と、その反面、優越感にひたりながら、やはり教員を命じられた加藤上飛曹らと、錬成員を引きつれて鈴鹿空に出向した。

加藤とは同期であり、同郷である関係上、二人の心と心の絆は特別なものがあった。ルーズな面と図々しさでは天下一品の私にくらべ、加藤は几帳面そのものであり、上の者からの命令は確実に実行するタイプで、教員としては最適であったろう。（私の失態により、彼もしばしば同罪にみなされ、いっしょに怒られたことは、現在でも申しわけないと思っている。彼とは、いまでも往き来はあるが、二人で話をするときは、あくまであの当時の十六期生同士である）

鈴鹿空における錬成教育は、教員の再教育だけに、それほど重荷ではなかったが、中には、磁差修正の方法さえ知らない者もおり、また、計算盤の使用法さえ満足にできない者もいて、（これで、よくいままで教員づらをしていたな）と、思われた。が、錬成員とはいえ、いちおう教員であってみれば、仲間意識とでもいうか、練習生を叱りとばすような叱りかたもできず、痛しかゆしであった。

鈴鹿空所属の教員ではなく、錬成員教員として出向した形の私は、課業が終了した後は、適当な理由をこじつけては、錬成員がうらやむ顔を尻目に、おりあるごとに加藤を誘っては、三重空の予科練時代お世話になり、迷惑をかけた津の河漕にあった中元さん宅にお邪魔した。二年ぶりに訪ねた中元さんの家は、すでに引っ越しをしていたが、となりの家の人に親切に教えてもらった。

中元さんの家は、津の海岸沿いにある田圃の中にある二階建ての家で、予科練時代に私たちがお世話になったときの家よりすこし広めであった。玄関口で、

「ごめんくださーい」と、声をかけると、出てきたのは予科練時代お世話になった中元のお母さんであったが、きょとんとして私を見つめる。

「お母さん、しばらくでした。予科練時代お世話になった小澤です。鈴鹿空へ来ているので、おうかがいしました」

「まあ、この子はえらくなって、りっぱになったね。二年ぶりでしょう。便りひとつくれないでどこにいたの、さあお上がり、お上がり」

と言いながら、わが子が帰ったように、両頬をつたわる喜びの涙をふこうともせず、私のぶじを喜んでくれた。これを機に、私は暇さえあれば、航空増加食として特別配給される酒を、中元のお父さん（当時、松阪鉄道管理局勤務）に、カルピスはお母さんにと持ってゆき、中元のお母さんの喜ぶ顔を見るのが楽しみであった。また、なにかにつけ、この子はこの子はといっていつくしんでくれるのも楽しみであり、夜おそく外出先から酔って帰り、お母さんに叱られるのを期待したのも、家族的雰囲気にひたろうとするあまえのひとつでもあった。

女だけの五人姉妹であったが、澄さんは幼稚園の先生であり、末っ子の玲子ちゃんは、小学三、四年生であったと思う。他の二人は女学生で、女子挺身隊に駆りだされ、寮生活とかで、帰宅をするのは土曜日の夕方から日曜日にかけてであった。いちばん上の姉さんは、満州にいるとかであった。

土曜日の晩は、真知子さん、智子さんが帰宅をする日なので、一家団欒の場を避け、津の街で、酒豪でなる加藤といっしょに時間をすごした。夜おそく帰ると、お母さんは、「この子は、また酔って帰ってきたね。どうしてそんなに遅くまで遊んでいるの、さあさあ早くおやすみ」

と言いながら、加藤と私のふとんをのべてくれたのも、しばしばであった。

二日酔いのさめきらぬ日曜日の朝、もうろうとした気分で目をさますと、われわれを起こしてはと気がねをしてか、澄子さん、真知子さんが、小声で話をしながらお裁縫をしている。陽も高くなったころに起きだした私は、

「澄ちゃん、アコーディオンでも弾いてよ」と、せがむと、「へたなのよ」と言いながら、澄さんはアコーディオンを、真知子さんはギターで合奏してくれる。戦争という二字を知らない国へ行ったような、なごやかなひとときである。（いずれは、死の道を選ぶのだが、きょうまで生きていてよかった）と、つくづく思った。

あるとき、みんなで津の海岸を散歩したとき、澄さんが、加藤と私がならんだところを、防風林の松を背景に写真を撮ってくれた。できあがった写真を見ると、私より十五センチも背の高い加藤の顔の部分だけがうつっていなかった。澄さんは、

「ごめんなさい。加藤さんの首から上が、うつっていないのよ」

といって、申しわけなさそうな顔をしていた。この写真は加藤には、ついに見せずじまいであった。

しかし、このような安閑とした日は長くはつづかなかったのである。

第八章　出撃命令はついに下らず

死ぬための猛訓練

教員錬成員の錬成教育に打ちこんでいた六月上旬、私は、「特攻隊編成のため、至急、本隊（大井空）に帰れ」との命令をうけた。一瞬、頭に浮かんだのは、中元のお母さんであった。（迷惑をかけどおしで、このまま別れたら、二度と会うことはできないだろう）と思うと、せめてひと目会って、お礼と別れのことばを言いたかった。

分隊士に、鈴鹿空への出発を、あしたまでのばしてくれるようお願いしてみたが、「こいつ、娑婆ッ気がついたか。気の毒だが、小の虫をころせ。飛行機を用意してある。準備でき次第、出発せよ」との命令であった。

（どうしておれは、ひとつ場所に腰を落ちつけていられないんだろう。上の者は、あっちへ行け、こっちへ来いと配置がえばかりしやぁがって）と思うと、上の者にたいして、無性に腹がたってならなかった。事実、私は大井空に赴任してから、あっちこっちと配置がえが多く、席のあたたまる暇がなかった。

列線を見れば、私が乗る機であろう、エンジンを始動し、試運転をしている。すでに大井空に飛びたつ準備はととのっているようであった。私は加藤をさがしだし、

「加藤、見ての通りだ。中元さんにお礼を言う時間がない。に帰ったとつたえてくれ。それから、玲子ちゃんからもらった人形は、大切に飛行服のバンドに吊るして出かけたと言ってくれ」

と、中元さんのお母さんに直接、会ってお礼のひと言も言えなかったことを悔やみながら、指揮所へ行った。

「小澤上飛曹、本隊に帰ります」

と報告してしまったあとは、なにごともなかったように、すっきりした気分になった。

きょうまでいっしょに教えてきた仲間の教員たちも、教えられてきた錬成員も、指揮所前に集まり、激励のことばとともに、別れを惜しみながら見送ってくれた。

私ひとりのために、わざわざ、飛行機一機を仕立ててくれたかと思うと、まんざらでもなかった。鈴鹿空を離陸した機は、操縦員が私の気持を察してくれたのか、低空で飛行場上空を一旋回してくれた。地上を見ると、私の機を仰ぐように帽を振っていた。

（さようなら、もう会うこともないだろう。ありがとう、ありがとう。そして、中元のお母さんも、さようなら）と、心に叫びながら、涙が両頬をぬらした。

これは、戦地からの帰途、鹿児島上空で流した〝生きて帰って来た〟というときの感激の涙とはちがう。

別れのあいさつのバンクをしてから、じょじょに高度をとり、眼下に伊勢湾を望み、目的

針路をとった。(もう二度とこの静かな、鏡のような伊勢湾も見ることがないであろう)と、あらためて見なおすと、錬成員の教育中に、平々凡々と眺めた海とちがい、感慨もひとしおに、樹々の新緑が美しく伊勢湾に映えていた。

高度五百メートルで大井空をめざして飛ぶ。快晴にもかかわらず、前方には雲がたなびいているように見えた。

だが、雲に見えたのは、無風状態の空中にただよう煙であった。その煙は、一昨日の夜、四日市の市街と油槽タンク群がB29の焼夷弾爆撃にさらされ、市街が灰燼に帰した煙霧であった。

上空から見た四日市の市街は、一面、焼け野原と化し、くすぶりつづける煙は、まだあちこちに立ちのぼっており、かつて私が見たパラオのペリリューの街の惨状とは、くらべものにならないほどであった。

四日市上空を通過しても、なお煙は眼を刺激し、異臭は鼻をつき、針路をはばむように煙霧となって、五百メートルの上空一帯をおおっているようであった。

私は、この煙霧を避けるため、操縦員に針路変更をうながし、南に針路を変え、伊勢湾上空を南下して煙から逃れた。出発時の針路を変更して、渥美半島の突端を起点に、海岸線に沿って、御前崎灯台を目標に大井空に向かった。

大井空に舞いもどった私は、さっそく特攻攻撃の訓練を続行中の特攻飛行分隊の戦列に復帰した。

私が鈴鹿空に出向していた二ヵ月たらずのうちに、その人員が激減していたことには意外の感にうたれた。聞くところによれば、それ以後も、訓練中の殉職もさることながら、歴戦の古強者は、ほとんど実施部隊に転勤となり、転勤と同時に特攻隊として出撃していったとのことであった。そして、私の先輩であり、同郷（秩父郡吉田村）の加藤勝次上飛曹（現姓は山田）も、当時、編成されたばかりの神雷部隊の特攻隊員として、小松基地（石川県）に転勤してしまっていた。

ポートモレスビー、ガダルカナル、ルンガ沖航空戦と戦い抜き、生き抜いてきて金鵄勲章まで授与されていた大先輩の藤田上飛曹とか、私の飛練時代、班長だった高木飛曹長も、神雷特攻隊の一員として、数多くの先輩とともに、沖縄の海に散華していた。

特攻訓練に明け暮れる沢口一飛曹と著者（左）。犠牲が多く先任偵察員となった。

大井空に帰って、私をいちばん喜ばせてくれたのは、大石が元気で特攻飛行隊員として頑張っていたことであり、私をおどろかせたのは、優秀な古参偵察員もいなくなり、私が先任偵察員となってしまったことである。

普通なら、若輩搭乗員の中にいれられ、こづきまわされるのが関の山だが、このことをみても、いかに先輩搭乗員が戦力の中枢となり、その犠牲が多かったかを思いしらされ、先任偵察員となっても、無心に喜べるものではなかった。

翌日から、特攻訓練にはいったが、約二ヵ月ぶりで飛ぶ夜間飛行は、やはり昼間の飛行訓練とちがって、身が引きしまり、緊張の連続であった。あるときなどは、操縦員が航空障害灯の点滅するのを、反航する飛行機と錯覚し、

「左前方反航機あり。回避する」

と、言いざま、機首を下に向けて降下した。操縦員のいう左前方を見れば、反航する飛行機はなく、航空障害灯が赤い光を点滅させている。なおも機は降下している。瞬間的に、

（このままだと地上に激突するぞ）という思いが頭をかすめた。私は、

「機首起こせ、急いで起こせッ」

と、怒鳴った。水平飛行にもどったものの、錯覚とは恐ろしいものである。操縦員は、なおも、

「左前方反航機です」

「バカ野郎ッ、あれは航空障害灯だッ。高度をとりながら、右（南）に変針して、水平線を見つめて飛んで、気を落ちつけろ」

と、また怒鳴りとばした。二、三分、南に飛び、御前崎の上空にたっした。私は、

「どうだ、気が落ちついたか。飛んでいる場所が分かるか、いま御前崎の真上だ」

と言うと、彼は、

「だいじょうぶです。落ちつきました。大変、申しわけありません」

と、あやまった。私は命あっての物だねとばかりに、

「きょうの訓練は、これでやめだ。これより引き返す」

と、操縦員に命じて、飛行場に引き返してしまった。（飛行機に乗っていて錯覚を起こすと、つぎつぎに錯覚を起こして、それは死につながってしまう）

指揮所にもどり、けげんな顔をしている隊長に、

「操縦員が、急に身体の調子がおかしくなり、訓練を切りあげて帰投しました」

と、報告した。隊長が、

「了解、ただちに病室にゆき、診察をしてもらえ」

と、指示したので、私は彼を宿舎へ帰してしまった。

私には、だらけた教員生活より、このような緊張感があったほうが、生き甲斐を感じ、身も引きしまった。そして四、五日すぎると、教員生活でなまった私の身体には、いささか疲労が感じられたが、自分の気持に鞭をうって、攻撃訓練に精魂をかたむけた。

特攻飛行分隊の戦列に復帰して、一週間か十日ばかりすぎたとき、牧野飛行長から、訓練の終了を告げられた。それと同時に、

「数日後には、当隊としても特攻隊を編成し、沖縄方面の敵艦船攻撃のため、某方面に進出待機する。お前たちは、すでに去る三月、特攻隊志願者の中より選ばれた者たちである。心構えは充分できていると思うが、後顧の憂いのないようにしておけ……」と訓辞され、

「午後三時の起床後は、一泊外出を許可する」との異例の外泊外出の許可まで出た。

いままでは、特攻隊要員の錬成であり、特攻隊として編成はされていなかった。だが、あらためて、『特攻隊を編成する』ということを聞いても、考えかたはいつもと変わりはない。

（とうとう、死ぬときがきたか。特攻、特攻といいながら、おれは何回目だろう。こんどは間違いなく出撃するだろうか。そのときは、だれにも恥じない死に方だけはしよう）と、淡々と思うだけであり、いままで生きていたのは、もうけものぐらいにしか考えないような神経になっていた。

とはいっても、肉親のことがちらッと浮かぶのは、覚悟はしているものの〝生〟にたいする執着が心のどこかにやどっている証拠であろう。そして、神経も正常であったのかもしれない。

宿舎にもどってからの雑談も、一泊外出の喜びに、歓声、奇声をあげ、外出の話に花を咲かせていた。雑談が特攻隊のことにふれても、

「おれたちが、きょうまで、死にもの狂いでやってきた訓練も、考えてみると、死ぬための訓練だったんだな」

「お前は、ばかだな。いまごろ気がついたのか」

また、仲間のひとりが、

「当たり前よ、ひとりで死ぬなら自殺だろう、訓練もなにも必要ないが、おれたちは、敵の艦を道づれにするため、きょうまでやってきたんだ」

「そうよ。死に甲斐のある死に方の訓練をしてきたのさ」

等々、死についての恐怖をかかえている者は、ひとりとしていなかった。

死を前提としたきょうまでの猛訓練に耐えぬいてきた心の支えは、己れの死を充実した死とする以外のなにものでもなかったのである。

そして、その死後は、日本の勝利、同胞の平和と繁栄が、それぞれの頭の中に描かれていたのである。

戦友たちの厚意

午後三時の起床時間を待たずに、だれからともなく、「おい、出よう、出よう」ということになって、正午ごろには全員、飯も食わずに外出してしまった。悪だくみとまではいかないが、こういうことの衆議一決は早いものであった。

下宿に帰った私は、さっそく家に電話をかけた。はからずも、電話口に出たのは兄であった。

「おれだけど、わかるかい」

「ああ、わかる、わかる。交換手が金谷からというんで、すぐわかったよ。ところで、三月ごろ、所沢から出た特攻機が大井空に不時着したとき、所沢から整備に行った人たちが、おれの家にきて、『弟さんにはたいへんお世話になり、整備が終わって帰る前には、いろいろとご馳走になり、昼間から酒まで出してくれました。あれだけのことをしてくれるんですから、弟さんはずいぶん、偉いんでしょう』と言っていたが、もう下士官ではないのかい」

「冗談じゃあないよ。毎日こづきまわされ、ヒーヒー言ってるよ。みんなが気をきかせてくれただけだよ」

（二十年三月、私が飛行分隊にいるとき、たまたま、所沢飛行場から発進した特攻機一機が、九州備の知覧に向かう途中、大井空に不時着した。そのとき、所沢から整備隊員が急派され、特攻機を整備完了した後、私が飛行分隊事務室でご馳走し、そのうえ、下宿の横山のおじさんに電話して、帰りがけには、おみやげに、みかんを持ち帰ってもらったことがあった。それで、陸軍から見れば、飛行服を着ている私を見て、士官と下士官の区別がつかなかったものであろう）

「突然、電話をかけてくるところをみると、金でもたりなくなったのか」

と、元気のいい兄の声が、弾力をもってひびくように感じられた。

「金なんかではないんだ。じつは四、五日のうちに、遠くの基地へ行くようになったんだ。それで、死ぬ前に、おふくろと兄貴の声だけでも聞いておこうと思って電話したんだ」

「なにッ、死ぬ前にだと、じゃあ特攻隊か」

と兄は、語気を強めて私に反問した。

私は、「遠くへ行く前に」と言うつもりを、「死ぬ前に」と言ってしまったのを悔やんだが、遅かった。私は、とっさの返答に、ちょっと迷ったが、

「まあ、そう思ってもらえば間違いないよ。おふくろさんはいるの」

「いまは留守だ。四、五日は大井空にいるのか、なんとか行ってみたいと思うが、汽車の切符のこともあるし、仕事の都合でどうなるかわからない。が、おふくろだけでも行けるようなら行かせるが、まあ、あまりあてにしないでくれ」

「みんな元気だろう」

「ああ、みんな元気だとも、家のことなんか気にしなくてもいいよ……」

「わざわざ来てくれなくてもいいからね。もう元気な声を聞いただけでいいんだから。戦地

で特攻隊で死んだ戦友のことを思えば、ぜいたくすぎるんだから……」

母と話ができなかったことが、すこしばかり残念であったが、兄の元気な声を耳にしたことで、なんとなく、気が晴ればれしたようであり、（これで思い残すことはなんにもないな）と、自分の胸に言い聞かせ、外出している仲間をさがしに金谷の街へ出かけた。

一泊外出から帰ってきたみんなの顔には、裟婆ッ気を思う存分に吸ってきた満足感が、ありありとにじみでて、特攻飛行分隊の宿舎は、いつもよりなごんだ雰囲気につつまれていた。

さて、訓練終了を告げられたものの、深夜の夜間飛行をやめただけで、薄暮と夜間飛行訓練は実施された。

いつになく爽やかな気分で、遠州灘を飛び、駿河湾、清水港、三保の松原の樹上をすれすれに越え、一航過、二航過と攻撃訓練をくりかえし、飛行場に帰ると、外出の寝不足がたたったのか、疲労感が全身をおおった。

起床時間も、一般隊員なみにもどったものの、朝礼が終わってしまえば、午後三時までの夜間飛行準備までは、なすこともなく、雑談、ゴロ寝の時間であった。そんなとき、

「小澤兵曹、隊外から電話ですよ」

と、私を呼びにきた。

「なに、隊外から電話？　男か女か、どっちだ」

「それが、妙齢の女のひとから」

「なにを言うか。平作（石井平作＝乙十八期生）、お前は、電話で美人かブスかわかるのか、千里眼でもあるまいし」

「じつは男のひとですよ。横山さんとか言ってました」

「この嘘つき野郎、それは下宿のおじさんだ。あんまりがっかりさせるなよ」

みんながどっと笑うなかを、私は電話口に急いだ。電話の主は、世話になっている下宿のおじさんであった。

「さきほどな、お母さんとお姉さんが、来なすったんでよ、きょうは外出できるづら」ということであった。

私は夜間飛行があり、外出のことなど念頭になかったが、

「そうですか、きょうは夜間飛行がありますが、なんとかして出るようにします。私が行くまで、お宅で待たせてください」

とお願いし、約束をしたものの、(きょうは脱外出〈無断外出〉以外方法がないが、さてどうしようか)と思案した。

「みんな聞いてくれ。じつはいまの電話は、おふくろと姉が会いに来て、下宿で待っているんだ。それでだ、おれは夜間飛行が終わり次第、脱外出をするから、おれの搭乗割が遅い番であったら、早い搭乗割の者は、おれと代わってもらいたいんだ」

とみんなに、母と姉が会いに来ていることを打ちあけた。みんなは異口同音に、

「なに、おふくろさんがこられたって。おれが代わってやるから、ゆっくり最後の別れをしてくるといいよ」

「たっぷり、おふくろさんのオッパイでも飲んでこいよ。思い残すことのないようにな」

「おれも、親爺かおふくろが来るはずなんだ、そのときは交替してくださいよ」

等々、みんなが喜んで搭乗割の交替を引きうけてくれ、肉親との最後の別れの機会をつくってくれようとする戦友たちの厚意がうれしかった。

数日のうちに、そこには、特攻隊を編成することを知らされていたわれわれは、喜びも苦しみもみんなで分けあい、年功とか階級、期別を超えた肉親の情にも似た目に見えぬ太い絆で結ばれ、大きな目的に向かって、ひとつ流れの中に溶けこんでいた。それは、だれもが口にこそ出さないが、（おれたちは、死ぬ日も、死ぬ時間も、死ぬ場所も、みんなおなじところなんだ）ということを、たがいに胸に秘めていたからであろう。

夜間飛行準備のため、われわれは飛行場へ出かけた。天幕を張った仮指揮所（夜間飛行の場合は、着陸地点近くの滑走路横に天幕を張り、仮指揮所とし、その横に搭乗員待機所をもうけた）の黒板の搭乗割を見ると、思ったとおり、私の搭乗割は最後になっていた。（夜間飛行訓練の場合は、事故発生を最小限にとどめるため、飛行時間および夜間飛行の経験の多い者が遅く乗るようになっていた）

私は、天幕の下の椅子に、どっかりと腰を下ろし、夜間飛行準備を見まもっている隊長のところへゆき、搭乗割変更を申しでた。

隊長は、手もとの搭乗割の控えに目を通しながら、

「搭乗割変更の理由は」と聞いた。

私は、母と姉が会いに来ていることを告げ、死ぬ前に、ひと目あっておきたいこともつけくわえた。隊長は、

「おふくろさんが、こられているのか。お前らは、きょうは夜間飛行もあり、外出できない

ことは承知しているだろう」

「はい、私は承知しておりますが、おふくろは、部外者で夜間飛行だの、外出できないことなど、隊のことは知らずに出かけてきました」

「外出できないのに、どうやって会うんだ」

と言いながら、眼は笑っているようでも、なかなか、「よし」とは言ってくれない。隊長がわざと、とぼけているのが感じられた。（もうひと押しだ）と思い、脱外出とは言わずに、

「訓練が終わったら、飛行場から出ます」と言うと、

「飛行場から？　おれは責任を持たんぞ、ただし、搭乗割変更は了解」

と、外出を暗黙のうちに認めてくれた。（他の兵科はともかくとして、隊長が、〝責任を持たぬ〟と言っても、万一、間違いを起こした場合でも、隊長がうまく処理してくれるのが飛行科の特色であった）

私は、訓練が終わると、待機している連中に、

「あとは頼むぜ、飛行服も持って帰ってくれ」

と、トラックの中においてあった軍服に着がえると、すっかり暗くなった飛行場を突っきって隊を出た。

牧ノ原の茶畑の細い道を歩きながら、（母に、姉に会ったら、ああも言おう、こうも言おう）と考えて歩きつづけた。そして、親孝行の真似ごとひとつせずに死んでゆく身を詫び、きょうまで育ててくれたお礼のひと言だけでも言おうと心にきめて、母と姉が首を長くして待つ下宿へ急いだ。

そこには、母と姉が待っていた。所沢に住んでいる姉かと思っていたら、東京から栃木県の真岡に疎開していると聞いていた三番目の姉であった。死ぬ前に、肉親のだれかにひと目あいたいと思い、電話をした私であったが、ふたりの顔を見た途端、まったく私の意志とはうらはらに、あいさつをするでもなく、

「来てくれたの、わざわざ、来てくれなくても、よかったのに……」

という、すげないことばが口をついて出た。これが、精いっぱいの照れかくしであった。

母は、私の顔を見ると、

「お前に食べさせてやろうと思ってね、卵をたくさんゆでておいて、風通しのよい縁側に吊るしたまま、忘れてきちゃったんだよ」

「そんなものは、予科練の腹が減ったときとちがって、いまは食いすぎるほど食ってるからいらないよ……」

母と姉が話す家族のようすを聞きながら、二人の顔を交互に見て、（この顔、この声を、自分の胸にしっかりと灼きつけて死のう）と思った。

「お前も、とうとう特攻隊で行くんだって」

と母は、本題を持ちだしてきた。

「うん、あと三、四日で大井をたつらしいんだ。行く先は、おれたちは知らないけれど、たぶん、九州のほうへ出かけると思うよ」

と言ったあと、隊から下宿までの道すがら考えていた、母に言う感謝とお礼のことばが喉元まで出ている。が、それを言ってしまうと、ワッと泣きだしてしまいそうであり、（ここ

で泣いたら、母は未練があって泣いたと思うだろう）と思い、あらたまったあいさつはやめにして、つとめて陽気をよそおいながら、母と語り、姉と話し、二人の顔を胸に灼きつけた。

母は、

「特攻隊というのは、爆弾をつんで、体当たりをするんだって。爆弾だけ落として帰ることはできないのかい……。なんで、そんなものに志願したんだい……」

と、私にとっては、痛いところをついてきた。

あれこれと話しているうちに、時計の針は十時をさしていた。いくら話しても、際限のない肉親との会話であったが、まだ夜間飛行も終わっていないし、無断で外出をしてきたことを説明して、隊に帰る準備をした。このとき、

「もう行くのかい、元気でやりな。家のことはなにも心配はないからね……」

と母は言ったが、そのことばには、なんとなく力がなく、さびしげな顔には、涙がひと筋、ふた筋と流れていた。私の母はもう亡いが、母の生涯を通じて、あのときほど母のさびしげな、悲しそうな顔を見たことはなかった。

下宿を一歩、外へ出ると、灯火管制中の街並みは、真っ暗闇であり、道ゆく人の気配もなく、静寂そのものであった。下宿を出て、五十メートルも歩いたろうか、私は下宿の方をふり返り、

「おふくろさん、姉さん、いつまでも元気でいてね。苦労をかけっぱなしだったけど、勘弁してください」

と、ひとり言のようにつぶやいた途端、涙が滂沱として、両頬をつたわり、その涙は、と

めようとしてもとまらなかった。人の気配のないのを幸い、親孝行の真似ごとひとつできなかった悔いと無念の涙をふこうともせずに歩きつづけた。

牧ノ原の坂道をを登りつめると、飛行場からの爆音が、闇を裂くようにひびきわたり、『まだ夜間飛行をやっているぞ』と、語りかけているようであった。

特攻基地に向かう

進出準備をすべく、飛行機の整備と、われわれの身のまわりを整理するため、訓練は取りやめとなり、外出が許可された。連中も、なんらかの方法で連絡をとったのであろう。これを機会に、ほとんどの者が、駆けつけた身内の人たちと最後の別れをして、この世に名残のないように、身のまわりの整理を終わった。

下宿で母と姉に最後の別れをして、隊に帰って三日後、われわれは神風特別攻撃隊として、愛媛県石手基地(愛媛県温泉郡拝志村＝現重信町)に進出待機することを告げられた。六月の下旬のことであった。

飛行長の牧野少佐を指揮官として、指揮所前に整列した特攻隊員は、士官、下士官搭乗員あわせて四十名たらずであった。

二月下旬、特攻隊編成のため、挙母基地へ急遽、派遣されたときと同じように、指揮所前には、いくつかのテーブルがならべられ、白布でおおわれ、別れの酒が用意されていた。

われわれを見送るべく、集まった搭乗員の群れの中には、大きな幟《のぼり》が数旒たれ下がり、幟の上部には、大楠公にちなんで菊水の絵が描かれ、その下には、〝南無八幡大菩薩〟と、墨痕も鮮やかに大書されていた。

大井空としては、初の特攻隊編成であり、特攻基地への進出であるため、残る搭乗員はもちろん、航空隊あげて、格納庫前に集まり、見送りの位置についていた。基地へ進出するというよりも、ここから直接、特攻攻撃に出撃してしまうかのような豪勢な見送り風景である。

そんな中にあって、われわれは、司令の訓辞と最後の別れのあいさつをうけ、司令より、各自が別れの酒を注いでもらい、指揮官となった牧野飛行長の別れとお礼のことばにつづき、両手に捧げた別れの酒を、いっせいに飲みほした。

「ただいまより、順次発進せよ、かかれ」

との司令の号令一下、各小隊が発進の順を待ち、小隊単位で十五分間隔で発進することとなった。(小隊単位に発進したのは、すでに硫黄島は敵の手中におち、P51戦闘機の基地となったために、航続距離の長いP51戦闘機隊は、頻繁に東海、近畿地方を襲っていた。そのためP51と遭遇した場合、被害を最小限にくいとめる措置であった)

まず、牧野飛行長機を指揮官機とする編隊は、隊長機をともない、ちぎれるばかりに帽を振る隊員に見送られながら、いまにも降りだしそうに鉛色の雲が低くたれこめている大空の彼方へ、機影を没していった。

十五分後には、いよいよわれわれ小隊の発進である。出撃隊員の顔を見まわしてみたが、歴戦の猛者であり、先輩の古強者たちは、すでに特攻訓練中に、他の特攻基地に駆りだされ、ここに居ならぶ特攻隊員のほとんどが、実用機の飛行経験は皆無にひとしいという状態の特攻隊であった。私ごとき若輩搭乗員が、先任偵察員という特攻隊であってみれば、いかに貴重な搭乗員が、〝特攻隊〟という名のもとに死んでいったかが想像できた。

発進までの残されたわずかの時間を、先輩、同期生らと固く手を握りあい、励まし、励まされて別れを惜しみ、私はA少尉機の二番機として、戦友の帽を振る中を離陸した。

幸いにも、気ごころの知れた大石兵曹とペアを組んだことが、私にとっては百万の味方を得たような心強さを感じた。しんねりむっつり型で、余計な口はあまりきかないし、私とちがって喜怒哀楽をおもてに出さないほうであるが、私はダバオ以来、大石の腕には全幅の信頼をよせていた。

後続機の離陸を待ち、大井空上空で編隊を組み、飛行予定コースに針路をとった。

梅雨前線の影響であろうか、天竜川上空を通過するころ、雨は機をたたきはじめ、時間の経過とともに雨脚は強くなって、上空の視界も三百メートル前後となり、地上も視認はできるものの、かすんで見える程度であった。

普通の訓練飛行なら、取りやめであるが、きょう飛んでいるのは、たとえ練習機白菊であっても、特攻基地に進出の飛行であってみれば、これくらいの雨で引き返すわけにもいかなかった。

天竜川上空をすぎ、何分もしないうちに、大石から、

「小澤兵曹、左下方に海が見えるはずなのに、右も左も陸地だぜ」

「下が見えにくいからだ。そろそろ見えてくるだろう」

「おれは、針路が違うような気がするんだ」

私は、ドキッとしてコンパスを見た。すると、針路は二百九十五度をさして飛んでいる。

私は、自分の非を棚に上げ、

「大石、なんで、もっと早く知らせなかったんだ」

と、怒鳴るような口調で責めると、

「冗談じゃあない。針路を見定めたり、右に行けの、左に行けのと言うのは、そっちの仕事だろう。おれは操縦桿を握っているだけだ」

と、大石の不満の声が、伝声管を通じて返ってきた。

「おれは一番のケツ（後方）にくっついていればいいと思ったから、なにもしてなかったよ。あのバカ野郎（乙十七期のH一飛曹）、針路を二百五十九度を二百九十五度にしやがったんだ。それにしても、操縦しているA少尉だって、気がつきそうなものなのに……」

「一番機でも、中練教程を終えたばかりの予備さんじゃあ、危なくってしようがないや」

と、また大石から返事が返ってきた。

こうしている間に、雨脚が強くなったように感じられ、不安が胸をかすめる。私は、大石に、

「これから機位を確認する。海が見えたら知らせろ」

と言うと、大石からは、皮肉たっぷりにとれるような、

「二百九十五度で飛んでいるんだ。海なんか見えるはずがないだろう」

という返事が返ってきた。私は、不安と、いらだたしさから、

「うるさいッ、黙ってろ。ところで、飛行針路は、最初から二百九十五度か」

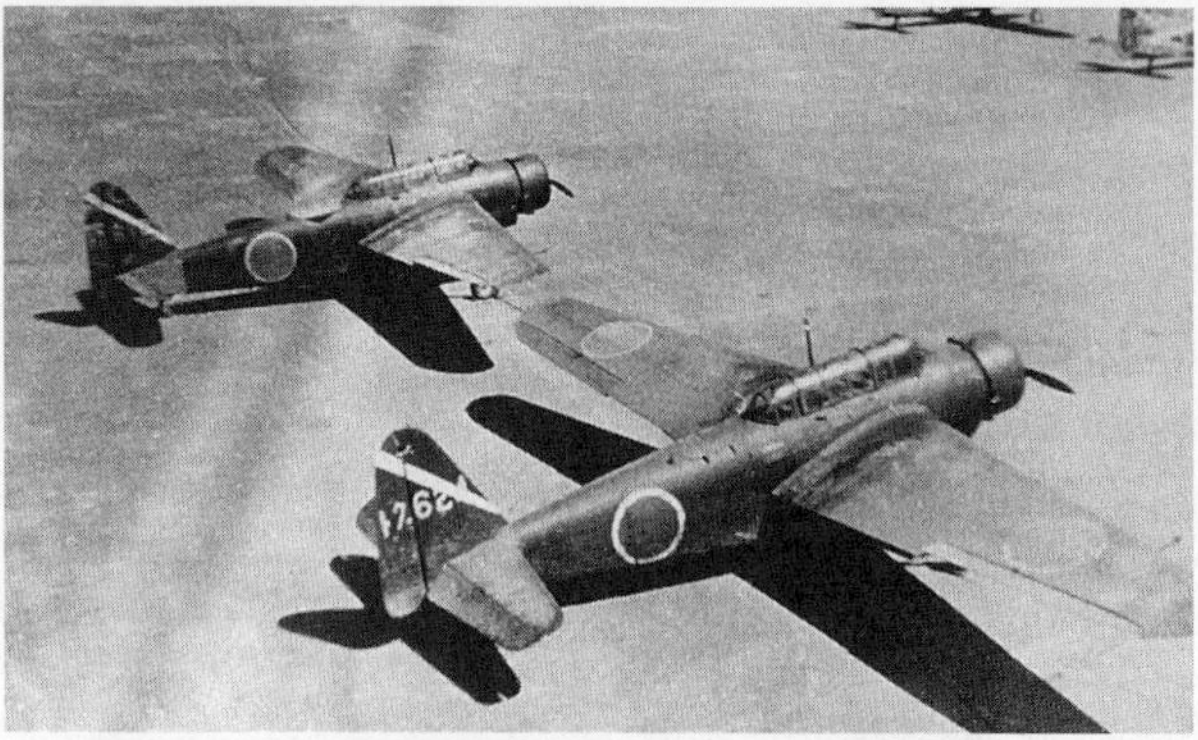

練習機白菊——特攻基地・石手に進出することになった著者は、気ごころの知れた大石兵曹とペアを組んで雨中飛行を続け、全機ぶじに到着した。

伝声管を通じて返ってきた言葉は、たったひと言、

「そうだ」であった。

私はチャートをひろげ、機位の確認を急いだ。飛行時間、針路を照合すると、編隊は山岳地帯をめざして飛行し、琵琶湖のほうに向いていることになる。高度七百メートルでは、乳白色のうすい霧と雨の中での視界不良の山岳地帯の飛行は、危険このうえもない。「天候不良のときは、海岸線に沿って飛べ」の基本原則を忘れた飛行である。

私は隊内無線で、一番機を呼びつづけたが、なんの応答もない。編隊の飛行間隔が三機長、同機高（飛行機と飛行機の間隔を三機分あけ、一番機の斜め後方に位置し、飛行高度は一番機と同高度。実用機の攻撃隊形は、一機長、一機高差の編隊を組むのが一般的であった）では、一番機に針路変更をうながすすべもない。

下方を見れば、その樹上五十メートルを飛んでおり、編隊の右側を見れば、飛行高度と同じ高さ

にある山頂の樹々が、雨と霧にかすんで墨絵をぼかしたように見え、編隊は山の稜線に沿って、山と山のはざまを飛んでいることがわかった。(このままでは、飛行機を木にひっかけて墜落するか、山に激突してしまう)と思った瞬間、ダバオ基地で、雨と霧にかすんだ飛行場に着陸を失敗して、椰子林に突っこんで死んだ戦友の顔が頭に浮かび、同時に、『ヘマをするな、一番機の前に出ろ。そして誘導しろ……』と、声なき声が、私に呼びかけてくるようであった。

私は、この声なき声に誘われでもするかのように、意を決した。

「大石、一番機を、隊内無線で呼んでも応答なし。手信号で高度を上げさせ、針路変更させる。一番機の横に、一機長までくっついてくれ」

大石は、〝ざまあみろ〟と言わんばかりに、無言のまま速度を上げ、一番機の横にぴったりとついた。一番機のA少尉は、ちらっとこちらを向いたが、すぐに顔を正面に向け、前方を凝視するように操縦している。後席のH兵曹は、「なにごとだ」と言わんばかりに、こちらを向き、びっくりしたような表情である。

私は、手真似で、受信機をとるよう指示すると、H兵曹からは、「電信機故障」の合図が返ってきた。その間にも、編隊は峻険な山をめざして飛行している。

私はじっとこちらを向いているH兵曹に、また手真似で、「前方の山にぶっつかってしまうぞ」と、合図をすると、H兵曹は、なにを勘ちがいしたか、ニコッと笑顔を見せ、片手を挙げ、了解の合図を送ってきた。

だが、彼は、A少尉にこれをつたえようとしないで、まだ私のほうを向いたままでいる。

『左旋回で西に針路をとらないと危ないぞ』

と、また声なき声がするようである。（こんなところで死んでたまるか）と思うと同時に、
私は、（一番機の前に出てしまえ）と決断し、

「大石、このままでは、山に激突してしまうかもしれない。一番機の前に出ろ」

と、どなるようにつたえると、大石は、

「一番機の前に出る？　とんでもない、懲罰をくらっちゃうぜ」

「このまま飛んでいたんでは、懲罰をくらう前に死んでしまうぞ。いいから、一番機の前に出ろ」

「大丈夫かね」

「機長はおれだ。お前には責任はとらせない。早くしろ」

大石も、意を決したように、機をバンクさせながら、一番機の左前方に出た。私は、機から身体をのりだし、一番機に誘導することをつたえ、左に旋回する合図をした。

「大石、針路二百六十度、できるだけ高度をとれ」

機は左に旋回し、コンパスが二百六十度をさすと、じょじょに高度をとりはじめた。

雲高は、想像以上に高く、高度が一千メートルにたっしても、雲上飛行にはならなかった。密度の濃い雲でないため、高度一千メートルで水平飛行にもどし、針路は二百六十度を保った。

こうして十分ほど飛んだろうか、いままで機を叩くように降っていた雨脚が弱くなったと思ったら、突然というより、瞬間にして、頭上からまぶしい太陽の光が照りつけ、青空がく

っきりとあらわれた。西の空は雲ひとつない晴天であり、まるで別世界に来たような感じで、この天佑神助にも似た天候の回復におどろかされるとともに、地獄の底から這い上がった喜びに似たものがあった。

(これで助かった。あらためて機位を確認しよう)と思った瞬間、大石から、

「小澤さん、琵琶湖だ。下を見てみろ」

と、明るくひびいた声がつたわってきた。

下を見ると、緑色にちかい青い琵琶湖の湖面が、目に入ってきた。

墨絵をぼかしたようにかすんだ山岳地帯から抜け出て見る琵琶湖周辺の樹々は、新緑の息吹が感じられ、心の落ちつきをやっととりもどした。

「大石、大津上空で、二番機の位置につけ」

とつたえ、大津上空で正規の編隊にもどり、大阪湾を突っ切り、波静かな播磨灘上空を飛び、石手基地をめざした。飛行中、瀬戸内海に面した陸岸のあちこちに、大きな純白の布を敷きつめたように散在した塩田の風景は、いまもって忘れられない美観のひとつである。

石手基地とは名ばかりで、畑の中に滑走路が一本あり、畑のあちこちにある雑木林の中に掩体があるだけで、滑走路に吹き流しと着陸方向指示布が出ていなければ、畑と間違えて上空を通過してしまいそうであった。

着陸後、整備員の誘導で掩体に飛行機を入れたあと、指揮所に向かうA少尉とH兵曹に追いつき、

「H兵曹、貴様のきょうのあのざまはなんだ。一番機でありながら、電信機は故障、針路は間違える。それで一番機偵察員がつとまるか。日本海にでも抜ける気だったのか、それとも、伊吹山に体当たりでもする気だったのか、この間抜け野郎が……」

と、私は二人のうしろから、指揮所にも聞こえよとばかりに、がなりたてるように、大声でH兵曹を責めたてた。A少尉は、一言も発せず、聞こえぬような素振りで指揮所へ向かっていた。

この一事があったことで、石手基地で待機中、私はことあるごとに、A少尉から上げ足をとられ、なにかにつけて意地悪をされたのにはほとほと閉口した。あるときなどは、いろいろと文句をいったあげく、

「……追って沙汰を待て」

と言って、下士官搭乗員の宿舎から帰っていった。私は、もどってゆくA少尉の背に向かって、

「言いたいことは、なんとでも言え。追って沙汰を待てだとよ。おい、みんな、おれは沙汰があるまで、飛行場には行かないからな。先任（先任搭乗員）、隊長か飛行長に聞かれたら、小澤は、A少尉から追って沙汰を待てと言われたので、宿舎で沙汰を待っていると言ってください」

と言って、私は飛行場に行かず、一日じゅう宿舎でぶらつき、二日目も飛行場に行かなかった。みんなが出て行って、しばらくすると、A少尉が、あたふたと駆けつけ、

「小澤兵曹、飛行場に出んかい。なにをしているんだ」

「なにもしていません。追って沙汰を待てと言ったのは、A少尉ではないですか、だから私は、ここで沙汰を待っているんです。なにか懲罰でもくらうようなことがありますか」

「そんなことはどうでもいい、早く飛行場へ行け」

「冗談じゃあない。やれ、沙汰を待てだの、飛行場へ行けだの、A少尉の意のままにはなりませんよ」

と、徹底的に、私はA少尉の命令を拒んだ。彼は怒りに震えるようにして飛行場へもどっていった。しばらくすると、榎先任搭乗員が、

「小澤兵曹、もういいだろう。いい加減で、飛行場に出てこいよ」

と、迎えにきた。

「先任のお出ましでは、いやですとは言えないからな。それでは行くか」

と、先任といっしょに、飛行場に出向くひと幕もあった。

特攻隊の宿で

大井空を発進した各小隊が、一機の落伍機もなく、全機、着陸し終わったのは、午後三時をすぎていた。

全員、指揮所前に整列し、指揮官牧野少佐をはじめ、隊長から、特攻隊出撃待機の心構え、さらに民間人との接触についての注意をこまごまと指示された。とくに飛行長からは、

「おれたちは特攻隊員である、どうせ近いうちに死ぬんだ、なにをやってもかまわない、と

いうようなやけくそ的なふるまいは、絶対に許さない。とくに、民間人からひんしゅくを買うような行動はしないように……」

との厳重な達しがあり、解散の令で、設営隊の兵に案内されて宿舎に向かった。宿舎に向かう道すがら眺める景色は、のどかさそのものであり、一面にひろがる麦畑は黄金色の穂を風にそよがせ、また苗代は濃い緑の葉がそよぎ、その中に点々と農家が散在する田園風景をかもしだしていた。

われわれが案内された宿舎は、うしろに小高い雑木林があり、前は一面の田園を見わたせるお寺の本堂で、畳も六、七十枚敷いてある大座敷であった。さっそく飛行服を脱ぎ、下着姿だけで畳の上に寝そべると、ほのかな畳の香りに言い知れぬ心のやすらぎを感じ、あけ放った座敷には、田園からの涼しい風が吹きこみ、肌をなでては吹き抜けてゆく。

寝そべる者、荷物を整理する者、それぞれがおもいおもいのことをしているとき、住職がきて、

「やあやあ、みなさん、お国のためにほんとうにご苦労さまです。ご不自由でしょうが、我慢してください。みなさんのために畳だけは新しくしておきましたから、ゆっくりと足腰をのばしてください……」

われわれは、期せずしていっせいに、

「お世話になります。よろしくお願いします」

と、あいさつをした。住職は、背がすらりと高い細面の頭をくりくりに丸めた、見るからに坊さんといった柔和な感じのする人であった。その後、この住職さんは、若者が好きであ

ったのか、それともわれわれを特攻隊員と知ってか、ときどき、私たちのところへ来ては、

「きょうは、私もみなさんの仲間に入れてください。そしておもしろい話でも、聞かせてください」

と言ってすわりこみ、もっぱら住職が語り役となり、聞く者をあきさせない話術で、生死のことについていろいろと話してくれた。

入浴は三、四名が一組となり、それぞれ農家の風呂に入れてもらう毎日であったが、暗くなるまではたらいている農家の人たちにくらべ、まだ明るい午後五時の入浴は、いささか気のひける思いであった。

この入浴でいちばんいい思いをしたのは、いわゆる年功序列でいう若い搭乗員であった。というのは、古参搭乗員は、宿舎である寺からいちばん近い家があてがわれ、したがって若い搭乗員は、宿舎からいちばん離れた家となるのだが、この離れたというところに妙味があったようで、半分は外出気分で入浴に行っていた。それに反し、私などは、寺から五、六十メートルしか離れていないため、外出気分など味わうどころではなかった。あるとき私が、

「入浴する家を、一日ずつ交代したらどうだ。そうすれば、不公平がなくていいだろう」

と、もちかけると、

「冗談じゃあないよ。遠くても、そんなことは気にしない。せっかくの楽しみがなくなってしまうよ。そうだろう、みんな」

「そうだよ、入浴はいままでどおりでいいよ」

と、こと入浴については、みんな、宿舎より一歩でも離れた家に行きたがった。私が、

「おれにも、すこしゆったりした入浴気分を味わわせてくれよ」

と言うと、だれかが、

「先任、ゆったりした入浴気分になりたかったら、二時間でも三時間でも入っていればいいですよ。だれも邪魔はしませんから」

「この野郎、楽しいことはひとり占めか」

「そうですよ。おれが行かないと、トラちゃんがさびしがるんだ」

等々、宿舎は上下の区別なく、兄弟のような、なごやかな空気がみなぎっていた。

情報によっては、翼下待機（飛行機の下で待機し、命令一下、搭乗する）を下令され、待機した。が、私の腑に落ちなかったのは、攻撃隊名も発表されず、また攻撃隊の小隊、あるいは中隊の編成発表のないまま待機したことであった。これといった情報のないときは、飛行長の判断で、小学校へ昼食（食事は小学校の一室を利用していた）に行ったまま、あとは校庭でバレーボールに打ち興じることが多かった。

ここに来てからは、攻撃訓練もなければ、講義もなく、炎天の下で連日、待機がつづき、林の中の掩体に行き、木陰を求めて涼をとるという味気のない日がつづいた。

特攻基地への進出は、全員、死であることを覚悟はしているものの、（出撃命令はきょうか、あすか）と思いながら、一週間がすぎ、十日もすぎてくると、緊張した心の張りにも限界があり、緊張感も薄れてくる。（きのうも生きていた。そして、きょうも生きていた）と思うと、心の張りもゆるんでくるのは無理もないだろう。

宿舎に帰ってからも、故郷のこと、恋人の自慢話に花が咲き、全員が意識的に、特攻について触れようとはせず、つとめて陽気をよそおい、死の恐怖から逃れようとした。そして特別配給の酒が入れば、大座敷もせましとばかりに、軍歌、流行歌を歌っては踊り、これが命令一下、死の出撃をして行く搭乗員とは思えないほど表面上では陽気であった。

思えば、大井空を発進するさいには、全員が、石手基地に待機するのも二、三日であろうと、おたがい一人合点し、覚悟をきめて飛びたってきたのであるが、それが十日たっても、二十日たっても出撃命令は出ず、炎天下の飛行場待機もとかれ、

「暑さを避けるため、別命あるまで宿舎で待機せよ」

の伝達をうけると、飛行場へ行かないだけでも、なんとなく命拾いをしたような、いく日か得をしたような錯覚にとらわれていた。

あるとき、機内点検のため、ほとんどの搭乗員が飛行場へ出かけ、たまたま宿舎には、先任搭乗員の榎兵曹と私のほか一、二名が残ったとき、榎兵曹が、

「小澤兵曹よ、巡航速度九十ノットの、あのおんぼろ飛行機で、敵艦に体当たりできると思うかい……」

と、語りかけてきた。私は、ほかにだれもいないのを幸いに、

「体当たりなんて、絶対にできませんよ。敵艦に到達する前に、全機、撃ち墜とされますよ。新鋭機でさえ、いまは対空砲火をくぐって体当たりに成功するのは、十機のうち一機か二機がいいとこでしょう……」

「そうだよな。上の者はなにを考えているか知らないが、あのおんぼろ飛行機で、体当たりができるつもりなのかな。それにしても、戦地へ行ったことのない若い連中は幸せだよ。あ

の飛行機で、体当たりができると思いこんでいるんだからな」

「艦の速度っきり頭にないからですよ。あの対空砲火のものすごさを知っている者は、この中に三、四名いるだけでしょう。ほかの者は、三十ノットで航行する艦には、簡単に体当たりできると思っているからね」

「体当たり前に、墜とされるのを承知して出撃するのは、つらいものだな」

「榎兵曹、医務科で診《み》てもらって、静養したらどうですか。出撃せずにすむでしょう」

「なにをお前、バカなことを言うんだ。事実、身体が悪くても、この場から身をひいてみろ。榎兵曹は、出撃がこわくて逃げたと、陰口を叩かれるのがおちだ。とにかく、敵艦に当たろうが当たるまいが、死ねばいいってことなんだよ。それで、大井空の上の者の面子《めんつ》は立つということよ……」

「榎兵曹、おれだって、まさか、白菊（練習機）で特攻に出されるとは思ってもみなかったから、特攻を志願したんですよ。それと、マバラカットやセブで特攻に出撃してゆく連中に、あとから行くからな、と約束しましたからね」

　榎兵曹と私の会話は、つきることを

石手基地で特攻待機中の著者。出撃は今日か明日かと気の休まる時はなかった。

知らなかったが、とどのつまり、戦果は別にして、〃特攻隊〃という名のもとに死ねば、大義名分が立つということであった。

そして、ここ安養寺に待機する全員は、進出してきてから一ヵ月をすぎても、だれひとりとして故郷に便りを出す者はいなかった。それは、私たちの特攻出撃はもっと早いものと信じこみ、出撃はきょうか、あすかと思いながら、一日一日をすごしてきたからである。

こうして、特攻隊員として待機すること、一ヵ月余、進出した当時は、田園の苗代の稲も緑の葉だけをそよがせていたが、いまはその稲も、折れんばかりに稲穂をつけ、実りの秋を待ち、桃の木も、枝にたくさんの大きな実をつけて収穫を待っていた。

そんな八月のある日、だれからともなく、「おれたちは、十七日か十八日に突っこむことにきまったようだ」との噂が流れはじめた。噂の真偽をたしかめようと、毎日、人員点呼にくる士官にたずねてみたが、彼は言葉を濁して確答は避けていた。が、隊長からは、

「いつ出撃命令が出ても、悔いのないように、心がまえだけはしっかりしておけ」

との念押しがあり、特攻出撃が間近に迫ってきたことを暗示し、私たちも、出撃近しをひしひしと肌に感じた。

その日は、全員が、〃とうとう来るときが来た〃と感じ、みんなが黙りこくり、この期におよんで、はじめて故郷の肉親に、恋人に最後の便りをしたためていた。そして、いつになく静かな夜を迎えたとき、村の青年団員が、私たちの宿舎を訪れ(このようなことははじめてであった)、

「十五日の夜、青年団主催の演芸大会をもよおすから、ぜひともみなさんで見に来てくださ

昭和20年８月15日、終戦の日に第五航空艦隊司令長官宇垣纏中将は彗星艦爆に搭乗、沖縄海面に突入した。写真は大分基地を発進直前の宇垣中将。

い」との誘いをうけた。

静まりかえっていた宿舎も、この誘いをうけたことで、はじめて村の人々との交流ができるとばかりに、彼らを招じ上げ、

「私たち搭乗員にも、舞台に出る機会をあたえてはくれませんか。できれば、青年団対搭乗員の対抗演芸大会としたいが……」

と申しこみ、賞品は、こちらでも用意することまでを約束し、青年団員の人たちが帰ったのは十二日の夜も遅くなってからであった。

翌日は、神妙に肉親あてに書いたきのうの便りも忘れたかのように、嬉々として賞品準備にかかった。このような交渉には、それぞれ、適材適所があって、金田兵曹（甲十二期）、石井兵曹、三枝兵曹（乙十八期）とか、上の者にゴマスリの上手な例のH兵曹が、あちらこちらと駆けまわり、飛行長の許可を仰ぎ、主計科から航空増加食の酒類、罐詰類等の特別支給をうけ、これらを賞品に、演芸大会に備えていた。

そして、八月十五日を迎えた午前十一時ごろだった。われわれの宿舎に、当直士官が来て、

「飛行長の命令をつたえる。全員一一五〇、指揮所前に集合せよ。病気の者も、歩ける者は集合せよとのことである」

と伝達してきた。

「いよいよ出撃だな」

「全機出撃か。十七日か十八日の予定が早くなったかな」

「今夜は、村の青年団との約束もお流れだな」

「ここへ来て、思ったより長生きをしていたな」

等々、宿舎は全員集合の令に、今生の見おさめとは思えないくらいの騒々しさの中にあって、真新しい褌、肌着に着がえた。いまとなっては、死につながる特攻出撃の下令に恐怖を抱く者はなく、かえって遅いくらいに思いこんでいた。思えば、生への希望を断ちきり、〝きょうの死かあすの死か〟と思いつづけて、二ヵ月になろうとしていた。

全員が指揮所前に集合したとき、牧野飛行長は、こわばった表情でいった。それは、

「正午を期して、天皇陛下より重大放送がある。全員、陛下のお言葉をよく聞け」

とのことであった。

受信機が指揮所の机上におかれ、天皇陛下の放送がはじめられたようであるが、ジャー、ジャー、ザザーッという雑音が大きく、まったく聞きとれないうちに放送は終わり、飛行長からはなんの説明もなく、解散となった。

宿舎に帰りながら、

「陛下のお言葉は、最後まで戦いぬけということだよ」

「そうだ。最後の一兵まで、最後の一機まで戦えという励ましのお言葉だよ」

「いや、日本は敗けたようだぞ。おれにはそう聞こえたぜ」

「バカ者、なにをいうか貴様……」

ほとんどの者が、将兵にたいする激励の言葉と解釈して、宿舎に帰ると、昼食にゆくまもなく、

「総員、飛行場へ集合、急げ」

と、叫ぶようにして境内を駆けあがってきた。（さては出撃命令か）とばかり、脱いだばかりの飛行服をあたふたと身につけ、飛行場へ駆けつけた。

ここであらためて、飛行長から、玉音放送の内容を聞かされ、戦争の終結を知らされた。

自分の耳を疑ったが、飛行長の涙ながらの訓辞を聞き、戦争の終結を納得した。

みずから、二度と還れぬ特攻隊を志願して、生への望みを断たれながらも、〝死ぬ瞬間までは〟とつとめて陽気にふるまってきたが、〝戦争終結〟の言葉を聞いたことで、（ああ、死なずにすんだんだ。おれの生命は助かったのだ）と思ったのは、私ひとりではなかったろう。そこには、いままでひさしく見たことのない、〝くやしい〟という言葉とはうらはらに、形容しがたい喜びの眼、眼、眼が輝きを増しているようであった。

終戦の日の八月十五日、第五航空艦隊司令長官、宇垣纒中将は、彗星艦爆に搭乗し、列機をつれ、沖縄に向けて大分基地を発進した。

蕾の生命を散らし、青春をうしなった特攻隊員と、さらにその家族にたいして、長官の一

身をもってお詫びする旨の電報を、飛行中に発信し、列機とともに最後の特攻機として、沖縄周辺の敵艦に体当たりを敢行し、彗星艦爆とともに、多くの搭乗員が眠る南の海に散っていったのである。

世界に冠たる彗星艦爆といわれながらも、零戦のように勇名を馳せずに、文字通り、〝彗星〟の名ごとく、彗星のように消えていった飛行機ではあったが、私が青春を賭け、そして私が愛した彗星が、日本海軍の最後の特攻機となったことはもって瞑すべきであろう。

われわれの宿舎であった安養寺の住職にお礼を述べ、本隊に引き揚げようとするとき、住職は、

「みなさんはまだ若い。まだまだ、これから日本のために、はたらいていただかなければならない。それには、私がいまからいうことを思い出していただければ幸せです」

と言いながら、朗詠した。

九十九曲がり細谷道を

曲がり曲がって真っすぐに行く

そして、その意味を嚙んでふくめるように、われわれに教えてくれた。

私は、いまでも住職のいわれたことばを、ときどき想いだし、生活の励みとしている。

そうして、折があったら、安養寺を訪ねて、一途に、祖国日本のため、日本民族の繁栄を願い、信じて特攻隊員として散っていった関大尉、久納中尉、植村少尉、国原少尉らの上官、あるいは、竹尾、山野、二木、室町らの同期の桜をはじめ、多くの戦友の霊に読経をお願いしたいと思っている。

あとがき

悠久無限の大空をゆうゆうと飛びかう飛行機を眺め、爆音を聞きながら、日本航空界発祥の地である所沢に生まれ育った私は、子どものころから大空に憧れ、飛行機に乗ることが大きな夢であり希望であった。

昭和十六年五月、私は飛行機乗りの卵として、海軍の予科練乙第十六期生として土浦海軍航空隊に入隊した。

予科練を志願した動機といえば、一にも二にも飛行機に乗り、大空を飛びまわりたいという一心からであり、そのときは、「国家への忠誠」とか、「滅私奉公」などという殊勝な心がけは心の片隅にしかなかった。

しかし、予科練における教育期間中に、日本は米英にたいして宣戦を布告し、太平洋戦争に突入してしまった。

その間、予科練から飛練へと教育課程がすすむうちに、日本帝国海軍という大きな組織の中の細胞の一片のような、一兵卒にすぎない私の心の中にも、いつとはなしに、おのずとだれにも負けないだけの愛国の念と、不撓不屈の精神が宿っていた。

そうして、飛行機乗りの卵も二年六ヵ月で雛鳥となり、一人前の搭乗員として、昭和十九年二月、戦地におもむいた。そのころ、勝敗のカギは、彼我の航空戦力の優劣にかかっており、そのため航空戦力の充実が叫ばれ、ちゃくちゃくとその歩をすすめつつあった。しかしながら、トラック諸島、パラオ諸島、さらにはマリアナ諸島とその海域において、米機動部隊の猛攻により、味方機動部隊および基地航空部隊は、いくたの尊い人命と飛行機の大量な損耗を余儀なくされていった。だが、私は何度か負傷しながらも、ふしぎに生き長らえていた。

こうして、南方の飛行基地を転戦しているうちに、台湾沖航空戦が生起し、つづいてレイテ湾の攻防となり、激減した航空戦力をおぎなう手段として、また戦勢挽回の一策として、第一航空艦隊司令長官大西瀧治郎中将は、みずから、〝特攻隊編成は統率の外道〟と言いながらも、神風特別攻撃隊の編成を命じたのであった。

昭和十九年十月下旬、フィリピンのマバラカット基地、セブ基地において、私が所属した二〇一海軍航空隊は、陸海軍航空隊にさきがけて、十死あって一生を望めない神風特別攻撃隊を編成し、私もセブ基地において、特攻を志願し、特攻隊員になった。そうして、私の直属上官であった関行男大尉の率いる神風特攻隊敷島隊の体当たり特攻攻撃を契機に、特攻隊は陸続と編成され、フィリピン、沖縄、サイパン、硫黄島の海に空に飛びたっていった。そして、特攻攻撃は敗戦の日までつづけられ、いくたの搭乗員が、青春の血を散らし、「悠久の大義」に殉じていったのである。

戦いに敗れ、三十七年余をすぎた今日、その思い出を書いたことは、懐古趣味からではない。青春をなげうち、一途に日本という祖国のため、同胞日本民族の繁栄を願い、それを信じて戦い抜き、死んでいった若きひとりひとりの戦友たちの純粋さを信じて欲しかったからである。

青春を謳歌すべき年代の集まりであった搭乗員たちが、きょうの死、あすの死を前に、それぞれ遠い故国に思いを馳せ、父母を偲び、いとしい恋人を思い、つのる慕情をじっと胸に秘めて、まだ咲かぬ花の蕾を散らすように、青春を捨てて死んでいったが、いま、そうした戦友を偲ぶとき、搭乗員の青春こそ暗い青春であり、戦争こそ、まさに搭乗員の青春挽歌であったといえるだろう。

戦いに敗れたとはいえ、いくたの戦友たちのその尊い犠牲から、いまの平和な日本のいしずえが築かれ、世界の大国に列するまでに繁栄したのではなかろうか。

戦争とは、勝者であれ敗者であれ、大小の差こそあれ、尊い人命の犠牲がともなうことには変わりはない。戦場に臨《のぞ》んだ者は、戦争は、むなしいものであり、悲惨であるという実感がひとしおであろう。が、その戦争体験者も年々歳々、減少の一途をたどってゆくとき、若い世代の人たちに対して、われわれ戦争体験者は、戦争がむなしいものであり、悲惨であるということを語りついでいかなければならない責務があると思う。

戦争体験者はもちろん、戦争を知らない世代の人たちも、戦争によって、いかに尊い生命がうしなわれていったかを知っていただき、いまの平和な日本が永遠につづくことを祈ること切なるものがある。と同時に、若くして散華した戦友たちの鎮魂の書となれば、三たび特攻隊員になりながら生き長らえた私の望外の喜びである。
なお、本稿執筆後、刊行にいたるまで、光人社出版製作部の牛嶋義勝氏にご迷惑をおかけし、くわえて多大の御教示をいただいて完成をみることができた。ここに深甚な謝意を申し上げる。

昭和五十八年四月

小澤孝公

単行本　昭和五十八年六月　光人社刊

ＮＦ文庫

搭乗員挽歌　新装版

二〇一七年四月　十七日　印刷
二〇一七年四月二十三日　発行

著　者　小澤孝公
発行者　高城直一

発行所　株式会社潮書房光人社
〒102-0073　東京都千代田区九段北一-九-十一
振替／〇〇一七〇-六-五四六九三
電話／〇三-三二六五-一八六四㈹

印刷・製本　図書印刷株式会社

ISBN978-4-7698-3005-4　C0195
http://www.kojinsha.co.jp

NF文庫

刊行のことば

第二次世界大戦の戦火が熄《や》んで五〇年——その間、小社は夥しい数の戦争の記録を渉猟し、発掘し、常に公正なる立場を貫いて書誌とし、大方の絶讃を博して今日に及ぶが、その源は、散華された世代への熱き思い入れであり、同時に、その記録を誌して平和の礎とし、後世に伝えんとするにある。

小社の出版物は、戦記、伝記、文学、エッセイ、写真集、その他、すでに一、〇〇〇点を越え、加えて戦後五〇年になんなんとするを契機として、「光人社NF（ノンフィクション）文庫」を創刊して、読者諸賢の熱烈要望におこたえする次第である。人生のバイブルとして、心弱きときの活性の糧《かて》として、散華の世代からの感動の肉声に、あなたもぜひ、耳を傾けて下さい。